THE GREAT GATSBY

위대한 개츠비

FRANCIS SCOTT FITZGERALD

소담 클래식 002

위대한 개츠비

펴 낸 날 | 2025년 4월 18일 초 판 1쇄

지 은 이 | F.S.피츠제럴드
옮 긴 이 | 유혜경
펴 낸 이 | 이태권

책임편집 | 정지원
북디자인 | 김혜수

펴 낸 곳 | 소담출판사
서울특별시 성북구 성북로5길 12 소담빌딩 301호 (우) 02880
전화 | 02-745-8566   팩스 | 02-747-3238
등록번호 | 1979년 11월 14일 제2-42호
e - mail | sodambooks@naver.com
홈페이지 | www.dreamsodam.co.kr

ISBN 979-11-6027-475-2 (04840)
        979-11-6027-474-5 (세트)

위대한 개츠비

피츠제럴드

THE GREAT GATSBY

FRANCIS SCOTT FITZGERALD

젤다에게 이 책을 바칩니다.

CONTENTS

황금 모자가 그녀를 감동시킨다면, 황금 모자를 써라.
높이 뛸 수만 있다면, 그녀를 위해 높이 뛰어라.
그녀가, "황금 모자를 쓰고, 높이 뛰어오르는 내 사랑,
당신이 꼭 필요해요!"라고 말할 때까지.

Thomas Parke D'invilliers

주註

각주의 대부분은 매튜 J. 브루콜리의 'F. 스콧 피츠제럴드의『위대한 개츠
비』본문비평자료'(사우스캐롤라이나 대학 출판부, 1974)를 참고했다.
브루콜리 교수는 피츠제럴드를 연구하는 대학자이며, 이 소설에 대해 더
자세히 탐구하고 싶다면 그분의 작품을 참고하는 것이 좋겠다.

제1장

　지금보다 나이가 더 어리고 마음이 여렸던 시절, 아버지가 해 주신 말씀을 나는 두고두고 마음속에 되새겨 왔다. 아버지는 "누군가의 흉을 보고 싶은 마음이 들면, 언제든 네가 가진 장점을 이 세상 모든 사람들이 다 갖고 있는 게 아니라는 사실을 명심해라."라고 하셨다.

　아버지는 그 이상 아무 말씀이 없으셨지만, 우리 부자父子는 서로 말이 없어도 늘 마음이 잘 통하는 편이었고, 그래서 나는 말씀하신 것 이상으로 아버지의 속뜻을 충분히 이해할 수 있었다.

　그로 인해 나는 모든 일에 있어서 쉽사리 남을 판단하지 않는 습관이 몸에 배었고, 덕분에 호기심 강한 많은 사람들이 내게 허물없이 다가오는가 하면 또 겉으로는 남의 일에 시큰둥하지만 사실은 그렇지 않은 닳고 닳은 사람들의 희생양이 되기도 했다.

  평범한 사람에게 이런 면이 엿보이면, 평범하지 않은 사람
은 이내 눈치를 채고 자기도 그런 성격인양 다가와 영합한
다. 그래서 대학 시절 나는 억울하게 정치적이라는 비난을
받게 되었는데, 그것은 세상에 알려지지 않은 방종한 사람
들의 남모르는 아픈 속사정을 나 혼자만 알고 있었기 때문
이었다. 이런 속 이야기의 대부분은 내가 자진해서 듣고자
했던 것이 아니다. 누군가 속사정을 털어놓으려는 기미가 확
실하게 보이면 나는 오히려 슬쩍 잠들어 있는 척하거나, 다
른 생각에 몰두해 있는 척하거나, 아니면 일부러 경박하게
굴기가 일쑤였다. 젊은 사람들의 비밀이란, 아니 적어도 그
런 비밀을 털어놓을 때 입에 올리는 말투라는 것이 대개는
남의 표현을 그대로 흉내 낸 것이고, 또 그 내용도 적당히 사
실을 은폐하며 각색한 것이 분명하기 때문이다. 판단을 유보
한다는 것은 무한한 희망을 갖는 것과도 같은 문제이다. 아
버지가 짐짓 점잔을 빼며 말씀해 주셨고, 나 또한 거들먹거
리며 여전히 복창하고 있는 것은 결국 기본적인 예절감각이
란 사람마다 태어날 때부터 제각기 다르다는 사실이다. 지
금도 이 사실을 잊어버리면 무언가를 빠뜨리는 건 아닐까,
하고 약간은 마음이 불안해진다.

이렇게 막상 내 관대함을 자랑하긴 했어도, 그것 역시 한계가 있다는 것을 인정하지 않을 수 없다. 사람의 품행이란 단단한 바위에 뿌리를 내릴 수도 있고 축축한 습지에 뿌리를 내릴 수도 있다. 하지만 어느 정도를 넘어서면 나는 어디에 그 뿌리를 내리고 있든 상관하지 않는다.

작년 가을 동부에서 돌아왔을 때 나는 세상 사람들이 모두 제복을 입고 일종의 도덕적인 부동자세를 영원히 취해주었으면 했었다. 무슨 특권이나 되는 듯 섣부른 일견—見으로 사람의 마음을 헤치고 들어가는 방종한 여행은 더 이상 하고 싶지 않았다.

이 소설의 제목이기도 한 '개츠비', 내가 확실하게 경멸하는 모든 것을 가지고 있던 개츠비는 내 반응에 영향을 받지 않은 유일한 사람이었다. 만약 개성이라고 하는 것이 일련의 남다른 행위와 표현이라고 한다면, 그에게는 정말 눈부신 면이, 그러니까 인생의 성공을 감지하는 뛰어난 감수성 같은 것이 있었다. 마치 수만 마일 밖에서 일어나는 지진을 감지할 수 있는 그런 정교한 기계처럼 말이다.

이런 예민한 감각은 '창조적 기질'이라는 이름하에 거창하게 포장된 빈약한 감수성과는 차원이 달랐다. 그것은 희망을 잃지 않는 비상한 재주이며, 삶에 대한 낭만적인 자세로서 일찍이 그 누구에게서도 결코 찾아볼 수 없었으며, 또 앞으로도 두 번 다시 볼 수 없을 것이다.

결국 개츠비가 옳았다. 내가 사람들의 쓸데없는 슬픔이나 숨넘어갈 듯한 즐거움에 일시적이나마 흥미를 잃었던 이유는 바로 개츠비를 괴롭혔던 것, 그의 꿈이 지나간 자리에 더러운 먼지를 풀썩이게 했던 것, 바로 그런 것들 때문이었다.

우리 집안은 중서부에서 삼대째 내려오는 부유한 명문가였다. 캐러웨이 가문은 거의 한 씨족이나 다름없으며 버클루 공작*의 후예였던 전통을 가지고 있지만, 실제로 우리 가문을 일으킨 장본인은 큰할아버지로서, 그분은 1851년에 이곳으로 와서 다른 사람을 대신 남북전쟁에 내보내고, 당신은 철도 도매상을 시작했으며, 지금은 아버지가 그 사업을 운영하고 있다.

나는 큰할아버지를 한 번도 뵌 적이 없지만 다들 내가 큰할아버지와 닮았다고 한다. 아버지 사무실에 걸려 있는 다소 딱딱하고 완고해 보이는 초상화를 두고 하는 소리다. 나

---

* 버클루 공작은 돈캐스터 공작이라고도 부른다. 나중에 개츠비가 미래의 돈캐스터 백작과 사진을 찍기 때문에(본문 111쪽), 피츠제럴드는 닉이 사실은 개츠비와 아주 가까운 친척일 수도 있다는, 재미있는 농담을 암시하고 있다고도 할 수 있다.
** 예일 대학을 가리킨다.

는 아버지보다 꼭 25년 뒤인 1915년에 뉴헤이븐** 대학을 졸업했다. 그리고 얼마 후, 제1차 세계 대전으로 알려진 뒤늦은 게르만족의 이동 작전에 참여했다. 역습 작전이 어쩌나 재미있었던지 나는 제대를 하고서도 흥분이 가라앉지 않을 정도였다. 중서부는 이제 활기찬 세계의 중심부가 아니라, 우주의 초라한 변두리처럼 보였다.

그래서 나는 동부로 가서 증권업을 배우기로 결심했다. 내가 아는 모든 사람들이 증권 계통에 있었기 때문에, 나 같은 독신 남자 하나쯤은 써 줄 수 있을 것으로 생각했던 것이다. 우리 고모나 삼촌들은 하나같이 내가 들어갈 대학의 예비학교라도 고르듯이 쑥덕공론을 벌이다가, 드디어 매우 심각하면서도 망설이는 듯한 표정으로, "그래, 좋아."라고 말했다. 아버지는 1년 동안 돈을 대주겠다고 하셨다. 나는 이런저런 일로 차일피일 미루다가 1922년 봄이었던 것으로 기억되는데, 아예 동부로 이사를 했다.

우선 현실적인 문제는 시내에서 방을 구하는 일이었지만, 날씨가 따뜻할 때였고, 또 드넓은 잔디밭과 정겨운 나무들이 있는 시골을 막 떠나왔던 터라, 사무실에 있던 한 젊은 친구가 통근이 가능한 시내에 같이 집을 구하자는 말을 꺼냈을 때, 얼마나 반가웠는지 모른다. 그 친구는 월세 80달러짜리의 비바람에 낡은 판자로 지은 심플한 목조 단층집을 구했는데, 막상 이사하기 직전에 워싱턴으로 발령을 받고 말았다. 그래서 나만 혼자 그곳으로 가게 되었다.

내게는 개 한 마리가 있었고—그 개가 집을 나가기 전까지 적어도 며칠은 데리고 있었다—, 구형 닷지와 핀란드 가정부도 있었다. 가정부는 내 침대를 정리해 주고 아침도 차려 주는가 하면 전기스토브에 걸터앉아 핀란드 속담을 중얼거리기도 했다.

그렇게 하루이틀을 적적하게 지내던 어느 날 아침, 나보다 늦게 이사 온 남자가 길에서 나를 불러 세웠다.

"웨스트 에그 시내로 가려면 어떻게 가야 합니까?"

그가 막막한 표정으로 물었다.

나는 길을 가르쳐 주었다. 그리고 걷다 보니 더 이상 외롭지가 않았다. 나는 안내자이며, 선구자이며, 최초의 개척자였다. 그가 무심코 내게 그 동네의 명예시민권을 부여해 준 것이다.

햇살과 고속 촬영 영화에 등장하는 물체처럼 순식간에 나무에 움터 오른 새싹과 함께, 삶이 이 여름과 더불어 다시 시작되고 있다는 정겨운 확신을 갖게 되었다.

읽어야 할 책도 너무 많았고, 또 신선하고 활기에 넘치는 공기를 마시면 건강도 아주 좋아질 것 같았다. 나는 은행업과 신용, 그리고 투자 증권에 관한 책을 여남은 권 샀다. 그 책들은 조폐국에서 방금 나온 새 돈처럼 빨간색과 금색으로 치장한 채 책꽂이에 꽂혀 있었다. 마치 미다스(손만 대면 모든 것을 황금으로 변하게 하는 힘을 가진 프리기아의 왕_역주)와 모건(미국의 대은행가_역주)과 마이케나스(옛 로마의 시인이자 정치가로서 문학과 예술의 보호자_역주)만이 알고 있는 눈부신 비결을 알려 주기라도 할 것처럼 말이다.

난 그 외에도 다른 종류의 많은 책을 읽겠다는 굳건한 의지를 갖고 있었다. 대학 시절 다소 문학적이었던 나는—1년 동안 《예일 뉴스》에 무겁기 짝이 없으면서도 속내용이 뻔한 사설을 연재한 적이 있었다—이제 다시금 이런 것들을 내 인생에 끌어들여 소위 '만능맨'이라고 하는 전문가 중의 전문가가 되려 하려고 있었다. 이것은 단순한 풍자가 아니다. 어쨌든 인생은 단 하나의 창문을 통해 볼 때 훨씬 더 잘 보이게 마련이니까 말이다.

내가 낯설기 그지없는 미국의 한 동네에 집을 얻게 된 것은 순전히 우연한 기회 때문이었다. 그 동네는 뉴욕의 동쪽으로 뻗어 있는 길쭉한 모양의 시끌벅적한 섬에 위치하고 있었다. 그리고 그곳엔 신기한 자연현상 중에서도 특히 묘한 두 개의 지형이 있다. 뉴욕에서 20마일 떨어진 곳에 모양뿐인 만灣을 사이에 둔 형세가 똑같은 한 쌍의 거대한 달걀 모양의 지형이, 서반부에서 가장 잘 개발된 해수역, 즉 롱아일랜드 해협이라고 하는 축축하고 거대한 앞마당 쪽으로 불쑥 튀어나와 있었다. 그 지형세가 완전히 달걀 모양은 아니었지만—콜럼버스 이야기에 등장하는 달걀처럼 서로 맞닿은 양끝이 평평하게 깨져 있었다—, 모양새가 어찌나 똑같았던지 그 위를 나는 갈매기들도 분명 경탄을 금치 못했을 것이다. 하지만 날개가 없는 우리 사람들에게 더더욱 흥미로운 현상이라고 한다면 그 지형세가 모양과 크기만 빼놓으면 닮은 구석이 한 군데도 없다는 사실이었다.

나는 웨스트 에그, 그러니까 이 두 달걀 중에 덜 세련된 곳에 살았다. 비록 이 표현이 이 기괴함을 표현하기에는 너무 피상적이고 이 두 곳을 사뭇 불길하게 대조시키고 있기는 하지만 말이다.

내가 사는 집은 롱아일랜드 해협에서 겨우 50야드 떨어진 달걀 지형의 맨 끝에 자리 잡고 있었고, 한철 임대료가 1만 2천에서 1만 5천 달러나 되는 거대한 두 저택 사이에 끼어 있었다. 우리 집 오른쪽 건물은 어느 면으로 보나 정말 어마어마했다. 노르망디에 있는 호텔 드빌을 그대로 본뜬 것으로 한쪽에는 탑, 그러니까 아무렇게나 뻗은 가느다란 담쟁이덩굴에 에워싸인 최신식 탑과 대리석 수영장, 그리고 40에이커가 넘는 잔디밭과 정원이 딸린 집이었다. 그 집은 개츠비의 저택이었다. 아니 그 당시 나는 개츠비 씨를 몰랐으니까, 그 집은 그런 이름을 가진 어떤 신사가 살고 있는 저택이었다고 하는 편이 낫겠다.

내가 살고 있는 집은 주변 환경과 비교해 초라하기 짝이 없었지만, 작아서 잘 눈에 띄지도 않았다. 그렇지만 아래가 내려다보이는 위치였으므로, 바다도 보이고, 이웃집 잔디밭 한 귀퉁이도 내려다보이고, 또 백만장자와 가까이 있다는 위안도 삼을 수 있었다. 이 모든 것이 한 달에 80달러로 가능했던 것이다.

협소한 만을 건너면 세련된 이스트 에그의 하얀 저택들이 해변을 따라 번쩍거리고 있었다. 톰 부캐넌 부부와 저녁 식사를 하기 위해 내가 그곳으로 차를 몰고 갔던 그날 저녁에, 그 여름의 역사는 시작되고 있었다.

데이지는 나와 육촌 간이었고 톰은 대학 때 친구였다. 그리고 전쟁 직후 나는 시카고에서 그들과 이틀 동안 함께 지낸 적이 있었다.

데이지의 남편은 다양한 운동 재주 중에서도 특히 뉴헤이븐 축구팀에서 전위선 양끝을 지키는 최고 선수였다. 어떻게 보면 국민적인 인물, 즉 스물한 살에 그런 최고의 위치에 올라 그 후로는 모든 것이 내리막길의 기미를 보이는 그런 인물 가운데 한 사람이었다. 그의 집안은 어마어마하게 부유했지만—대학 시절에도 그는 돈을 물 쓰듯 해서 빈축을 샀다—지금은 시카고를 떠나 동부로 왔는데, 그 행차가 또한 입이 딱 벌어질 정도였다. 예를 들어 폴로 경기용 조랑말을 레이크 포레스트*에서 한 줄로 꿰어 끌고 온 것이다. 내 또래 사람이 그 정도로 부자라는 것이 도무지 믿어지지 않았다.

그들 부부가 왜 동부로 왔는지 나는 그 이유를 모른다. 그들은 특별한 이유 없이 프랑스에서 1년을 보냈고, 그다음에는 폴로 게임을 일삼는 돈 많은 사람들이 모여 있는 곳이면 어디든 여기저기 쉴 새 없이 떠돌아다녔다. 이번에는 아주 이사온 거야, 라고 데이지는 수화기 너머로 이렇게 말했지만 나는 그 말을 믿지 않았다. 데이지의 마음속을 꿰뚫어볼 수는 없었지만, 톰은 약간은 동경하는 마음으로 이젠 돌이킬 수 없는 축구 경기의 극적인 열광을 언제까지라도 쫓아 헤매고 다닐 것이라는 느낌이 들었다.

---

* 시카고 근교의 고급 주택가. 피츠제럴드의 첫사랑인 지네브라 킹이 그곳에 살았다.

그리고 후덥지근한 바람이 부는 어느 날 저녁, 나는 차를 몰고 예전의 두 친구를 만나기 위해 이스트 에그로 향했었다. 말이 옛 친구이지 사실은 거의 모른다고 해도 과언이 아닌 친구들이었다. 그들이 사는 집은 내가 기대했던 것보다 훨씬 더 공을 들인 집이었고, 밝은 빨강과 흰색이 어우러진 조지 왕조풍의 저택이었다.

저택 아래로는 바다가 내려다보였다. 잔디밭은 해변에서 시작되어 현관문에 이르기까지 해시계와 벽돌을 간 산책로와 불타는 듯한 정원을 뛰어넘으며 4분의 1마일에 걸쳐 펼쳐져 있었다. 그리고 마침내 집에 이르러서는 지금까지 달려온 추진력에 떠밀리기라도 하듯 눈부신 덩굴 속으로 슬쩍 솟아올라 있었다.

집의 정면에는 프랑스식 창문들이 가지런히 한 줄로 늘어서 있었는데 햇살을 받아 황금색으로 반짝이면서 훈훈한 바람이 부는 오후를 향해 활짝 열려 있었다. 그리고 승마복을 입은 톰 부캐넌이 다리를 벌린 채 현관에 서 있었다.

그는 뉴헤이븐 시절에 비해 많이 변해 있었다. 이제는 굳게 다문 입술과 건방진 태도, 그리고 담황색 머리칼의 건장한 30대 남자였다. 거만하게 반짝이는 두 눈동자로 인해 그의 얼굴 표정에는 우월감이 역력히 드러나 있었으며, 당장이라도 덤벼들 것 같은 인상을 주었다. 여성스럽고 우아한 승마복조차도 그 육체의 거센 힘을 감추지는 못했다. 그 번쩍거리는 부츠의 맨 위 끈이 팽팽해질 정도로 그는 부츠조차 가득 채우는 것 같았고, 얇은 상의 속에서 그의 어깨가 움직일 때마다 육중한 근육이 꿈틀거리는 것을 느낄 수 있었다. 그것은 거대한 지렛대처럼 어마어마한 힘이 담긴 몸, 잔인한 몸이었다.

그가 말할 때의 목소리, 거칠고 쉰 목소리는 그렇지 않아도 성마른 인상을 더 성마르게 보이게 해 주었다. 그 목소리에는 심지어 그가 좋아하는 사람들에게 말할 때조차 가부장적인 경멸감이 담겨 있었다. 그래서 뉴헤이븐에는 그를 끔찍이도 싫어했던 사람들이 있었다.

그는 마치, "내가 자네보다 더 힘이 세고 남자답다고 해서, 이 문제에 대한 내 의견이 최종 결론이라고 생각하진 말아."라고 말하는 것 같았다. 그와 나는 같은 시니어 협회*에 있었는데, 우리는 한번도 친하게 지낸 적이 없었음에도 나는 그가 나를 인정하고 있으며 또 약간은 뻣뻣하고 거만한 동경심을 가지고 내가 자신을 좋아해 주길 바란다는 인상

* 예일 대학교에는 시니어(시니어는 비밀이란 뜻도 숨어 있다) 협회가 여섯 개가 있다. 이 중 하나에 뽑혔다는 것은 굉장한 사회적인 성공을 의미했다.

을 항상 받았다.

우리는 햇살 가득한 현관에서 몇 분 동안 이야기를 나누었다.

"여기서 아주 좋은 곳을 구했어."

그가 쉴 새 없이 눈동자를 번득이며 말했다.

그는 한 팔로 나를 돌려세우며 넓적한 손을 들어 눈앞의 경치를 가리켰다. 그의 손이 가리키는 곳엔 움푹 들어간 이탈리아식 정원, 반 에이커에 이르는 짙은 색과 진한 향의 장미꽃밭, 그리고 앞바다에서 파도에 부딪쳐 흔들거리는 들창코처럼 생긴 모터보트 한 척이 포함돼 있었다.

"이 집은 석유 사업을 하는 디메인의 소유였지." 그가 다시금 정중하지만 느닷없이 나를 돌려세웠다. "안으로 들어가세."

우리는 천장이 높은 홀을 지나 밝은 장밋빛의 방으로 들어갔다. 천장에서 바닥까지 나 있는 프랑스식 창문으로 엉성하게 둘러싸인 방이었다. 창문은 조금 열려 있었고 또 길게 자라 집 안으로까지 뻗어 들어올 것 같은 밖의 싱그러운 풀밭을 배경으로 하얗게 반짝이고 있었다. 산들바람이 방 안으로 들어오자 커튼 한 자락은 방 안에서, 다른 한 자락은 바깥에서 흡사 하얀 깃발처럼 나풀거리다가 하얗게 설탕을 뿌린 웨딩 케이크같이 생긴 천장을 향해 말려 올라갔다. 그랬다가 이번에는 바람이 바다 위에서 잔물결을 일으키듯 와인색 융단 위에서 나풀거리며 그림자를 만들고 있었다.

방 안에서 꿈쩍도 안 하고 자리를 지키고 있는 거라곤 거창하게 긴 의자뿐이었다. 두 젊은 여자가 정박한 기구에 올라탄 것처럼 그 의자에 동그라니 올라앉아 있었다. 그들은 하얀 드레스를 입고 있었는데, 그 드레스는 마치 집 근처를 잠깐 한 바퀴 돌다가 들어오기라도 한 듯 찰랑찰랑 물결치듯 나풀거렸다. 나는 커튼이 펄럭이는 소리와 벽에 걸린 그림이 삐걱대는 소리를 들으며 한동안 서 있었던 것 같다. 그때 톰 부캐넌이 뒤쪽 창문을 쾅 하고 닫는 소리가 들렸고, 그러자 방 안에 갇힌 바람이 잠잠해졌다. 그리고 커튼과 융단과 두 여자가 천천히 바닥으로 내려왔다.

둘 중에 젊은 쪽은 처음 보는 여자였다. 그녀는 소파의 한쪽 끝에 길게 누운 채 꼼짝도 하지 않았다. 그리고 턱을 약간 치켜들고 있었는데 그 모습이 흡사 턱 위에 무언가를 올려놓고 떨어지지 않도록 균형을 맞추고 있는 것 같았다. 그녀가 곁눈질로 나를 보았는지는 모르지만 그런 내색은 전혀 하지 않았다. 실제로 나는 너무 놀란 나머지 이렇게 불쑥 들어와 방해를 해서 미안하다는 사과의 말을 중얼거릴 뻔했다.

또 다른 여자인 데이지는 일어나려다 말고—그녀는 인사 치레로 몸을 가볍게 앞으로 숙였다가—깔깔 웃음을 터뜨렸다. 어색하면서도 매력적이고 귀여운 웃음이었다. 나 역시 데이지를 따라 웃으며 방 안으로 들어섰다.

"행복해서 미치겠어요."

데이지는 자신이 재치 있는 말이라도 한 것처럼 또다시 깔깔대고 웃었다. 그리고 잠시 내 손을 잡고는 이렇게 만나 보고 싶었던 사람은 이 세상에 다시없었다는 표정으로 내 얼굴을 올려다보았다. 데이지는 늘 이런 식이었다. 그녀는 들릴 듯 말 듯한 소리로 몸의 균형을 잡고 있는 여자는 베이커라고 소곤거렸다.—나는 데이지가 소곤거리는 이유가 오직 상대방이 자기에게 몸을 기울이도록 하기 위해서라는 말을 들은 적이 있었다. 그건 엉뚱한 헛소문이며 역시 데이지의 매력적인 면이었다.

그때 미스 베이커의 입술이 약간 들썩거렸고, 그녀는 나를 향해 보일 듯 말 듯 고개를 까딱해 보였다. 그리곤 이내 머리를 다시 뒤로 젖혔다. 그녀가 균형을 잡고 있던 몸이 기우뚱거리는 바람에 놀란 게 분명했다. 다시금 내 입에서 사과의 말이 튀어나올 뻔했다. 나는 원래 조금도 거리낌 없이 자신만만해하는 사람을 보면 정신을 못 차리고 찬사의 말이 튀어나온다.

나는 다시 데이지를 쳐다보았다. 그녀는 특유의 나지막하고 떨리는 목소리로 내게 여러 가지 일을 묻기 시작했다. 그것은 귀를 곤두세우고 들어야 하는 목소리였다. 마치 그녀의 말 한마디 한마디가 다시는 연주될 수 없는 악보라도 되는 듯이. 생기 있는 표정, 총명한 눈매와 선명하고 정열적인 입술을 가진 그녀의 얼굴은 슬프고도 사랑스러웠다. 그러나 그녀의 목소리에는 어떤 흥분이 담겨 있어서, 그녀를 좋아했던 남자들은 좀처럼 잊기가 어려웠다. 그러니까 노래하는 듯한 충동, "저기 말이죠."라고 속삭이는 목소리, 그녀가 한동안 주위를 흥분시키며 신나는 일을 해 왔으며 또 이제부터 온통 주위에 신나는 일뿐이라고 다짐하는 듯한 목소리였다.

나는 동부로 오는 도중 시카고에 들러 하루를 묵었던 얘기와 그곳의 많은 사람들이 그녀에게 안부를 전해 달라고 했던 얘기를 들려주었다.

"그 사람들이 날 보고 싶어 한다고요?"

그녀가 황홀한 표정으로 소리쳤다.

"온 도시가 쓸쓸해하고 있어. 자동차란 자동차는 하나같이 장례식 화환처럼 왼쪽 뒷바퀴를 검은색으로 칠했고, 북쪽 해안에선 밤새 바람이 윙윙 불어 댔지."

"어머, 너무 멋져! 우리 돌아가요, 톰. 내일 당장!" 그리곤 불쑥 이렇게 덧붙였다. "아참, 우리 아기를 보여 줄게."

"보고 싶군."

"지금 자고 있어. 이제 세 살이야. 아직 한 번도 본 적 없지?"

"없지."

"그럼, 꼭 봐야 돼. 그 앤……."

쉴 새 없이 방 안을 서성거리던 톰 부캐넌이 걸음을 멈추고 내 어깨에 손을 얹었다.

"닉, 지금 무슨 일을 하지?"

"증권 회사에 다녀."

"누구와 일하는데?"

내가 같이 일하는 사람들의 이름을 가르쳐 주었다.

"들어 본 적이 없는데." 그가 딱 잘라서 말했다.

그의 말투가 거슬렸다.

"알게 되겠지." 내가 잘라 말했다. "자네가 계속 동부에 살면 알게 되겠지."

"그래, 동부에 살 테니까 걱정하지 마."

톰이 데이지를 흘끔 쳐다보며 대답했다. 그리곤 무언가 더 경계하는 듯한 표정으로 다시 내게 시선을 돌렸다. "내가 다른 데 가서 살면 바보 천치가 되겠지."

그 순간 미스 베이커가 말했다. "두말하면 잔소리죠!" 나는 하도 갑작스러워서 움찔했다. 내가 방으로 들어온 후로 그녀가 처음으로 내뱉은 말이었다. 결국은 내가 놀란 것처럼 그녀도 놀란 모양이었던지, 그녀는 하품을 하고 나서 민첩하고 재빠른 동작으로 방 한가운데로 나와 섰다.

"몸이 뻣뻣해요." 그녀가 투덜거렸다. "소파에 너무 오래 누워 있었나 봐."

"날 쳐다보진 마." 데이지가 반박했다. "오후내 널 뉴욕에 데려가려고 얼마나 애를 썼는데."

"아니, 됐어요." 미스 베이커가 주방에서 방금 들여온 네 잔의 칵테일을 보며 말했다. "난 지금 열심히 연습 중이에요."

톰이 믿을 수 없다는 듯 그녀를 쳐다보았다.

"그렇겠지!" 그는 바닥에 남은 술 한 방울을 마저 들이키듯 단숨에 술잔을 비웠다. "미스 베이커가 어떻게 모든 일을 해치우는지 나로서는 알 도리가 없지."

나는 그녀가 '해치운다'는 게 무슨 뜻인지 몰라 미스 베이커를 쳐다보았다. 그녀를 바라보는 것이 즐거웠다. 그녀는 호리호리하고 가슴이 빈약했는데, 어깨를 뒤로 젖힌 채 몸을 꼿꼿이 세운 모습이 마치 사관생도 같았다. 햇빛을 받아 찡그린 그녀의 잿빛 눈동자가 내 시선을 마주 응시했다. 창백하고, 매력적이고, 짜증 섞인 얼굴에 공손하고 호의적인 호기심을 띤 채……. 그러자 전에 어디선가 그녀를, 아니면 사진이라도 본 듯한 느낌이 들었다.

"웨스트 에그에 사신다고요." 그녀가 오만하게 말을 건넸다.

"거기 제가 아는 사람이 있어요."

"저는 아는 사람이 아무도 없습니다만……."

"개츠비는 아시겠죠."

"개츠비?" 데이지가 물었다. "어떤 개츠비?"

개츠비가 내 이웃이라고 미처 대답할 겨를도 없이 저녁 식사가 준비되었다는 소리가 들렸다. 톰 부캐넌은 그 억센 팔을 다짜고짜 내 겨드랑이에 끼워 넣고는 마치 장기판을 옮기듯 그렇게 나를 방 밖으로 끌고 나갔다.

젊은 두 여자는 양손을 가볍게 엉덩이에 댄 채 흐느적흐느적 맥없는 발걸음으로 우리보다 앞장서서 장밋빛 베란다로 나갔다. 일몰이 고스란히 눈에 들어오는 베란다의 식탁 위에는 촛불 네 개가 산들바람에 가물거리고 있었다.

"촛불은 왜?" 데이지는 눈살을 찌푸리며 못마땅해했다. 그리고는 손가락으로 휙 잡아채어 촛불을 껐다. "이제 이 주일만 있으면 1년 중 해가 가장 긴 날이 와요." 그녀는 환한 얼굴로 우리를 쳐다보았다. "1년 중 해가 가장 긴 날을 기다리다가 막상 그날이 오면 잊어버리지 않나요? 나는 1년 중 해가 가장 긴 날을 지켜보다가 꼭 놓치고 말아요."

"뭔가 계획을 세워야 돼." 미스 베이커는 졸린 사람처럼 식탁에 앉으며 하품을 했다.

"그러지 뭐. 무슨 계획을 세울까?" 데이지가 말했다. 그녀가 도움을 청하듯 날 쳐다보았다. "사람들은 어떤 계획을 세우는데?"

내가 미처 대답할 겨를도 없이 갑자기 그녀는 겁에 질린 표정으로 새끼손가락을 들여다보았다.

"이것 봐!" 그녀가 투덜거렸다. "새끼손가락을 다쳤어."

우리 모두 그녀를 쳐다보았다. 손가락 마디 부분이 퍼렇게 멍들어 있었다.

"당신 때문이에요, 톰." 그녀가 나무라듯 말했다. "일부러 그런 건 아니지만, 어쨌든 당신이 그런 거예요. 이것도 다 야수 같은 남자와 결혼했기 때문이야. 덩치가 크고 몸집이 비대한 표본인 그런 남자랑……."

"그 몸집이 비대하다는 소리, 듣기 싫어. 농담이라도 말이야." 톰이 맞받아쳤다.

"비대하잖아요." 데이지는 물러서지 않았다.

이따금 데이지와 미스 베이커는 동시에 말을 꺼냈는데, 완전히 수다라고도 할 수 없는 앞뒤가 맞지 않는 농담조로, 그들이 입고 있는 하얀 드레스나 모든 욕망이 사라진 그들의 표정 없는 눈매만큼이나 차가운 농담조로 조심스럽게 말을 꺼냈다. 그들은 여기에 있었고, 분위기를 즐겁게 하려고, 아니면 자신들이 즐겁기 위해 예의상 잘 대해 주려는 노력을 기울이면서 톰과 나를 받아들였다. 그들은 곧 저녁 식사가 끝날 것이며 조금 있으면 저녁도 역시 지나가고 만다는 것을 알고 있었다. 이것은 서부와 극명하게 다른 점이었다. 서부에서의 저녁은 아쉬움이 끝없이 밀려오는 가운데 아니면 그 순간 자체의 순수한 두려움에 휩싸인 채 시시각각 바쁘게 지나갔다.

"데이지랑 있으면 내가 무식한 사람 같아." 코르크 맛이 났지만 그런대로 맛이 괜찮은 레드 와인을 두 잔째 비우면서 내가 솔직히 털어놓았다. "농사를 짓는다거나 뭐 그런 비슷한 얘기를 할 수는 없는 거야?"

내가 특별한 의미를 두고 한 말은 아니었지만, 그것은 예상외의 반응을 불러일으켰다.

"문명은 조각조각 무너지고 있어." 톰이 불쑥 격한 어조로 끼어들었다. "나는 극도의 비관론자로 전락했다네. 고다드Goddard가 쓴 『유색 제국의 융성』*이란 책을 읽어 봤나?"

"아니." 나는 그의 말투에 다소 놀라며 대답했다.

"음, 좋은 책이지. 누구나 그 책을 읽어야 돼. 핵심은 우리
가 조심을 하지 않으면 백인종이 멸종하게 된다는 거야. 과
학적인 근거를 두고 하는 얘기야. 증거를 다 들고 있다니까."

"톰은 요즘 생각이 점점 깊어지고 있어요." 아무 생각 없
이 슬픈 표정으로 데이지가 말했다. "말이 장황하고 심오한
책만 읽는다니까요. 그 말이 뭐였더라……."

"그래, 그 책들은 다 과학적이야." 톰은 재차 강조를 하고
못 참겠다는 듯 그녀를 힐끗 쳐다보았다. "이 친구는 모든
것을 낱낱이 파헤쳤어. 경계를 하지 않으면, 다른 인종들이
세상을 다스린다는 거지. 그건 현재 지배적인 인종인 우리
에게 달려 있어."

"우리가 그들을 때려눕혀야 해요." 불타는 노을을 향해 눈
을 깜박거리며 데이지가 소곤거렸다.

"캘리포니아에 가서 살아야겠군." 미스 베이커가 말을 꺼
냈다. 그러나 톰이 의자에 앉은 채로 자세를 바꾸며 그녀의

---

* 로스럽 스토더드의 『The Rising Tide of Color』(뉴욕, 스크립 너스 출판사, 1920)를
  암시한 것임. 브루콜리 교수는 피츠제럴드가 제목과 저자의 이름을 정확하게 기재하
  고 싶어 하지 않았다고 추측한다. 마찬가지로 본문 79쪽에서 언급된 존 스토더드와 로
  스럽 스토더드를 명확하게 구분하고 싶어 했다.

말을 가로막았다.

"그러니까 우리는 북유럽 인종이라는 거야. 나도 그렇고, 자네도 그렇고, 조던도, 그리고……." 잠시 망설이던 그는 가볍게 고개를 끄덕이며 데이지도 그 속에 포함시켰다. 그러자 그녀는 또다시 나를 향해 눈을 깜박거렸다. 톰이 계속 덧붙였다. "그리고 우리가 문명을 형성하는 데 필요한 모든 것을 우리가 만든 거야. 그래, 과학이나 예술, 뭐 그런 것들 말이야. 안 그래?"

그의 열중하는 기세에는 무언가 연민을 자아내는 구석이 있었다. 마치 진부하다기보다는 예리한 그의 자기만족도 이제 더 이상 그에게 충분하지 않은 것 같았다. 그리고 이내 안에서 전화벨이 울리고 집사가 베란다를 떠나자, 그 틈을 탄 데이지가 내 쪽으로 몸을 기울였다.

"집안 비밀 한 가지 얘기해 줄까."

그녀가 재미있어 죽겠다는 듯 소곤거렸다. "우리 집 집사의 코 얘긴데, 듣고 싶어?"

"그런 얘기 듣자고 오늘 밤 여기에 온 거 아냐."

"그래, 그 사람이 항상 집사는 아니었고, 전에는 뉴욕에서 은그릇 닦는 일을 했대. 그것도 단골이 이백 명이나 되는 곳에서. 그러자니 아침부터 밤까지 은그릇을 닦아야 했고, 그러다가 결국 코에 이상이 생기기 시작한 거야……."

"상태가 점점 나빠졌겠네." 미스 베이커가 거들었다.

"맞았어. 상태가 점점 나빠져서 결국 그 일을 그만둘 수밖에 없었대."

일순 마지막 남은 햇살이 그녀의 상기된 얼굴을 살포시 비추었다. 그녀의 이야기를 듣는 동안 나는 숨을 멈춘 채 그녀의 목소리에 이끌려 저절로 몸이 앞으로 기울어졌다. 이윽고 햇살이 사라졌다. 땅거미가 지면 신나는 거리를 뒤두고 집으로 돌아가야 하는 아이들처럼 못내 아쉬운 듯 망설이며 그렇게 햇살은 그녀로부터 멀어져 갔다.

집사가 다시 들어와 톰의 귀에 대고 무언가 소곤거리자, 톰은 눈살을 찌푸리며 의자를 뒤로 밀치고는 한마디 말도 없이 안으로 들어갔다. 남편이 사라지자 무언가 생기를 되찾게 해 준 듯, 데이지는 다시금 몸을 앞으로 기울였다. 그녀의 목소리는 노래를 부르듯 정열적이었다.

"닉 오빠와 이렇게 같이 식탁에 앉으니 너무 좋다. 오빠를 보면 한 송이, 한 송이 장미 생각이 나. 완전무결한 한 송이 장미, 안 그래?"

데이지가 미스 베이커를 쳐다보며 동의를 구했다.

"완전무결한 한 송이 장미 같지?"

그것은 사실이 아니었다. 나는 장미하고는 거리가 멀다. 데이지는 아무거나 생각나는 대로 말을 하고 있었지만, 그녀에게선 무언가 감동적인 온기가 흘러나왔다. 마치 그녀의 가슴이 그 숨 막힐 듯한 짜릿한 말속에 숨어서 밖으로 튀어나오려고 하는 것 같았다. 그러자 갑자기 그녀는 냅킨을 식탁에 던지며 미안하다는 말과 함께 안으로 들어가 버렸다.

미스 베이커와 나는 의식적으로 아무 의미 없는 시선을 잠깐 주고받았다. 내가 무슨 말을 꺼내려는 순간 재빠르게 자세를 고쳐 앉은 미스 베이커가 "쉿!" 하며 내 말을 가로막았다. 애써 가라앉힌 흥분된 어조의 낮은 목소리가 방 저편에서 들려왔다. 미스 베이커는 거리낌 없이 그 소리를 듣기 위해 몸을 앞으로 기울였다. 낮은 목소리는 파르르 떨렸다가 다시 평정을 되찾으며 가라앉았고, 이내 흥분으로 고조되다가 일순 뚝 끊어졌다.

"아까 말씀하신 그 개츠비는 우리 옆집에 살아요."

내가 말을 꺼냈다.

"조용히 하세요. 무슨 일인지 들어 봐야겠어요."

"무슨 일이 있습니까?" 내가 천연덕스럽게 물었다.

"그럼 아무것도 모른단 말씀이세요?" 미스 베이커가 정말 놀란 표정으로 물었다. "전 세상 사람이 다 아는 줄 알았는데."

"전 모르는데요."

"저기······." 그녀가 머뭇거리며 말했다. "톰이 뉴욕에 여자가 있대요."

"여자가 있다고요?" 내가 멍한 표정으로 물었다.

미스 베이커가 고개를 끄덕였다.

"저녁 식사 시간에 전화를 걸다니 그게 무슨 경거망동이에요. 안 그래요?"

내가 미처 그녀의 말뜻을 파악하기도 전에 옷자락이 펄럭이는 소리와 저벅저벅 하는 가죽 장화 소리가 들렸고, 톰과 데이지가 식탁으로 와 앉았다.

"그냥 지나칠 수가 없었어!" 데이지가 애써 쾌활한 목소리로 소리쳤다.

그녀는 표정을 살피듯 미스 베이커와 나를 차례로 흘끔 쳐다보며 자리에 앉았다. 그러면서 덧붙였다. "잠깐 바깥 구경 좀 하느라고. 정말 로맨틱한 풍경이야. 잔디밭에 새 한 마리가 앉았는데 큐나드와 화이트 스타 라인(초호화 크루즈 선박_역주)에서 날아온 나이팅게일인 줄 알았다니까. 재잘거리면서 날아가 버렸어······." 그녀의 목소리는 노래를 부르는 것 같았다. "정말 로맨틱해. 안 그래요, 여보?"

"로맨틱하고 말고." 톰이 대답했다. 그러곤 궁색하게 내게 말을 걸었다. "식사 후에도 밖이 환하면, 마구간이나 구경하지."

다시 안에서 전화벨 소리가 들렸고, 데이지가 톰을 향해 세차게 고개를 가로저은 순간, 마구간 얘기는, 아니 모든 화제가 허공으로 사라졌다.

마지막 5분 동안 식탁에서 일어났던 단편적인 기억 중에 지금도 생각하는 것은 어찌 된 영문인지 촛불이 다시 켜져 있었다는 사실이다. 나는 거리낌 없이 모두를 똑바로 쳐다보고 싶으면서도 한편으론 그 누구와도 시선을 마주치고 싶지가 않았다. 데이지와 톰이 무슨 생각을 하고 있는지 나로서는 알 길이 없었다. 미스 베이커는 끈질긴 의구심을 겨우 억제한 듯 보이기는 해도, 이 집요하게 울려 대는 금속성 벨소리의 다섯 번째 손님에게 완전히 무관심할 수는 없었으리라. 어떤 사람에게는 이런 상황이 흥미진진해 보일 수도 있었을 테지만, 나는 본능적으로 경찰에 전화를 걸고 싶은 심정이었다.

굳이 다시 말할 필요도 없지만 마구간 이야기는 다시 나오지 않았다. 톰과 미스 베이커는 몇 걸음 차이를 두고 휘적휘적 서재를 향해 다시 걸어갔다. 마치 실재하는 시체 옆에

서 밤샘이라도 하러 들어가는 사람들처럼. 그리고 나는 약
간 귀가 어둡기도 하거니와 마냥 재미있어 보이려고 애쓰면
서 베란다와 현관을 이어 주는 체인 주위로 데이지를 따라
갔다. 짙은 어둠 속에서 우리는 긴 등나무 의자에 나란히
앉았다.

데이지는 마치 아름다운 얼굴 윤곽을 더듬듯이 두 손으
로 얼굴을 감싸 안았다. 그녀의 눈동자가 점차 벨벳처럼 부
드러운 어둠을 향해 움직였다. 나는 격한 감정이 그녀를 사
로잡고 있음을 알았다. 그래서 난 그녀의 어린 딸 이야기를
꺼냈다. 그것이 마음을 어느 정도 달래 줄 수 있을 것 같았
기 때문이다.

"우리는 서로를 잘 몰라." 그녀가 문득 말을 꺼냈다. "친척
인데도 말이야. 오빠는 내 결혼식에도 안 왔잖아."

"전쟁에서 돌아오기 전이었으니까."

"그래, 맞다." 그녀가 머뭇거렸다. "그런데, 그동안 아주 힘
들게 살아왔어. 그래서 모든 게 다 시큰둥해."

분명 그녀에겐 그럴 만한 이유가 있을 것이다. 나는 다음
말을 기다렸으나 그녀는 더 이상 말을 하지 않았다. 그리고
잠시 후 나는 기어들어 가는 목소리로 그녀의 딸 이야기를
다시 꺼냈다.

"이젠 말도 하고, 잘 먹고, 별짓 다 하겠구나."

"응, 그래." 그녀가 넋을 잃고 나를 쳐다보았다. "저기 말이지. 그 애가 태어났을 때의 얘기를 해 줄게. 듣고 싶어?"

"듣고 싶고말고."

"그 얘길 들으면 내가 어떤 기분이었는지 알게 될 거야. 글쎄, 애를 낳고 채 1시간도 안 지났는데, 톰이 없어져 버린 거야. 난 버림받은 기분으로 마취에서 깨어났어. 깨어나자마자 딸인지 아들인지 간호사한테 물었지. 그랬더니 딸이라는 거야. 그래서 나는 고개를 돌리고 펑펑 울었어. 난 이렇게 말했어. '괜찮아. 딸이라 다행이야. 그 애가 바보 멍청이가 됐으면 좋겠어. 그게 이 세상에서 여자가 될 수 있는 최선의 모습이니까. 아름답고 귀여운 바보 말이야.' 어쨌든 오빠도 알다시피 모든 게 다 끔찍해."

그녀가 확신에 찬 목소리로 덧붙였다. "모두가 그렇게 생각할걸. 가장 진보적인 사람들 말이야. 난 알아. 난 안 가 본 데가 없고 안 본 것도 없고 안 해 본 게 없어." 그녀의 눈동자가 톰의 눈동자처럼 도전적으로 번득였다. 그리곤 소름이 끼칠 정도로 차가운 조소를 터뜨렸다. "닳고 닳았어, 난 정말 닳고 닳은 여자야!"

내 관심과 생각을 억지로 사로잡으려던 그녀의 목소리가

툭 끊기는 순간, 나는 그녀가 말한 것이 기본적으로 진실이 아니라고 느꼈다. 그런 느낌이 날 거북하게 했다. 마치 오늘 저녁의 모든 일들이 하나에서 열까지 내게 어떤 동조적인 감정을 강요하기 위해 일부러 꾸민 연극 같았다. 나는 기다렸다. 그리고 이내 그녀는 사랑스러운 얼굴에 능글맞은 웃음을 흘리며 나를 똑바로 쳐다보았다. 마치 어느 비밀 사교 클럽에 톰과 자신이 회원이라는 사실을 강력히 주장하듯이.

진홍색 방 안에는 환하게 불이 켜져 있었다. 톰과 미스 베이커는 긴 의자 끝에 앉아 있었고, 그녀가 톰에게 《새터데이 이브닝 포스트》지를 큰 소리로 읽어 주고 있었다. 달래는 듯한 어조와 뒤섞인 낮고 무미건조한 목소리로. 그녀가 가느다란 팔의 근육을 실룩거리며 페이지를 넘길 때마다 톰의 부츠를 환하게 비추고 미스 베이커의 노란 가을 낙엽색 머리카락을 희미하게 비추던 전기스탠드 불빛이 종이 위에 반사되었다.

데이지와 내가 안으로 들어가자 미스 베이커는 손을 든 채 한동안 잠자코 있었다.

"다음 호에 계속." 그녀가 잡지를 테이블 위로 집어던지며 말했다.

그녀는 무릎을 쉴 새 없이 들썩거리며 조바심을 치더니 결국 일어섰다.

"10시네." 그녀가 천장의 시계를 바라보며 말했다. "이 착한 아가씨가 잠자러 갈 시간이에요."

"조던은 내일 웨스트체스터*에 시합하러 갈 거야." 데이지가 일러 주었다.

"아하, 당신이 조던 베이커**군요."

그제야 그녀의 얼굴이 어째서 낯이 익었는지를 알게 되었다. 거만하면서도 매력적인 표정은 애슈빌이나 핫 스프링스 그리고 팜 비치***에서의 스포츠 생활을 소개한 신문의 수많은 사진에서 보았던 바로 그 표정이었다. 그녀에 관한 소문, 그러니까 별로 좋지 않은 소문도 들은 적이 있었지만, 그런 것들은 이미 오래전에 잊어버려 기억이 나지 않았다.

"잘 자." 그녀가 살며시 말했다. "8시에 깨워 줄래?"

"일어나기나 해."

"일어날 거야. 안녕히 주무세요, 캐러웨이 씨. 또 만나요."

"당연히 그렇게 될 거야." 데이지가 장담하듯 말했다. "사

---

*   뉴욕 근교.
** 조던 스포츠카와 베이커 전기가 합쳐진 것으로 보인다. 피츠제럴드는 맥스웰 퍼킨스에게 세계적인 골프 선수인 에디스 커밍스를 모델로 했다고 말했던 것으로 전해진다.
*** 노스캐롤라이나, 아칸소, 플로리다에 위치한 최고급 리조트.

실은 중매를 설 생각이야. 자주 와, 오빠. 그래, 둘을 한데 집 어넣을 거야! 그러니까 옷장에 슬쩍 집어넣고 잠가 버리거 나, 보트에 태워 바다로 내보내거나, 뭐 그런 거 말이야……."

"잘 자." 미스 베이커가 계단에서 소리쳤다. "난 아무 소 리도 안 들었다."

"아주 좋은 여자야." 잠시 후 톰이 말했다. "저렇게 여기저 기 돌아다니게 하면 안 되는데."

"누구더러 하는 소리예요?" 데이지가 쌀쌀맞게 물었다.

"조던네 가족 말이야."

"조던네 가족은 늙어빠진 아주머니가 전부인 걸요. 게다 가 닉 오빠가 돌볼 거잖아요. 안 그래, 오빠? 올여름에 조던 은 주말을 거의 여기서 지낼 거야. 아무래도 가정적인 분위 기가 조던에게 도움이 많이 될 거야."

데이지와 톰은 한동안 말없이 서로를 마주 보았다.

"조던이 뉴욕 출신인가?" 내가 서둘러 물었다.

"루이빌 출신이야. 거기서 순수한 소녀 시절을 같이 보냈 어. 우리의 아름답고 순수한……."

"베란다에서 두 사람이 허심탄회한 대화를 나눈 모양이지?" 톰이 불쑥 물었다.

"그랬나?" 데이지가 나를 쳐다보았다. "잘 생각나진 않지만, 북유럽 인종에 관해 얘기를 했던 것 같아요. 그래, 그 얘기 했어. 어쩌다 보니 얘기가 거기까지 갔어요. 그리고 당신이 아는 첫 번째는……."

"모든 걸 곧이곧대로 믿지 말게, 닉." 톰이 내게 충고를 했다.

나는 아무것도 듣지 못했으며, 이제 곧 집에 가 봐야겠다고 가볍게 대꾸했다. 두 사람은 문까지 따라 나와 환한 불빛 아래 나란히 섰다. 내가 자동차에 시동을 걸자 데이지가 느닷없이 "잠깐만!" 하고 소리쳤다.

"물어본다는 걸 깜박했어. 아주 중요한 거야. 서부에서 누구랑 약혼했다고 들었는데."

"맞았어." 톰이 다정하게 맞장구를 쳤다. "자네가 약혼했다는 소식을 들었어."

"괜한 헛소문이야. 난 가난뱅이인걸."

"하지만 들었대도." 다시금 꽃처럼 환하게 피어올라 나를 깜짝 놀라게 하며 데이지가 우겼다. "세 사람한테 들었어, 그러니까 틀림없는 얘기겠지."

물론 그들이 무슨 얘기를 하고 있는지 알고 있었지만, 나는 약혼한 사실조차 없었다. 사실 그런 소문 때문에 겸사겸사 동부로 온 것이다. 소문 때문에 오랜 친구와의 의리를 끊을 수도 없었고, 그렇다고 결혼한다는 소문에 휩싸이고 싶지도 않았다.

그들 부부의 관심이 날 감동시켰으며, 그들을 덜 부자처럼 보이게 해 주었다. 그럼에도 불구하고 나는 차를 몰고 나오면서 머릿속이 혼란스럽고 약간 역겹기까지 했다. 내가 보기엔 데이지가 할 일은 아이를 안고 그 집을 뛰쳐나오는 일이었다. 하지만 그녀의 마음속엔 그럴 의사가 전혀 없는 것 같았다. 톰은 톰대로 '뉴욕에 여자가 있다'는 사실이 어떤 책을 읽고 우울해진 것보다도 더 대수롭지 않은 일이었다. 메마른 생각의 극단에서 무언가가 그를 좀먹고 있었다. 마치 그의 억센 육체적 이기주의가 더 이상 그의 오만한 마음을 지탱해 주지 못하는 듯했다.

도로변의 여관 지붕에도, 희미한 불빛 아래 빨간 새 휘발유 펌프가 늘어서 있는 길가 차고 앞에도 이미 여름이 한창이었다.

웨스트 에그의 집에 도착한 나는 차고에 자동차를 넣고 잠시 앞마당에 버려진 제초기 위에 걸터앉았다. 바람이 마구 불고 지나간 자리엔 나무에서 윙윙대며 날갯짓을 하는 새들과 대지의 울부짖는 소리가 생명력을 불어넣어 줌에 따라 지칠 줄 모르고 울어 대는 개구리 울음소리로 시끄러운, 맑게 갠 밤이 시작되고 있었다. 움직이는 고양이의 그림자가 달빛을 가로질러 너울거렸다. 그 그림자를 보기 위해 고개를 돌린 나는 내가 혼자가 아니라는 것을 알았다.

50피트쯤 떨어진 곳에서 어둠에 싸인 이웃집 저택에서 나온 한 그림자가 주머니에 양손을 찔러 넣은 채 은빛 가루를 뿌려놓은 것 같은 별을 바라보며 서 있었다. 어딘지 모르게 여유로운 태도와 잔디 위에 서 있는 안정감 있는 자세로 미루어 볼 때 그 그림자가 개츠비 씨라는 것을 알 수 있었다. 우리가 같이 누리고 있는 이 천국에서 자신의 영역이 어디까지인지를 확인해 볼 생각으로 밖으로 나왔던 것일까…….

나는 그를 부르기로 마음먹었다. 미스 베이커가 저녁 식사 때 개츠비 얘기를 꺼냈었는데, 그것이 좋은 구실이 될 것이다. 하지만 나는 그를 부르지 않았다. 혼자 있는 것을 즐기는 듯한 갑작스러운 분위기가 그에게서 느껴졌기 때문이었다. 그는 특이한 자세로 어두운 바다를 향해 양팔을 뻗었다. 나는 그가 있는 곳에서 멀리 있었지만, 그가 떨고 있음을 분명히 볼 수 있었다. 나는 무심코 바다 쪽을 흘끗 쳐다보았다. 아주 멀리 한 줄기 희미한 녹색 불빛이 눈에 들어왔을 뿐이다. 거긴 어쩌면 부두 끝인지도 몰랐다. 다시금 개츠비를 찾아보았으나, 그는 이미 사라지고 없었고, 나는 이 고요하지 않은 어둠 속에서 또다시 혼자가 되었다.

제2장

　웨스트 에그와 뉴욕 사이의 중간 지점에 자동차 도로가 다급하게 철로와 만나 반 마일가량을 나란히 달리는 곳이 있다. 사람이 살지 않는 황량한 지역을 피해 가기 위해서이다. 이곳은 재의 골짜기*로서 잿더미가 마치 밀처럼 자라 이랑도 되고 언덕도 되고 기괴한 정원도 되는 환상의 농장이다. 그런가 하면 집이니 굴뚝이니 솟아오르는 연기니, 심지어는 어느 신비로운 노력을 거쳐 잿빛 인간의 모습으로까지 나타난다. 이들은 잿빛 가루 속에서 맥없이 꾸물거리다가 폭삭 무너져 내리며 어느새 먼지가 되어 뿌연 대기 속으로 사라지고 만다. 이따금 긴 잿빛 열차가 제대로 보이지도 않는 선로를 서행하며 삐걱삐걱 기분 나쁜 소리를 내고 멈추어 선

---

* 브루콜리 교수에 의하면, 뉴욕의 플러싱 메도우를 근거로 했으며, 플러싱 메도우는 쓰레기와 재를 갖다 버리는 습지로서 나중에 1939년 세계 박람회 부지가 된다.

다. 그러면 이내 잿빛 인부들이 납빛 삽을 들고 우르르 몰려들어 뿌연 먼지구름을 일으켜 놓는다. 그러면 그나마 그들의 맥 풀린 동작조차 먼지구름에 가려 보이지 않게 된다.

그러나 잿빛 땅과 쉴 새 없이 삭막하게 휘몰아치는 먼지 위를 가만히 보고 있노라면 잠시 후, T.J. 에클버그 박사의 눈동자가 눈에 들어온다. T.J. 에클버그 박사의 눈동자는 파랗고 거대하다. 망막의 높이만도 1야드나 된다. 얼굴 없는 눈동자는 존재하지 않는 코에 걸린 거대한 노란 안경 너머로 이쪽을 바라보고 있다. 어느 익살맞은 엉뚱한 안과 의사가 퀸즈 시市에 안과를 개업하면서 돈 좀 벌어 보려고 그 광고판을 세워 놓았을 것이다. 그리곤 아무 생각 없이 그냥 내버려 두었거나, 아니면 까맣게 잊어버리고 다른 곳으로 이사했을지도 모른다. 하지만 오랫동안 페인트칠을 새로 하지 않은 데다가 햇빛이며 비에 시달려 칙칙하게 변한 그 눈동자는 이 엄숙한 쓰레기 처리장 언덕 위에서 수심 가득한 형상을 하고 있다.

쓰레기 계곡 한쪽으로는 더러운 강물이 흐르고, 가끔 개폐교가 올라가 거룻배가 통과하기 때문에 열차의 승객들은 30분 정도 기다리며 그 음산한 광경을 바라볼 수가 있었다.

거기서는 적어도 1분은 멈추게 되는데, 내가 톰 부캐넌의 정부情婦를 처음 보게 된 것도 그 때문이었다. 그를 알아보는 사람이 있는 곳이면 어느 곳에서건 그에게 정부가 있다는 사실이 강조되었다. 그의 지인들은 그가 사람이 붐비는 카페에 그녀를 데리고 나타나, 그녀를 테이블에 남겨 놓은 채, 이리저리 돌아다니며 아는 사람이면 아무나 붙잡고 얘기를 하는 것을 불쾌해했다. 난 그 여자가 누군지 궁금했지만, 그렇다고 일부러 만나 볼 생각은 없었다. 그러나 결국은 만나게 되었다. 어느 날 오후 나는 톰과 기차를 타고 뉴욕으로 올라갔다. 그리고 쓰레기 더미 앞에서 기차가 서자 그는 벌떡 일어나 내 팔꿈치를 붙잡고는 그야말로 강제로 나를 기차에서 끄집어 내렸다.

"어서 내려." 그가 고집을 부렸다. "내 여자를 보여 줄게."

나는 그가 점심 식사 때 술을 진탕 마셨는지, 나를 데려가겠다는 결의가 거의 폭력에 가깝다고 생각했다. 일요일 오후에 내가 별달리 할 일도 없을 거라는 주제넘은 억측이기도 했다.

나는 그를 따라 하얗게 회칠을 한 철로 울타리를 넘었다. 우리 두 사람은 에클버그 박사가 내려다보고 있는 아래 도로를 따라 100야드쯤 걸어갔다. 눈에 보이는 건물이라곤 황폐한 땅의 언저리에 서 있는 노란 벽돌로 지은 초라한 건물이 전부였다. 오밀조밀한 대로大路에 모든 것을 공급해 주는 이 건물 옆으로는 아무것도 없었다. 건물 안에 있는 세 개의 가게 중 하나는 세를 주려고 내놓은 상태였고, 또 하나는 쓰레기 옮기는 길에 인접한 철야 영업을 하는 식당이고, 세 번째는 '조지 B. 월슨. 자동차 정비·매매'라고 쓰인 자동차 정비소였다. 나는 톰을 따라 안으로 들어갔다.

안은 초라하고도 휑해 보였다. 눈에 띄는 자동차라곤 뽀얗게 먼지를 뒤집어쓰고 있는 고장 난 포드 한 대가 전부였는데, 그것도 어두침침한 한쪽 구석에 서 있었다. 정비소 주인이 헝겊 조각에 손을 닦으며 한 사무실 문 앞에 나타난 순간, 이 정비소의 어둠은 단지 눈가림일 뿐, 사치스럽고 낭만적인 아파트가 위에 감춰져 있다는 생각이 내 머리를 스치고 지나갔다. 정비소 주인은 금발에 기운이 없고 무기력해 보였지만 어딘가 잘생긴 데가 있는 남자였다. 우리를 보자 그의 파란 눈동자에 한 줄기 희망의 빛이 번졌다.

"잘 있었나, 월슨." 톰이 그의 어깨를 툭 치며 유쾌하게 말을 걸었다. "장사는 잘 되나?"

"글쎄요." 월슨이 애매하게 대답했다. "그 차는 언제 파실 건가요?"

"다음 주에. 그 일을 해 줄 사람을 구해 놨어."

"그 친구 동작이 굼뜨네요. 안 그래요?"

"아니, 그렇지 않아." 톰이 차갑게 잘라 말했다. "자네가 그렇게 생각한다면, 다른 데다 파는 게 나을지도 모르겠군."

"그런 말씀이 아니라." 윌슨이 황급히 둘러댔다. "제 말뜻은……."

그의 목소리가 기어들어가자 톰은 조바심을 내며 정비소 안을 흘끔거렸다. 그러자 계단을 내려오는 발자국 소리가 들렸다. 그리고 잠시 후, 한 여인의 살집 좋은 몸매가 드러나면서, 사무실 문의 빛을 가로막았다. 그녀는 삼십 대 중반으로 다소 통통했으며 보기 드물게 육감적인 몸매를 지니고 있었다. 물방울무늬가 찍힌 짙푸른 비단 크레이프 드레스를 차려입은 그녀의 얼굴은 예쁜 편은 아니었지만 마치 그녀의 몸속 모든 신경이 끊임없이 요동치고 있는 것처럼 생기가 가득 느껴졌다. 그녀의 입가에 천천히 미소가 번졌다. 그녀는 거기 서 있는 남편이 유령이기라도 하듯 아랑곳하지 않은 채 이글이글 타는 듯한 눈길로 톰을 쳐다보며 그와 악수를 나누었다. 그러고 나서 그녀는 입술을 적신 뒤, 고개를 돌리지도 않은 채 낮고 거친 목소리로 남편에게 말했다.

"의자 좀 가져와요, 어서요, 그래야 앉을 수가 있죠."

"아, 그래." 윌슨이 서둘러 맞장구를 쳤다. 그리곤 사방의 벽이 시멘트 색깔인 좁은 사무실 안으로 사라졌다. 주변에 있는 모든 것이 온통 재를 뒤집어쓰고 있는 것처럼 그의 푸른 재킷과 희끗한 머리카락 위에도 뿌연 잿빛 먼지가 덮여 있었다. 톰에게로 바싹 다가간 그의 아내만을 제외하곤.

"보고 싶어." 톰이 들뜬 목소리로 얘기했다. "다음 기차를 타고 와."

"알았어요."

"아래층 신문 가판대에서 기다릴게."

그녀는 고개를 끄덕였고 조지 윌슨이 의자 두 개를 들고 사무실에서 나오자 톰에게서 떨어졌다.

우리는 길 아래쪽 으슥한 곳에서 그녀가 오기를 기다렸다. 그날은 독립기념일(7월 4일)을 며칠 앞둔 때여서 뼈만 앙상한 잿빛 이탈리아계 아이 하나가 선로를 따라 폭죽을 꽂고 있었다.

"끔찍한 곳이야. 안 그래?" 톰이 에클버그 박사를 향해 인상을 찌푸리며 말했다.

"그렇군."

"여길 벗어나는 게 그 여자한테 좋아."

"남편이 반대 안 할까?"

"윌슨이? 윌슨은 자기 와이프가 뉴욕에 있는 여동생을 만나러 가는 줄 알아. 그 친구는 자기가 살아 있는지 어쩐지도 모르는 바보라니까."

그렇게 해서 톰 부캐넌과 그의 정부, 그리고 나는 함께 뉴
욕으로 갔다. 아니 정확히 말하자면 함께는 아니었다. 윌슨
부인은 남의 눈에 띄지 않게 다른 칸에 탔다. 톰은 기차에
타고 있을지도 모르는 이스트 에그 사람들의 날카로운 시선
을 의식하지 않을 수 없었다.

그녀는 갈색 무늬가 들어간 모슬린 드레스로 갈아입고 있
었는데, 뉴욕 플랫폼에서 톰이 그녀를 부축하자 그녀의 풍
만한 엉덩이의 실루엣이 고스란히 드러났다. 신문 가판대에
서 그녀는 《타운 태틀》* 한 권과 영화 잡지 한 권을 구입했
다. 그리고 역에 있는 약국에서 콜드크림과 휴대용 향수 한
병을 샀다. 차 소리가 시끄러운 위층으로 올라오자, 그녀는
네 대의 택시를 그냥 보내고 새 차 한 대를 불러 세웠다. 자
주색과 회색으로 실내장식을 한 차였다. 우리는 이 택시를
타고 복잡한 역을 빠져나와 작열하는 햇살을 향해 미끄러
져 갔다. 하지만 이내 그녀는 창문에서 갑자기 몸을 홱 비틀
며 앞으로 숙이더니 앞 유리를 톡톡 두드렸다.

"저런 개를 한 마리 갖고 싶어요." 그녀가 진지하게 말했

---

* 1920년대에 주로 스캔들을 다루던 잡지.

다. "아파트에서 기르고 싶어요. 개가 한 마리 있으면 참 좋을 것 같아요."

우리는 엉뚱하게도 존 D. 록펠러를 빼닮은 머리가 희끗한 노인 쪽으로 후진을 했다. 노인의 목에 매달린 바구니에는 종을 알 수 없는 갓 태어난 강아지 열두어 마리가 웅크리고 있었다.

"종자가 뭐예요?" 노인이 택시 창문으로 다가오자 윌슨 부인이 다그쳐 물었다.

"뭐든지 다 있습죠. 아가씨는 무슨 종자를 원하쇼?"

"경찰견 한 마리를 갖고 싶어요. 그런 종류는 없나요?"

노인은 글쎄, 하는 표정으로 바구니 속을 들여다보다가 손을 집어넣고는 그중 한 마리의 목덜미를 잡아 버둥대는 강아지를 끄집어 냈다.

"그건 경찰견이 아니질 않소." 톰이 말했다.

"그렇소. 꼭 경찰견은 아니지요." 노인이 실망한 목소리로 말했다. "에어데일테리어종에 가깝죠." 그는 갈색 수건 같은 강아지의 등을 쓰다듬었다. "이 털을 보세요. 좋은 털이죠. 이런 개는 절대 감기에 걸려서 사람을 귀찮게 하는 일이 없습죠."

"귀여운 것 같아요." 윌슨 부인이 신이 나서 말했다. "얼마나 해요?"

"이 개요?" 노인은 아까운 듯 그 개를 쳐다보았다. "이 녀석은 10달러는 내셔야 해요."

그 에어데일테리어—비록 발이 유난히 하얗기는 했어도 어딘지 모르게 에어데일테리어다운 데가 있는—는 주인이 바뀌어 윌슨 부인의 무릎으로 넘어왔다. 그녀는 좋아 어쩔 줄 모르며 방한 코트 같은 털을 쓰다듬었다.

"여자예요, 남자예요?" 그녀가 그윽하게 물었다.

"이 개요? 수놈이에요."

"암캐야." 톰이 잘라 말했다. "여기 돈 받아요. 그 돈으로 가서 열 마리 더 사시오."

우리는 차를 타고 5번가로 갔다. 따스하고 쾌적하고 목가적이라고까지 할 수 있는 여름날의 일요일 오후였다. 나는 길모퉁이에서 하얀 양떼가 나타난다고 해도 놀랄 것 같지 않았다.

"잠깐만." 내가 말했다. "난 여기서 내려야겠어."

"그건 안 돼." 톰이 이내 가로막았다. "자네가 아파트에 안 나타나면 머틀이 서운해할 거야. 안 그래, 머틀?"

"그럼요." 그녀가 졸라 댔다. "내 동생 캐서린에게 전화할게요. 캐서린은 만나는 사람마다 다들 예쁘다고 그래요."

"글쎄, 나도 그러고 싶지만……."

우리는 계속 차를 타고 가다가 공원을 지나 웨스트 100번가 쪽으로 향했다. 아파트들이 흰 케이크처럼 길게 늘어서 있는 158번가에서 택시가 멈추어 섰다. 자신의 궁전으로 돌아온 왕비처럼 주변을 당당하게 훑어보면서, 윌슨 부인은 개와 그밖에 쇼핑한 물건들을 주워 들고 위풍당당하게 안으로 들어갔다.

"맥키 부부더러 올라오라고 할게요." 우리가 엘리베이터에 오르자 그녀가 말했다. "그리고 물론 내 동생도 전화로 부르고요."

아파트는 맨 꼭대기 층에 있었다. 작은 거실, 작은 식당, 작은 침실, 그리고 욕실이 딸린 아파트였다. 거실은 넓이에 비해 지나치게 큰 태피스트리가 달린 한 세트의 가구로 꽉 들어차 있어서, 움직일 때마다 베르사유 정원을 걸어 다니는 여인들이 그려진 장면이 계속해서 발에 걸리적거렸다. 유일한 사진이라곤 지나치게 확대한 사진으로, 분명 윤곽이 희미한 바위에 앉아 있는 한 마리의 암탉 사진이었다. 그렇지만 멀리서 보면 그 암탉은 어느덧 여자 모자로 둔갑해 버리고, 살집 좋은 어느 노부인의 얼굴이 방 안을 향해 밝게 미소 짓고 있는 것처럼 보였다. 묵은《타운 태틀》몇 권이『베드로라 불리는 시몬』* 한 권, 그리고 시시한 브로드웨이 잡지 몇 권과 함께 식탁 위에 놓여 있었다. 윌슨 부인은 처음에는 강아지에 정신이 팔려 있었다. 엘리베이터 보이가 마지못해 밀짚이 가득 든 상자와 우유를 구하러 갔다. 그 밖에도 커다랗고 딱딱한 강아지 비스킷이 든 깡통을 자진해서 가지고 왔다. 그 비스킷 중 한 개는 오후 내내 아무도 거들떠보지 않아 우유 접시에서 부패해 있었다. 그러는 동안 톰은 잠겨 있던 장롱문을 열고 위스키 한 병을 꺼냈다.

나는 평생 술에 취한 적이 딱 두 번 있었는데, 그 두 번째가 바로 그날 오후였다. 저녁 8시가 넘도록 밝은 햇살이 아파트 구석구석을 환하게 비췄는데도, 지금 생각해 보면 그날 일어났던 일은 하나같이 그저 몽롱하고 희미할 뿐이다. 윌슨 부인은 톰의 무릎에 앉아 몇몇 사람에게 전화를 걸었다.

그런데 담배가 떨어져서, 길모퉁이에 있는 약국으로 담배를 사러 나갔다. 다시 돌아와 보니 두 사람의 모습이 보이지 않았다. 그래서 난 얌전히 거실에 앉아 『베드로라 불리는 시몬』 한 장章을 읽었다. 그런데 그 책이 형편없었던지 아니면 위스키 때문에 취기가 올라서인지 아무튼 통 무슨 소린

---

* 로버트 키블의 대중 소설(뉴욕, 듀튼 출판사, 1921)로서 피츠제럴드는 이 소설을 싫어했으며 윤리적이지 않다고 생각했다.

지 알 수가 없었다.

톰과 머틀—첫 잔을 주고받은 뒤 윌슨 부인과 나는 서로 이름을 불렀다—이 다시 나타나자, 친구들도 잇달아 도착하기 시작했다.

머틀의 동생, 캐서린은 삼십 대쯤으로 호리호리하고 세속적인 여자였다. 착 달라붙은 단발에 머리카락은 붉은색이었고, 뽀얗게 화장을 하고 있었다. 눈썹을 다 뽑은 다음 더 세련되고 산뜻하게 다시 그렸으나, 뽑았던 자리에 다시 눈썹이 나오고 있어서 전반적으로 지저분한 인상을 주었다. 그녀가 몸을 움직일 때마다 팔에 매달린 셀 수도 없이 많은 도기陶器 팔찌가 연신 위아래로 오르내리며 짤랑짤랑 소리를 냈다. 그녀는 집주인이라도 되는 양 경박하게 집 안으로 들어와서는 탐나는 표정으로 방 안의 가구를 둘러보았으므로, 그녀가 이 집에 살고 있는 것이 아닌가 하는 생각이 들 정도였다. 그러나 내가 그녀에게 사실을 묻자 그녀는 요란스럽게 웃어대더니, 내가 묻는 말을 큰 소리로 따라 했다. 그리곤 여자친구와 함께 호텔에서 살고 있다고 대답했다.

아래층에 사는 맥키 씨는 얼굴이 창백한 여성스러운 남자였다. 방금 면도를 끝냈는지 광대뼈에 하얀 비누 거품이 묻어 있었다. 그는 방 안에 있는 사람들에게 아주 정중하게 인사를 했다. 그는 나에게 '예술 게임'을 하고 있다고 말했는데, 나중에 알아보니 그는 사진사였으며 벽에 심령사진처럼 걸려 있는 윌슨 부인 어머니의 희미한 확대 사진은 그의 작품이었다. 그의 아내는 새된 목소리에 맥이 없어 보였고, 겉모습은 큼직하고 매력적이지만 왠지 혐오감을 주었다. 그녀는 자기 남편이 결혼한 후로 127번이나 자기 사진을 찍어 주었다고 자랑을 했다.

윌슨 부인은 방금 전 옷을 갈아입었는데, 크림색 시폰으로 공들여 만든 애프터눈 드레스로 성장盛裝하고 있었다. 옷자락을 끌며 방 안을 걸어 다닐 때마다 사각사각 옷 스치는 소리가 났다. 옷 때문에 그녀의 성격까지 달라진 것 같았다. 자동차 정비소에서는 그토록 두드러졌던 강렬한 생기가 지금은 오만불손한 거만함으로 바뀌어 있었다. 그녀의 웃음소리, 제스처, 주장이 시간이 갈수록 점점 더 부자연스러웠고, 그녀가 부산을 떨수록 주변 공간은 점점 더 좁아지다가, 급기야는 그녀가 시끄럽게 삐걱대는 회전축을 타고 담배 연기 자욱한 방 안을 빙글빙글 돌고 있는 듯한 느낌이었다.

"캐서린!" 그녀가 거들먹거리는 소리로 크게 외쳤다. "여기 사람들은 툭하면 사람을 속이려 들 거야. 오직 돈밖에 몰라. 지난주에도 발이 아프길래 어떤 여자를 불러서 오라고 했는데, 막상 청구서를 보니까 맹장 수술이라도 한 것처럼 바가지를 씌웠더라니까."

"그 여자 이름이 뭔데?" 맥키 부인이 물었다.

"에버하르트 부인. 집집마다 찾아다니면서 발을 봐 준대."

"드레스가 멋있네. 정말 맘에 들어." 맥키 부인이 감탄했다.

윌슨 부인은 거드름을 피우며 눈썹을 치켜올리고는 그 칭찬을 일축했다.

"얼마나 오래된 옷인데, 그냥 신경 쓰기 싫을 때 아무 생각 없이 걸치는 옷이야."

"그런데 아주 잘 어울려. 정말이야." 맥키 부인은 말꼬리를 놓지 않았다. "체스터가 지금 그런 포즈의 모습을 찍는다면, 아마 걸작이 나올 거야."

우리 모두는 잠자코 윌슨 부인을 쳐다보았다. 그녀는 눈을 가린 머리카락을 쓸어 올리고는 환한 미소를 지으며 우리를 돌아보았다. 맥키 씨는 고개를 한쪽으로 기울이며 그녀를 찬찬히 훑어보더니, 이윽고 한 손을 얼굴로 들어 천천히 앞뒤로 움직였다.

"조명을 바꿔야겠어요." 그리고 잠시 후 덧붙였다. "입체감을 주고 싶어요. 뒷머리도 전부 살리면서요."

"조명을 바꾼다는 생각은 미처 못했어요. 내 생각엔……."

맥키 부인이 소리쳤다.

그녀의 남편이 "쉿!" 하고 가로막았다. 우리 모두는 다시 한번 주인공을 쳐다보았다. 그러자 톰 부캐넌이 크게 하품을 하면서 일어섰다.

"맥키 씨 내외분, 뭘 좀 드시지요. 머틀, 얼음하고 광천수 좀 더 가져와. 모두 잠들기 전에."

"보이한테 얼음 가져오라고 했는데." 머틀은 아랫사람들의 게으름은 어쩔 수 없다는 듯 눈썹을 치켜떴다. "못 말리는 사람들이야! 노상 잔소리를 해 대지 않으면 안 된다니까요."

그녀는 나를 보며 공연히 웃었다. 그리곤 강아지에게 뛰어가 광적으로 입을 맞춘 다음, 마치 예닐곱 명의 요리사가 그녀의 명령을 기다리고 있기라도 하듯 부엌으로 달려갔다.

"롱아일랜드에선 멋진 사진을 찍었었죠." 맥키 씨가 자신 있게 말했다.

톰은 그를 멍하니 바라보았다.

"그중의 두 장은 액자에 끼워서 아래층에 걸어 두었죠."

"무슨 두 장이요?" 톰이 물었다.

"작품 두 장이요. 하나는 '몬턱 포인트*-갈매기'고, 다른

---

* 롱아일랜드 동부 끝단에 위치한 작은 도시.

하나는 '몬턱 포인트—바다'라고 제목을 붙였어요."

머틀의 동생 캐서린은 나와 나란히 소파에 앉아 있었다.

"선생님도 롱아일랜드에 사시죠?" 캐서린이 물었다.

"웨스트 에그에 삽니다."

"정말이요? 한 달쯤 전에 파티가 있어서 거기 갔었어요. 개츠비라고 하는 사람 집에요. 그 사람을 아세요?"

"바로 옆집에 삽니다."

"그런데, 사람들 말이 그 사람이 빌헬름 황제의 조칸지 사촌인지 그렇대요. 그래서 그렇게 돈이 많은 거래요."

"그래요?"

그녀가 고개를 끄덕였다.

"난 그 사람이 무서워요. 그 사람이 나한테 접근한다면 정말 싫을 것 같아요."

내 이웃에 관한 이 흥미진진한 정보는 맥키 부인이 갑작스럽게 캐서린을 가리키는 바람에 중단되고 말았다.

"체스터, 여기 이 여자분도 사진을 찍으면 좋겠는데요." 맥키 부인이 별안간 제안했지만, 맥키 씨는 건성으로 고개를 끄덕였을 뿐, 다시 톰 쪽으로 얼굴을 돌렸다.

"할 수만 있다면 롱아일랜드에서 더 일하고 싶어요. 시작만 할 수 있으면 좋겠는데."

"머틀한테 부탁해 봐요." 윌슨 부인이 쟁반을 들고 들어오자 갑자기 껄껄 웃음을 터뜨리며, 톰이 말했다. "머틀이 소개장을 써 줄 수 있을 거요. 안 그래, 머틀?"

"뭘 한다고요?" 그녀가 놀란 표정으로 물었다.

"당신 남편 앞으로 소개장을 써서 믹키 씨한테 주라고. 그를 모델로 습작품 하나 만들게." 제목을 생각하느라 톰의 입술이 잠시 소리 없이 움직였다. "'주유소의 조지 B. 윌슨', 아니면 뭐 그 비슷한 걸로."

캐서린이 내게 몸을 기울이며 귀엣말을 했다.

"저 사람들은 각자 배우자를 지겨워해요."

"그래요?"

"앙숙이라니까요." 캐서린은 머틀과 톰을 번갈아 가며 쳐다보았다. "내 말은, 서로 지겨워하면서 왜 같이 사느냐, 그거예요. 나 같으면 이혼하고 당장 재혼할 텐데 말이에요."

"머틀도 윌슨을 좋아하지 않나요?"

이 질문에 대한 대답은 뜻밖의 곳에서 들려왔다. 우리의 말을 엿들은 머틀에게서 대답이 나왔는데, 그것은 노골적이고도 외설스러웠다.

"자, 보셨죠." 캐서린이 의기양양하게 목청을 높였다. 그리곤 다시 목소리를 낮췄다. "두 사람이 소원한 건 톰의 부

인 때문이에요. 그 여잔 가톨릭 신자예요. 그래서 이혼은 꿈
도 못 꾼대요.”

데이지는 가톨릭 신자가 아니었다. 그래서 나는 이렇게 교
묘하게 꾸며진 거짓말에 약간 충격을 받았다.

“결혼하면 두 사람은 한동안 웨스트에 가서 살 거래요. 구
설수가 가라앉을 때까지요.” 캐서린이 덧붙였다.

“유럽으로 가는 게 더 조용하지 않을까요.”

“어머, 유럽을 좋아하세요?” 그녀가 놀랍다는 듯 소리쳤다.

“바로 얼마 전까지 몬테카를로에 있었거든요.”

“그래요.”

“바로 작년에요. 다른 여자애랑 같이 갔었어요.”

“오래 있었나요?”

“아뇨. 몬테카를로에만 갔다가 돌아왔어요. 마르세유를 거
쳐서 갔어요. 처음 떠날 땐 천이백 달러가 넘게 있었는데, 이
틀 동안 민박집에서 사기를 당했어요. 지금에서야 말이지만
돌아오는 길은 정말 끔찍했어요. 정말이지, 그놈의 도시라면
지긋지긋해요!”

저무는 오후의 하늘은 지중해의 감미로운 파란 물결처럼
한동안 창문을 아름답게 물들이고 있었다. 그 순간 맥키 부
인의 날카로운 목소리에 나는 다시 방으로 들어갔다.

"내가 하마터면 실수를 할 뻔했어." 그녀가 신이 나서 말했다. "몇 년 동안 날 졸졸 따라다니던 놈팡이하고 결혼 직전까지 갔지 뭐야. 물론 내가 밑진다는 걸 알고 있었지만. 모두들 나한테 이렇게 말했거든. '루실, 네가 너무 밑지잖니!' 하지만 내가 체스터를 만나지 않았다면, 분명 그 남자랑 결혼했을 거야."

"그래, 하지만……." 머틀 윌슨이 고개를 위아래로 끄덕이며 말했다. "하여간 결혼하지 않았잖아."

"물론 안 했지."

"그래, 난 결혼했어." 머틀이 애매하게 말했다. "그게 바로 너와 나의 차이점이야."

"언니는 왜 결혼했는데?" 캐서린이 물었다. "아무도 강요한 적 없잖아."

머틀이 생각에 잠겼다.

"그 사람이 신사라고 생각했기 때문에 결혼한 거야." 마침내 그녀가 말했다. "그 사람은 교양이 뭔지를 안다고 생각했는데, 내 비위를 맞출 줄 몰라."

"한동안은 흠뻑 빠져 있었잖아." 캐서린이 말했다.

"흠뻑 빠져 있었다구!" 머틀이 믿어지지 않는 듯 소리쳤다. "내가 그 사람한테 빠져 있었다고 누가 그래? 저기 있는 저 사람보다 더 좋아한 적 없어.”

그녀는 별안간 나를 가리켰다. 그러자 모든 사람이 나무라듯 나를 쳐다보았다. 나는 아무렇지도 않은 표정을 지어 보이려고 애를 썼다.

“내가 홀딱 반했던 건 결혼한 순간뿐이었어. 그리고 내가 실수했다는 걸 당장에 알았지. 그 사람은 결혼 때 다른 사람의 제일 좋은 양복을 빌려 입었어. 그리곤 나한테는 절대 그 말을 하지 않았어. 그러던 어느 날 그 사람이 없을 때, 양복 주인이 옷을 찾으러 왔었어. ‘어머, 이거 당신 양복이에요? 양복을 빌렸다는 소리는 처음 듣는데.’ 하고 내가 말했지. 어쨌든 나는 그 사람에게 양복을 돌려준 다음 자리에 누워서 오후부터 내내 엉엉 울었어.”

“언니는 정말 형부한테서 벗어나야 해요.” 캐서린이 다시 내게 말을 걸었다. “두 사람은 그 정비소 위에서 11년이나 같이 살았어요. 그리고 톰은 언니의 첫 번째 애인이죠.”

위스키병—두 번째 병—이 이제 모두의 인기를 독차지하고 있었다. ‘한 모금도 마시지 않고 마신 것처럼 기분이 좋은’ 캐서린만 제외하고 말이다.

톰은 엘리베이터 보이에게 전화를 걸어 유명한 샌드위치 집에서 샌드위치를 사 오도록 했다. 말이 샌드위치이지 저녁 식사로도 충분할 만큼 푸짐했다. 나는 그곳을 빠져나와 감미로운 노을 속에 물든 동쪽 공원으로 산책을 가고 싶었지만, 나가려고 할 때마다 험악하고 귀에 거슬리는 말싸움에 휘말려, 마치 밧줄에 끌려가듯 다시 주저앉곤 했다. 그러나 도시의 높은 곳에 일렬로 늘어선 노란 창문들은 틀림없이 인간의 비밀을 어두워져 가는 거리의 파수꾼에게 가르쳐 주었을 것이다. 나 역시 창문을 올려다보며 궁금해하는 그 파수꾼을 보았다. 나는 안에도 있었고 밖에도 있었으며, 무한히 다채로운 삶의 모습이 황홀한 반면 동시에 혐오스럽기도 했다.

머틀이 내게로 바싹 의자를 끌어당겼다. 그러고는 갑자기 뜨거운 입김을 내뿜으며 톰을 처음 만났을 때 이야기를 털어놓기 시작했다.

"기차에서 서로 마주 보는 아주 좁은 좌석이었어요. 항상 맨 나중까지 사람이 앉지 않는 그런 좌석이었죠. 동생을 만나 하룻밤 같이 자려고 뉴욕으로 가는 중이었어요. 그는 야회복을 입고 에나멜가죽 구두를 신고 있었는데, 난 그에게서 눈을 뗄 수가 없었어요. 그래서 그가 나를 쳐다볼 때마다 그의 머리 위에 있는 광고지를 보는 체했죠. 기차가 역에 도착하자, 그가 내게 다가왔어요. 그의 하얀 셔츠가 내 팔을 지그시 눌렀죠. 그래서 경찰을 부르겠다고 했어요. 그는 내가 거짓말을 하고 있다는 걸 알았어요. 나는 어찌나 흥분을 했던지 그와 함께 택시를 탔을 때도 내가 지하철을 타고 있는 줄 알았어요. 그때 내 머릿속은 온통, '넌 영원히 살 수 없어, 넌 영원히 살 수 없어.'라는 말이 꼬리에 꼬리를 물고 맴돌고 있었죠."

그녀는 맥키 부인에게 고개를 돌렸고 그녀의 어색한 웃음소리가 방 안 가득 울려 퍼졌다.

"저기, 이 드레스 벗는 대로 당장 자기 줄게. 난 내일 다른 드레스를 살 거야. 쇼핑할 리스트를 만들어야겠어. 마사지기, 고데기, 개 목걸이, 스프링이 달린 그 귀엽고 앙증맞은 재떨이, 그리고 어머니 무덤에 가져갈 검은색 실크 리본이 달린 화환, 여름 내내 시들지 않는 걸로 말이야, 사고 싶은 물건을 잊어버리지 않게 전부 목록으로 적어 놓아야겠어."

9시였다. ─그리고 얼마 후 내 손목시계를 들여다보니 10시가 되어 있었다. 맥키 씨는 마치 액션 영화에 나오는 사람처럼 주먹을 불끈 쥔 채 의자에서 잠들어 있었다. 나는 손수건을 꺼내 그의 뺨에 말라붙은 비누 거품을 닦아 주었다. 오후 내내 신경이 쓰였던 것이다.

강아지는 제대로 보이지도 않는 눈으로 연기가 자욱한 방 안을 쳐다보며 테이블 위에 앉아, 이따금 들릴 듯 말 듯한 소리로 끙끙거렸다. 사람들은 사라졌다가 다시 나타나고, 어디론가 떠날 계획을 짜는가 하면, 서로를 잃어버렸다가 다시 찾고 그러다가 코앞에서 만나고 했다.

자정이 가까워진 시각, 톰 부캐넌과 윌슨 부인은 얼굴을 마주대고 선 채 열띤 목소리로 말다툼을 했다. 윌슨 부인이 데이지란 이름을 부를 권리가 있는지 없는지에 관한 거였다.

"데이지! 데이지! 데이지!" 윌슨 부인이 소리를 질렀다. "내가 부르고 싶으면 언제든지 부를 거야! 데이지! 데이……."

날쌘 동작으로 톰 부캐넌이 그녀의 코를 후려갈겼다.

그러자 욕실 바닥에 피 묻은 수건이 널려졌고, 여자들의 꾸짖는 소리와 그런 소란을 압도하는 아픔을 호소하는 긴 통곡 소리가 이어졌다. 맥키 씨가 잠에서 깨어나 문 쪽으로 비틀거리며 걸어가기 시작했다. 중간쯤 걸어간 그는 주변을 둘러보다가 눈앞에 벌어진 광경을 빤히 쳐다보았다. 그의 아내와 캐서린은 응급치료에 필요한 것들을 들고 꽉 들어찬 가구 사이를 이리저리 피해 다니면서 나무라기도 하고 또 위로하기도 했다. 그리고 피를 흘리면서 자포자기하여 소파에 누운 인물은 베르사유 궁전이 새겨진 태피스트리에 피가 묻을까 봐 《타운 태틀》지를 펼치려 하고 있었다. 그러자 맥키 씨가 다시 문 쪽으로 걸어갔다. 나는 샹들리에에 걸린 내 모자를 집어 들고 그의 뒤를 따랐다.

"언제든 점심이나 하러 오시죠." 엘리베이터가 삐걱이며 내려가자 그가 제안했다.

"어디서요?"

"아무 데서나."

"레버에 손대지 마십시오." 엘리베이터 보이가 퉁명스럽게 말했다.

"미안하오." 맥키 씨가 정중하게 대답했다. "내가 뭘 만지고 있는지도 몰랐네."

"좋습니다. 기꺼이 가겠습니다." 나는 초대에 응했다.

……나는 그의 침대 곁에 서 있었고 그는 속옷 차림으로 시트를 덮고 앉아 있었다. 손에는 멋진 서류첩을 들고서.

"미녀와 야수…… 고독…… 식료품 가게의 늙은 말…… 브루클린 다리……."

다음 순간 나는 펜실베이니아역의 차가운 아래층에 누워, 반쯤 졸린 눈으로 조간 《트리뷴》지를 멍하니 들여다보면서 새벽 4시 기차를 기다리고 있었다.

제3장

여름 내내 밤만 되면 옆집에선 음악 소리가 들려왔다. 그의 푸른 정원에서는 남녀들이 속삭임 소리와 샴페인, 그리고 별들 사이를 누비며 나방처럼 이리저리 오고 갔다. 오후가 되어 밀물이 들어오면 그의 손님들이 부대浮臺에서 다이빙을 하거나 뜨거운 모래사장에서 일광욕을 즐기는 것을 볼 수 있었다. 한편 두 척의 모터보트가 거품이 부글거리는 급류 위로 수상스키를 이끌고 해협의 물살을 가르며 미끄러져 갔다. 주말이면 그의 롤스로이스는 셔틀버스로 변신하여 아침 9시부터 자정이 훨씬 넘는 시각까지 시내와 파티장을 오가며 사람들을 실어 날랐으며, 그의 스테이션왜건(접거나 뗄 수 있는 좌석이 있고 뒷문으로 짐을 실을 수 있는 자동차_역주)은 기차 시간에 늦지 않게 활기찬 노란 곤충처럼 쌩쌩 날아다녔다. 월요일에는 임시 정원사를 포함해 여덟 명의 하인들이 대걸레와 수세미, 망치와 정원용 가위를 들고 간밤에 망가진 곳들을 수리하며 부지런히 일을 했다.

매주 금요일에는 오렌지와 레몬 다섯 상자가 뉴욕의 과일 가게로부터 배달되고, 매주 월요일에는 반으로 쪼개진 이 오렌지와 레몬 껍질이 피라미드처럼 쌓인 채 뒷문에 버려졌다. 부엌에는 엄지손가락으로 작은 단추만 이백 번 누르면 30분에 이백 개의 오렌지에서 주스를 짜내는 기계가 있었다.

적어도 이 주일에 한 번은 파티회사 사람들이 수백 피트에 이르는 천막과 색색의 전구를 가지고 와서 개츠비의 거대한 정원에 크리스마스트리를 장식했다. 뷔페 테이블에는 번쩍이는 전채요리, 다채로운 샐러드 위에 가득 얹은 양념 햄구이, 돼지고기 파이와 군침이 도는 노르스름한 칠면조 고기가 멋지게 차려져 있었다. 중앙 홀에는 진짜 놋쇠로 된 난간을 두른 바가 마련되어 있어서, 진과 술 그리고 대부분의 젊은 여자 손님들은 너무 젊어서 오래 묵은 종류를 분간조차 할 수 없는 코디얼(과일로 만든 알코올이 없는 음료_역주)이 가득 차 있었다.

7시에 오케스트라가 도착했다. 그것도 초라한 5인조 밴드가 아닌, 오보에, 트롬본, 색소폰, 비올라, 코넷, 피콜로, 그리고 저음과 고음의 드럼이 총망라된 정식 오케스트라였다.

이제 마지막까지 남아 있던 수영객들이 해변에서 돌아와 2층에서 옷을 입고 있다. 뉴욕에서 온 자동차들은 차도 앞에 5열로 늘어서 있다. 홀과 살롱과 베란다에는 이미 총천연색으로, 최신유행으로 자른 이상한 단발머리로, 스페인 카스티야 지방에서조차 꿈도 꾸지 못할 것 같은 숄로 장식한 여인들로 화려하기 그지없다. 바는 한창 북적대고 있었다. 칵테일 쟁반이 수도 없이 바깥 정원으로 날라지고, 급기야 이야기 소리와 웃음소리가 높아지는가 싶더니, 제멋대로 남을 빈정대고 소개를 받아도 그 자리에서 잊어버리거나 서로 이름도 모르는 여자들끼리 얘기에 열중하는 등 주위의 분위기는 점점 고조되었다.

지구가 태양에서 멀어지면 전등 불빛은 더욱 밝아진다. 그리고 이제 오케스트라는 달콤하고 선정적인 음악을 연주하고 있으며, 사람들의 목소리는 한 톤씩 높아진다. 헤프게 터지고, 기분 좋은 말에 응수하는 웃음소리가 시시각각 더 높아진다. 사람들 무리는 점점 더 빨리 바뀌고, 새로 도착한 사람들로 더 복잡해지는가 하면, 이내 흩어졌다가 한편으로 다시 뭉치곤 한다. 벌써 휘청거리는 사람이 생겨나고, 여기저기 술꾼들과 술에 덜 취한 사람들 사이를 누비고 다니는 자신만만한 여자들은 잠시 짜릿하고 즐거운 순간 무리의 중심이 된다. 그러고 나서 승리감에 취해 쉴 새 없이 변하는 불빛 아래 물결처럼 출렁대며 바뀌어 가는 얼굴과 목소리와 색깔 사이를 미끄러지듯 빠져나간다.

이렇게 집시 같은 여자들 중 하나가 갑자기 옷에 달린 오팔이 찰랑찰랑 떨리도록 칵테일 잔을 높이 치켜들었다가 단숨에 마셔 버린다. 그리곤 프리스코*처럼 두 손을 흔들며 천막 무대에서 혼자 춤을 춘다. 일순 주위가 잠잠해진다. 하는 수 없이 오케스트라 악장은 그녀를 위해 리듬을 바꾼다. 그리고 그녀가 폴리스(글래머 여자 배우가 나오는 풍자극_역주)에서 질다 그레이**의 임시 대역 배우라는 헛소문이 떠돌면서 웅성웅성 사람들이 떠드는 소리가 터져 나온다. 파티가 시작된 것이다.

내가 처음 개츠비의 집에 갔을 때 나는 실제로 초대받은 극소수의 손님 가운데 한 사람이었다고 생각한다. 사람들은 초대를 받지도 않았으면서 그곳에 온다. 그들은 롱아일랜드까지 실어다 주는 자동차를 탔고, 어떻게 하다 보니 개츠비의 집에 도착했던 것이다. 거기서 개츠비를 아는 누군가로부터 일단 소개를 받고 나면, 사람들은 놀이공원을 연상시키

---

* 코미디언이자 괴벽스러운 무용수인 조 프리스코.
** 지그필드 폴리스의 댄싱 스타.

는 행동 규칙에 따라 자연스럽게 행동을 했다. 사람들은 개츠비를 보지도 않고 그냥 갈 때도 있었고, 별생각 없이 파티에 참석하기도 했는데, 이 단순한 기분이야말로 파티에 들어올 수 있는 입장권이었다.

나는 정식으로 초대를 받았었다. 그날 토요일 아침 일찍 푸르스름한 제복을 입은 운전기사가 자기 집주인의 정중하기 그지없는 초대장을 가지고 우리 집 잔디밭을 건너왔다. 그 초대장에는 그날 밤 내가 그의 '조촐한' 파티에 참석한다면, 개츠비 자신에게 한없는 영광이 될 거라고, 적혀 있었다. 그는 여러 번 나를 본 적이 있으며, 오래전부터 나를 찾아오고 싶었지만, 사정이 여의찮아 차일피일 미루었다는 설명과 함께, 제이 개츠비라는 자필 서명을 했다.

나는 하얀 플란넬 양복을 입고 7시가 조금 지나 그의 잔디밭으로 건너갔다. 그리고 내가 모르는 사람들의 소용돌이 사이를 안절부절못하며 어색하게 서성거렸다. 비록 통근 기차에서 만난 얼굴이 여기저기 눈에 띄기도 했지만 말이다. 나는 여기저기 흩어져 있는 영국 젊은이들의 많은 숫자에 깜짝 놀라고 말았다. 하나같이 반듯한 옷차림을 했지만, 약간은 허기져 보이고, 또 하나같이 진지하기 그지없는 나직한 목소리로 부유하고 실속 있어 보이는 미국인들에게 이야기를 하고 있었다. 분명 그들은 무언가를 팔고 있었다. 증권, 보험, 아니면 자동차를……. 그들은 적어도 가까운 곳에서 쉽게 돈을 벌 수 있음을 뻔히 알고 있었으며 제대로 몇 마디만 건네면 그 돈이 자신들의 것이 된다고 굳게 믿고 있었다.

도착하자마자 나는 집주인을 찾아보려 했지만, 내가 붙잡고 그의 거처를 물었던 두어 명은 오히려 나를 이상한 눈으로 쳐다보고는 그가 어디에 있는지 모른다며 어찌나 딱 잘라 말하던지, 나는 슬그머니 칵테일 테이블로 꽁무니를 빼고 말았다. 거기야말로 혼자 온 남자가 쓸데없이 사람들을 쳐다보지 않고도 혼자 시간을 보낼 수 있는 유일한 곳이었다.

내가 극심한 당혹감에서 벗어나 술이나 진탕 마시려고 생각한 찰나, 조던 베이커가 집 안에서 나와 몸을 약간 뒤로 젖힌 채 오만한 표정으로 정원을 내려다보며 대리석 층계참에 서 있었다.

환영을 받든 못 받든 나는 지나가는 사람에게 정중하게 말을 걸기 전에 먼저 누군가에게 접근하는 것이 필요하겠다는 생각이 들었다.

"안녕하세요!" 내가 그녀를 향해 고함을 질렀다. 내 목소리는 정원을 가로질러 어색하고 크게 들렸다.

"여기 와 계실 줄 알았어요." 내가 다가가자 그녀가 건성으로 대답했다. "옆집에 사신다고 하신 것 같은데……."

그녀는 곧 내게 신경을 써 주겠다는 약속이라도 하듯 무심하게 내 손을 잡았다가, 막 층계참에서 걸음을 멈춘 노란 드레스를 똑같이 입은 두 여자에게 귀를 기울였다.

"안녕하세요!" 그들이 합창으로 인사를 했다. "이기시지 못해서 섭섭했어요."

골프 시합을 두고 하는 소리였다. 조던 베이커는 지난주 결승전에서 패배했던 것이다.

"조던 씨는 우리를 모르시겠지만, 우리는 한 달 전에 조던 씨를 여기서 봤어요." 노란 옷을 입은 두 아가씨 중 하나가 말했다.

"머리를 염색했네요." 조던이 말했다. 그리고 내가 움직이기 시작했지만, 두 아가씨는 이미 사라지고 없었기 때문에 조던의 말은 요리사의 바구니에서 나온 저녁 식사처럼 설익은 달을 향해 던진 격이 되었다. 조던은 햇볕에 그을린 가냘픈 팔을 내 팔에 끼고 나와 함께 계단을 내려와 정원을 산책했다.

칵테일이 담긴 쟁반이 석양 사이로 우리를 지나 오고 갔으며, 우리는 노란 드레스를 입은 두 여자와 세 남자와 함께 한 테이블에 앉았다. 이들은 하나같이 자신을 멈블(Mumble

은 원래 웅얼거린다는 뜻_역주)이라고 중얼중얼 소개했다.

"이런 파티에 자주 오시나요?" 조던이 옆에 앉은 여자에게 물었다.

"지난번에 왔을 때 조던 씨를 만난 거예요." 빈틈없고 자신만만한 목소리로 여자가 대답했다. 그녀가 친구를 돌아다보았다. "너도 그렇지 않니, 루실?"

루실도 마찬가지였다.

"나는 여기 오는 거 좋아해요. 내가 뭘 하든 신경 안 써요. 그래서 항상 즐겁죠. 지난번에 여기 왔을 때 드레스가 의자에 걸려서 찢어졌어요. 그 사람이 내 이름과 주소를 묻더군요. 그러더니 일주일이 못 돼서 크로이리어 부티크에서 새 이브닝드레스를 소포로 보냈더라니까요." 루실이 말했다.

"그걸 받았어요?" 조던이 물었다.

"그럼요. 오늘 밤에 입으려고 했는데, 가슴이 너무 커서 수선을 해야 돼요. 연한 자주색 구슬이 달린 파란색 드레스예요. 265달러짜리지요."

"그렇게까지 신경을 쓰다니 참 재미있네. 그 누구하고도 말썽이 생기는 걸 싫어해요." 다른 여자가 말했다.

"누가요?" 내가 물었다.

"개츠비 씨요. 누구한테 들었어요."

두 여자와 조던은 마치 비밀 이야기라도 하려는 듯이 서로의 몸을 기댔다.

"누가 그러는데 개츠비 씨가 사람을 죽였을 거래요."

우리 모두가 전율했다. 세 멈블 씨는 몸을 기울인 채 열심히 듣고 있었다.

"그 정도까지는 아니겠지." 루실이 의심스럽다는 듯 말했다.

"그것보다도 전쟁 중에 독일 스파이였대요."

남자들 중 한 사람이 확실히 그렇다는 듯 고개를 끄덕였다.

"독일에서 같이 자라서, 그 사람에 대해 아주 잘 아는 사람한테서 나도 그 얘길 들었어요." 그 남자가 못을 박듯 말했다.

"아니에요. 그럴 리가 없어요. 그 사람은 전쟁 중에 미군에 있었거든요." 귀가 얇은 우리들이 처음에 얘기를 꺼냈던 여자에게 쏠리자, 그녀는 신이 나서 몸을 앞으로 굽혔다. "그 사람이 혼자 있을 때 한번 잘 보세요. 틀림없이 사람을 죽였다니까요."

그녀는 눈을 가늘게 뜨고 몸서리를 쳤다. 루실도 몸서리를 쳤다. 우리 모두는 혹시 개츠비가 근처에 있지 않을까 해서 고개를 두리번거리며 주위를 살폈다. 이 세상에서 소문을 퍼뜨릴 필요가 없는 사람들 입에까지도 이렇게 오르내린 다는 것은 개츠비가 낭만적인 억측을 자아내고 있다는 증거였다.

일차 저녁 식사—두 번째 식사는 자정이 지난 뒤 나올 예정이었다—가 마련되었고, 조던은 나를 불러 자신의 일행과 합석하도록 했다. 그들은 정원 맞은편에 있는 한 테이블에 흩어져 있었다. 결혼한 부부가 세 쌍, 그리고 조던의 파트너인 대학생이 있었다. 고집이 세 보이는 이 학생은 거친 언사를 일삼는 데다가, 조던이 어쨌든 자신에게 굴복할 것이라고 생각하고 있는 듯했다. 이 일행은 이리저리 어슬렁거리며 돌아다니는 대신, 모두 한결같이 품위를 잃지 않고 있었는데, 그것 자체가 그 지역—웨스트 에그에 우월감을 느끼며 웨스트 에그의 조악한 화려함에 맞서 신중하게 경계하고 있는 이스트 에그—의 확고부동한 귀족사회를 대표하는 일이라고 믿고 있었다.

"나가요." 분위기에 맞지 않게 어영부영 30분을 보내고 난 뒤 조던이 소곤거렸다. "여긴 너무 고상하군요."

우리가 자리에서 일어나자, 그녀는 집주인을 찾아볼 생각이라고 해명했다. "한 번도 만난 적이 없어요, 그래서 조금

꺼림칙해요." 그녀가 말했다. 조던의 대학생 파트너는 우울하고 냉소적인 표정으로 고개를 끄덕였다.

우리가 처음 들러 본 바에는 사람들로 북적였지만 개츠비는 보이지 않았다. 그녀는 층계 맨 위에서도 그를 찾을 수가 없었고, 베란다에도 그는 없었다. 그러다가 우연히 육중해 보이는 문으로 들어가 천장이 높은 고딕 양식의 서재로 들어갔다. 서재 벽은 영국산 참나무로 조각이 새겨져 있었는데, 외국에서 골동품을 통째로 들여온 것 같았다.

올빼미 눈 같은 커다란 안경을 걸친 건장한 중년 남자가 약간 술에 취한 채 큼지막한 책상 가장자리에 앉아 불안하게 책장을 물끄러미 쳐다보고 있었다. 우리가 들어가자 그는 기분 좋게 몸을 빙 돌리며 머리끝부터 발끝까지 조던을 훑어보았다.

"어떻게 생각하시오?" 그가 다짜고짜 물었다.

"뭘 말이에요?"

그는 책장을 향해 손을 가로저었다.

"저것 말이오. 사실 당신이 확인해 볼 필요는 없지. 내가 확인했소. 저건 다 진짜요."

"책 말이에요?"

그가 고개를 끄덕였다.

"확실히 진짜라오. 페이지도 있고 뭐든지 다 있소. 그저 두꺼운 고급 마분지라고 생각했는데. 사실은 진짜야. 페이지도 그리고 여기! 여길 좀 보시오."

우리가 의심하는 것이 당연하다는 듯 그는 책장으로 달려가 『스토더드의 강의록』* 한 권을 가지고 돌아왔다.

"보시오!" 그가 의기양양하게 소리쳤다. "진짜 인쇄본이오. 날 놀라게 했다니까. 이 집주인은 정말 벨라스코**야. 이건 승리야. 얼마나 완벽한지 몰라! 이 리얼리즘! 어디서 멈춰야 하는지도 알고 있고. 페이지도 잘리지 않았소. 그런데 당신들은 무슨 용건이오? 뭘 찾고 있는 게요?"

그는 내게서 책을 획 낚아채더니 서둘러 다시 책장에 꽂았다. 그러면서 책이 한 권이라도 빠지면 서고 전체가 무너질지 모른다고 투덜거렸다.

"여긴 누가 데려다주었소?" 그가 물었다. "아니면 당신들 스스로 들어온 거요? 난 누가 데려다주었소. 대부분이 데려다주지."

조던은 아무 대꾸 없이 즐거운 표정으로 그를 빤히 쳐다

---

* 존 L. 스토더드는 '존 L. 스토더드의 강의록'이라는 제목하에 15권의 그림 기행문을 썼다.
** 미국의 배우, 흥행가, 극작가이자 브로드웨이 프로듀서인 데이빗 벨라스코.

보았다.

"난 루스벨트란 여자가 데려다주었소." 그가 덧붙였다. "클로드 루스벨트 부인이오. 그녀를 아시오? 난 어젯밤 어디선가 그 여자를 만났소. 지금 일주일째 술이 깨지 않아서, 서재에 앉아 있으면 술이 좀 깰까 하고 들어왔소."

"그래서 술이 깨셨어요?"

"약간 그런 것 같소. 아직 뭐라 말할 수 없어요. 이제 겨우 1시간 있었는걸. 내가 책 얘기를 했던가? 책들이 다 진품이오. 이것들이 다."

"이미 말씀하셨어요."

우리는 그와 진지하게 악수를 한 다음 다시 밖으로 나왔다.

정원의 천막에서는 댄스파티가 한창이었다. 늙은 남자들은 젊은 여자들을 한없이 돌아가는 원으로 무자비하게 밀어 넣었고, 거만한 커플들은 구석에서 서로 부둥켜안은 채 몸을 비비 꼬며 멋스럽게 춤을 추고 있었다. 그리고 혼자 춤을 추거나 오케스트라 대신 밴조나 트랩(타악기의 일종_역주)을 쳐서, 잠시나마 단원들의 부담을 덜어 주는, 파트너가 없는 여자들도 꽤 많이 있었다.

자정이 되자 분위기는 한층 고조되었다. 인기 있는 테너 가수가 이태리어로 노래를 불렀고, 유명한 알토 가수가 재즈풍의 노래를 불렀다. 노래가 진행되는 사이사이 사람들은 정원 곳곳에서 '묘기'를 부리고 있었다. 그러면서 행복에 겨운 철없는 웃음소리가 여름 하늘 높이 울려 퍼졌다. 무대 위에선 쌍둥이 자매가 어린아이 의상을 입고 어린아이 흉내를 내고 있었다. 나중에 알고 보니 그들은 노란 드레스를 입었던 자매였다. 그리고 손 씻는 그릇보다 더 큰 잔에 샴페인이 담겨 나왔다. 달은 한층 더 높이 떠올라 있었고, 해협에 두둥실 떠올라 삼각형의 은빛 비닐 모양으로 반짝거렸으며, 잔디 위에서 연주하는 똑똑 떨어지는 딱딱한 밴조 소리에 맞춰 하늘하늘 춤을 추는 것 같았다.

나는 여전히 조던 베이커와 같이 있었다. 우리는 내 또래 남자와 호들갑스럽고 귀여운 여자와 함께 테이블에 앉아 있었는데, 이 여자는 사소한 말에도 미친 듯이 웃어 댔다. 나도 이제 나름대로 즐겁게 보내고 있었다. 샴페인을 두 잔이나 마신 탓인지 내 눈앞에 펼쳐진 광경은 무언가 의미심장하고, 본질적이고, 심오한 무언가로 변해 있었다.

잠시 여흥이 가라앉자, 옆의 남자가 나를 쳐다보며 싱긋 웃었다.

"얼굴이 낯이 익어요." 그가 공손하게 말했다. "혹시 전쟁 중에 제1사단에 계시지 않으셨습니까?"

"아, 네. 보병 제28연대에 있었습니다."

"저는 1918년 6월까지 제16연대에 있었습니다. 저도 어디선가 선생을 본 기억이 납니다."

우리는 잠시 프랑스의 축축한 회색빛 마을 얘기를 나누었다. 그가 얼마 전 수상비행기*를 샀으며 아침에 시험 비행을 하겠다는 것으로 미루어, 그는 이 근처에 살고 있는 것 같았다.

"저와 함께 가실래요? 해협을 따라 바로 해변 근처로 갈 건데요."

"몇 시에요?"

"언제든 좋습니다."

막 그의 이름을 물어보려는 찰나에 조던이 돌아다보며 미소를 지었다.

"이젠 게이 타임인가요?" 그녀가 물었다.

"그보다 훨씬 재미있는데요." 나는 새로 사귄 사람에게 다시 고개를 돌렸다. "이건 아주 특이한 파티예요. 아직 주인의 얼굴도 못 봤거든요. 저는 바로 저기 살고 있습니다……." 나는 멀리 보이지 않는 울타리를 향해 손을 흔들었다. "이

---

* 1920년대에는 모터보트와 수상비행기를 같은 이름으로 불렀다.

집의 개츠비란 분이 기사를 시켜 초대장을 보냈더라고요."

그는 잠시 납득이 가지 않는다는 듯 나를 빤히 쳐다보았다.

"내가 개츠비인데요." 그가 느닷없이 말했다.

"뭐라고요?" 내가 소리쳤다. "이런, 실례가 많았습니다."

"저는 알고 계신 줄 알았습니다. 주인 구실을 제대로 못해 미안합니다."

그는 납득이 간다는 듯, 아니 그 이상이라는 듯 싱긋 웃었다. 그것은 일생에 서너 번 볼까 말까 한 확고부동한 자신감을 가진, 그런 보기 드문 미소였다. 그것은 일순간 영원한 이 세상 전체와 정면으로 맞서고 있었다. 아니 맞서고 있는 것 같았다. 그러고는 절대 변하지 않는 확고부동한 편견을 가지고 내 편에 서서 나만을 바라보고 있었다. 그 미소는 내가 이해받고 싶은 만큼 나를 이해해 주었으며, 나 자신을 믿고 싶은 것처럼 나를 믿어 주었다. 그리고 내가 주고 싶은 인상을 가지고 있다고 확실하게 전해 주고 있었다. 바로 그 순간 그 미소가 사라졌다. 그리고 나는 서른을 갓 넘긴 젊고 우아하고 단아한 남자의 목덜미를 바라보고 있었다. 빈틈없이 정교한 그의 말투는 자칫 우스꽝스러워 보일 수도 있었다. 방금 전 그가 자신을 소개했을 때 나는 그가 매우 신중하게 말을 골라 하고 있다는 강한 인상을 받았었다.

개츠비 씨가 자신의 신분을 밝힌 순간, 한 집사가 헐레벌떡 그에게 다가와 시카고에서 전화가 왔다고 전했다. 그는 우리 모두에게 차례로 목례를 하며 자리에서 일어섰다.

"필요한 것 있으면 뭐든지 말만 해요, 형씨." 그가 내게 다짐해 두었다. "실례하겠습니다. 나중에 다시 오겠습니다."

그가 자리를 뜨자마자 나는 이내 조던에게 고개를 돌렸다. 내가 놀랐다는 것을 그녀에게 확실히 알리지 않을 수 없었던 것이다. 나는 개츠비 씨가 혈색 좋고 뚱뚱한 중년 남자일 거라고 생각했었던 것이다.

"어떤 사람이죠?" 내가 물었다. "혹시 아세요?"

"그냥, 개츠비라는 사람이라는 것밖에는 몰라요."

"고향이 어디랍니까? 그리고 무슨 일을 한대요?"

"이제 드디어 본론에 접어드셨군요." 그녀가 희미한 미소를 지으며 대답했다. "글쎄요, 언젠가 직접 들은 얘긴데, 옥스퍼드 출신이라고 하던데요."

희미한 윤곽이 드러나기 시작했지만, 그녀의 다음 말에 그 윤곽은 사라지고 말았다.

"하지만 난 그 말을 믿지 않아요."

"왜요?"

"모르겠어요, 그냥 그 사람이 옥스퍼드에 있었을 것 같지가 않아요." 그녀가 단언했다.

그녀의 말투에는 또 다른 아가씨가, "왠지 그 사람이 사람을 죽였을 것 같아요."라고 했던 말을 떠올리게 해 주는 무언가가 담겨 있었다. 그리고 그것은 내 호기심을 자극했다. 개츠비가 루이지애나의 축축한 동네와 뉴욕의 이스트사이드 출신이라면 두말없이 그 말을 믿었을 것이다. 그것은 충분히 이해할 만했다. 하지만 젊은 남자가 밑도 끝도 없이 갑자기 나타나 롱아일랜드 해협에 호화 저택을 사는 일은 없었다 ―세상 물정을 잘 모르는 나로서는 그런 생각이 들었다―.

"어쨌든 성대한 파티를 열고 있잖아요." 시시콜콜 캐묻는 것에 짜증이 난 조던이 화제를 바꾸며 말했다. "난 성대한 파티를 좋아해요. 남의 눈에 띄지 않고 편하잖아요. 작은 규모의 파티에는 프라이버시가 없어요."

정원의 웅성대는 소리를 뚫고 갑자기 베이스 드럼이 둥둥거리는 소리와 오케스트라 악장의 목소리가 들렸다.

"신사 숙녀 여러분!" 악장이 큰 소리로 외쳤다. "개츠비 씨의 요청에 따라 블라디미르 토스토프의 최신 작품을 연주해 드리겠습니다. 지난 5월 카네기 홀에서 주목을 끌었던 작품입니다. 신문을 보시면 센세이션이 일어난 것을 아실 수 있으실 겁니다." 그는 자랑스럽게 활짝 미소 지으며 덧붙였다. "굉장한 센세이션입니다!" 사방에서 모두가 "와!" 하고 웃음을 터뜨렸다.

"이 곡은 잘 알려진 곡입니다." 그가 우렁찬 목소리로 말을 맺었다. "블라디미르 토스토프의 '재즈 세계사'입니다!"

토스토프의 곡은 내 귀에 들어오지 않았다. 대리석 층계에 홀로 서서 만족한 표정으로 사람들을 번갈아 가며 쳐다보고 있는 개츠비에게 온통 정신을 팔고 있었기 때문이었다. 골고루 검게 그을린 피부로 인해 그의 얼굴이 매력적으로 보였으며 짧은 머리는 매일 손질이라도 하는 듯 단정했다. 그에게서 불길한 조짐은 눈곱만큼도 보이지 않았다. 그가 술을 마시지 않고 있어서 사람들과 어울리지 못하는 것은 아닌가, 하는 생각이 들었다. 화기애애한 분위기가 고조될수록 그는 한결 더 흐트러짐이 없는 것 같았기 때문이다. '재즈 세계사'가 끝났을 때, 여자들은 강아지처럼 남자들의 어깨에 머리를 기대고 있었으며, 장난삼아 졸도하듯 남자들의 품속으로 벌렁 드러눕는가 하면, 심지어 누군가 잡아 줄거라 믿고 사람들 틈으로 자빠지는 여자들도 있었다.

그러나 개츠비에게 쓰러지는 여자는 아무도 없었고, 프랑스식 단발을 한 여자조차 개츠비의 어깨를 감히 건드리지 못했으며, 개츠비와 어울려 노래를 부르는 사람들도 없었다.

"실례합니다."

개츠비의 집사가 어느새 우리 옆에 서 있었다.

"미스 베이커 양인가요?" 집사가 물었다. "죄송합니다만, 개츠비 씨가 조용히 드릴 말씀이 있으시답니다."

"나한테요?" 조던이 놀라 물었다.

"네, 그렇습니다."

그녀는 놀란 표정으로 나를 향해 눈썹을 추켜올리며 천천히 일어나, 집사를 따라 집 쪽으로 향했다. 나는 그녀가 이브닝드레스를 입고 있는 것을 깨달았다. 그렇지만 그녀의 드레스는 모두가 운동복 같았다―그녀는 맑게 갠 상쾌한 아침에 골프장을 처음 걸어가는 사람처럼 몸놀림이 가볍기 그지없었다―.

나는 혼자 있었다. 벌써 새벽 2시가 가까워 있었다. 이따금씩 무슨 소리인지 호기심을 자아내는 소리가 테라스 위에 길게 걸쳐 있는 수많은 창문에서 새어 나왔다. 두 명의 코러스걸과 흥미도 없는 얘기를 주고받다가 날 대화에 끌어들이고자 애쓰는 조던의 대학생 파트너를 따돌리고 나는 안으로 들어갔다.

넓은 방은 사람들로 가득 차 있었다. 노란색 옷을 입고 있던 두 여자 중 하나가 피아노를 치고 있었고, 그녀 곁에는 유명한 합창단 소속의 키가 크고 머리가 빨간 여자가 서서 노래를 부르고 있었다. 이미 샴페인을 많이 마신 그녀는 노래를 부르는 동안 모든 것이 슬프기 그지없다고 단정해 버린 모양이었다. 단지 노래만 부르는 것이 아니라 아예 흐느끼고 있었다. 중간에 노래를 멈출 때마다 흑흑대는 흐느낌이 이어졌다가, 다시 떨리는 소프라노 목소리로 서정적인 노래를 불렀다. 눈물이 그녀의 뺨을 타고 흘러내렸다. 이슬 맺힌 그녀의 속눈썹에 고인 눈물은 잉크 빛으로 변해 거무스름한 시냇물처럼 천천히 뺨을 타고 흘러내렸다. 누군가 얼굴에 그려진 검은색 악보를 보고 노래를 한다고 농담을 던지자, 그녀는 양손을 위로 올리며 의자에 깊숙이 몸을 던지더니 이내 곯아떨어지고 말았다.

"저 여자는 어떤 남자와 다투었는데, 그 남자가 자신이 남편이라고 우기더라고요." 내 곁에 있던 한 여자가 설명해 주었다.

나는 주위를 둘러보았다. 아직 남아 있는 여자들 대부분은 남편이라고 주장하는 남자들과 싸우고 있었다. 조던의 일행인 이스트 에그의 4인방조차도 말다툼을 하고 뿔뿔이 흩어져 있었다. 그 일행 중 한 남자가 호기심에 어느 젊은 여배우와 이야기를 하고 있었는데, 그의 부인은 처음에는 점잖고 무관심하게 웃어 버리려고 했으나 이내 완전히 냉정을 잃은 것 같았다. 잠깐 대화가 끊긴 틈을 타, 화난 맹수처럼 갑자기 남편 곁에 나타난 그녀는 그의 귀에 대고 성난 목소리로 낮게 소곤거렸다.

"당신 약속했잖아요!"

집에 가기 싫어하는 것은 고집스러운 남자들뿐만이 아니었다. 이제 홀은 애처롭게도 조금도 술에 취하지 않은 두 남자와 화가 나 씩씩거리는 그 부인들 차지가 되어 버렸다. 부인들은 가볍게 목청을 돋운 채 서로의 처지를 동정하고 있었다.

"내가 좀 재미있어하는 기색만 보이면 우리 그이는 당장 집에 가지 못해 안달이에요."

"그렇게 이기적인 사람이 또 어디 있겠어요."

"우린 언제나 제일 먼저 자리를 뜬다니까요."

"우리도 그래요."

"오늘 밤은 우리가 거의 제일 마지막이군." 그중 한 남자가 쭈뼛거리며 말했다. "오케스트라도 30분 전에 갔어."

어떻게 그럴 수가 있냐는 부인들의 한결같은 성토에도 불구하고, 말다툼은 간단히 끝났고, 두 여자는 남편의 팔에 안겨 발길질을 하며 어둠 속으로 사라졌다.

홀에서 모자를 찾으려고 기다리는 동안 서재 문이 열리고 조던 베이커와 개츠비가 함께 나타났다. 그는 그녀에게 끝맺음 말을 하고 있었는데, 몇몇 사람이 그에게 다가가 작별 인사를 하자, 그의 태도가 갑자기 굳어지며 의례적인 모습으로 바뀌었다.

조던의 일행은 현관에서 목이 빠져라 그녀를 불러 대고 있었지만 그녀는 시간을 질질 끌며 손을 흔들었다.

"아주 깜짝 놀랄 만한 얘기를 들었어요." 그녀가 소곤거렸다. "제가 얼마나 있었죠?"

"글쎄, 1시간 정도나 될까요."

"정말…… 놀라워요." 그녀는 어설프게 했던 말을 또 했다. "아무한테도 말하지 않겠다고 약속해 놓고는 당신을 궁금하게 만들고 있네요." 그녀가 조심스럽게 하품을 했다. "한번 들르세요……. 전화번호부에서…… 시고니 하워드란 이름으로 찾으면 돼요…… 제 고모예요." 그녀는 서둘러 밖으로 나가며 말했다. 햇볕에 그을린 손을 흔들며 작별 인사를 하고는 그녀는 문 앞에서 기다리고 있던 일행 속으로 사라졌다.

파티에 처음 참석한 주제에 너무 늦게까지 남아 있는 것이 조금 부끄러워진 나는 개츠비를 에워싸고 있는 마지막 남은 손님들 틈으로 끼어들었다. 초저녁부터 그를 찾아다녔던 것을 설명하고 또 정원에서 그를 알아보지 못한 것도 사과하고 싶었던 것이다.

"무슨 그런 말씀을." 그가 단호하게 잘라 말했다. "그런 생각은 하지도 마세요, 형씨." 그의 친숙한 표현보다 내 어깨를 쓰다듬는 그의 손이 더 허물없이 느껴졌다. "내일 아침 9시에 수상비행기 타는 거나 잊지 말아요."

그러자 집사가 그의 어깨 너머에서 말했다.

"필라델피아에서 전화가 왔습니다."

"알았네, 곧 가지. 금방 받겠다고 전해요……. 그럼 안녕히 가십시오."

"안녕히 계세요."

"안녕히 가세요." 그가 싱긋 웃었다. 그러자 문득 마지막까지 남은 손님들 틈에 끼어 있다는 것이 아주 중요한 의미라도 있는 것처럼 느껴졌다. 마치 그가 그것을 내내 바라기라도 했던 것처럼. "잘 가시오, 형씨. 잘 가요."

하지만 계단을 내려오면서 나는 파티가 아직 끝나지 않았다는 것을 알았다. 문에서 50피트쯤 떨어진 곳에서 십여 개의 헤드라이트가 요란하고 시끄러운 광경을 만들고 있었다. 개츠비의 집에서 방금 빠져나온 듯한 신형 쿠페 한 대가 도로 옆 도랑에 바퀴 한쪽이 빠져 오른쪽이 들린 채 서 있었다. 도로 가장자리에 날카롭게 튀어나온 부분에 부딪혀 바퀴가 빠진 것으로, 호기심 많은 대여섯 명의 기사들이 그 광경을 구경하느라 여념이 없었다. 그러나 이들이 차를 세우고 길을 막고 있어서, 그 뒤에 있던 자동차들이 울려 대는 요란한 경적 소리가 한동안 이어지는 바람에 그렇지 않아도 혼란스러운 현장이 더욱 아수라장이 되었다.

긴 먼지막이 덧옷을 입은 한 남자가 사고가 난 찌그러진 차에서 나와, 길 한복판에 서서 얼빠지고 우스꽝스러운 표정으로 자동차에서 타이어, 타이어에서 구경꾼들을 번갈아 가며 쳐다보고 있었다.

"보시오!" 그가 외쳤다. "차가 도랑에 빠져 버렸소!"

차가 빠졌다는 사실에 그는 몹시 놀라고 있었고, 나는 우선 놀라워하는 그 범상치 않은 기색을 보고, 그가 개츠비의 서재에 있었던 그 남자라는 것을 알았다.

"어떻게 된 겁니까?"

그는 어깨를 으쓱했다.

"난 기계라면 아예 담쌓았습니다." 그가 딱 잘라 말했다.

"어쩌다가 그렇게 됐습니까? 도랑 가장자리를 들이받았나요?"

"묻지 마시오." 모든 일에서 완전히 손을 떼듯 올빼미 씨가 말했다. "나는 운전에 관해선 아는 바가 없소이다. 문외한이 오. 그냥 사고가 났어요. 그게 내가 아는 전부란 말이오."

"운전에 자신이 없으면 밤에 운전하시면 안 되죠."

"난 운전할 생각도 없었소이다." 그가 화를 벌컥 내며 말했다. "아예 생각도 안 했지."

놀란 구경꾼들이 잠잠해졌다.

"자살하려고 그랬나요?"

"바퀴가 하나였기에 천만다행이오! 운전도 못하면서 생각도 안 했다니!"

"모르시는 말씀." 주인공이 해명을 했다. "내가 운전을 한 게 아니오. 차에 한 사람이 더 있단 말이오."

이 말에 놀란 사람들은 쿠페 문이 천천히 열리자 아무 말도 못 하고 "어- 어- 어!"만을 연발했다. 군중들은—이제 한 무리가 되었다—무의식적으로 뒷걸음질을 쳤다. 그리고 문이 완전히 열리자 주위는 물을 끼얹은 듯 조용해졌다. 이 윽고 창백한 얼굴의 한 남자가 큼지막한 댄싱 슈즈를 신고 지면을 조심스럽게 디디며 찌그러진 차에서 나왔다.

헤드라이트의 눈부신 불빛에 눈이 부시고, 줄기차게 울려 대는 경적소리에 정신이 없어진 그 남자는 잠시 비틀거리다가 먼지막이 덧옷을 입은 사내를 알아보았다.

"어찌 된 셈이지?" 그가 침착하게 물었다. "기름이 떨어졌소?"

"이걸 봐요!"

사람들의 손가락이 한결같이 튕겨 나간 바퀴를 가리켰다. 그는 한동안 그 바퀴를 멀거니 쳐다보다가 그것이 하늘에서 떨어지기라도 한 듯 위를 올려다보았다.

"튕겨 나온 거예요." 누군가가 설명을 했다.

그가 고개를 끄덕였다.

"처음엔 차가 선 줄도 몰랐어."

잠깐 침묵. 그리고 긴 숨을 몰아쉬며 양어깨를 뒤로 젖히고는 단호한 목소리로 말했다.

"주유소가 어디 있는지 아쇼?"

그 남자보다는 조금 나은 상태에 있는 열두어 명의 남자들이 바퀴와 차를 도저히 연결할 수 없는 상태라고 설명했다.

"물러서요." 잠시 후 그가 제안했다. "차를 후진시켜요."

"하지만 바퀴가 없는걸요!"

그가 망설였다.

"밑져봐야 본전이오." 그가 말했다.

빵빵대는 경적 소리가 점점 커졌고 나는 발길을 돌려 잔디를 가로질러 집으로 향했다. 그러다가 뒤를 한번 돌아다 보았다.

동그란 달은 변함없이 아름답게 밤을 물들이며 개츠비의 저택을 비추고 있었으며, 여전히 화려한 그의 정원에서 떠들 썩한 소리와 웃음소리를 자아내게 하고 있었다. 갑작스러운 공허함이 창문과 드넓은 문에서 새어 나오는 듯했다. 그러면 서 현관에 선 채 꼿꼿한 자세로 손을 들어 작별 인사를 하 고 있는 개츠비의 모습이 몹시 고독해 보였다.

지금까지 내가 써 놓은 것을 읽으면서 몇 주일 동안 일어 났던 일 중 유독 사흘 동안의 일들에 내가 사로잡혀 있었다 는 인상을 나 스스로 주었다는 생각이 든다. 그렇지만 그 사 건들은 실은 다사다난했던 여름날에 일어났던 단지 우연한 일에 불과했으며, 훨씬 나중까지도 그 생각에 빠져 있긴 했 지만 내 개인적인 일에 비하면 아무것도 아니었다.

나는 대부분의 시간을 일을 하면서 보냈다. 이른 아침 프 로비티 신탁 회사를 향해 남부 뉴욕의 하얀 빌딩 숲을 헤치 며 서둘러 걷다 보면 햇살은 내 그림자를 서쪽으로 비춰 주 었다. 난 다른 사무원들과 젊은 증권 세일즈맨들을 개인적으 로 잘 알고 있었으며, 그들과 함께 사람들로 북적대는 어두침침한 식당에서 작은 돼지고기 소시지와 으깬 감자, 그리고 커피로 점심을 때웠다. 심지어 저지 시티에 살면서 회계과에서 일하는 한 아가씨와 짧은 연애를 한 적도 있었지만, 그녀의 오빠가 못마땅하게 여기기 시작했고, 마침 7월에 그녀가 휴가를 간 것을 계기로 그녀와의 관계를 조용히 청산했다.

저녁 식사는 대개 '예일 클럽'에서 해결했다. 어떻게 보면 이때가 하루 일과 중 가장 우울한 시간이었다. 그런 다음에는 2층 도서관으로 올라가 1시간 동안 충실하게 투자와 유가 증권에 관한 공부를 했다. 대개 술 마시고 떠드는 사람들이 주위에 몇 명쯤 있었지만, 그들이 도서관에 오는 일은 절대 없었으므로, 도서관은 공부하기에 아주 좋은 장소였다. 그리고 나서 밤이 기분 좋게 느껴지면, 구舊 머레이 힐 호텔을 지나 메디슨가와 33번가를 지나 펜실베이니아역까지 산책을 했다.

나는 뉴욕이 좋아지기 시작했다. 활기차고 신선한 느낌을 주는 뉴욕의 밤, 그리고 남자와 여자들의 희망 어린 표정과 쉴 새 없이 깜박이는 네온사인들이 주는 안정감이 좋아지기 시작했다. 또한, 5번가를 걸어 올라가, 사람들 틈 속에서 로맨틱한 여자들을 골라 내어 잠시 동안 그들의 삶 속으로 들어가는 상상을 하는 것을 좋아했다. 그렇다고 누가 알 것이며, 누가 탓할 것인가. 이따금 상상 속에서 나는 후미진 골목의 아파트까지 그 여자들을 좇아갔으며, 그녀들은 뒤를 돌아보고 나를 향해 미소 지었다. 그리곤 문을 열고 따뜻한 실내의 어둠 속으로 사라졌다. 매혹적인 대도시의 황혼 속에서 나는 가끔 절절한 고독을 느꼈다. 그리고 다른 사람들에게서도 그 고독이 느껴졌다. 쓸쓸한 식당 밥을 먹기 위해 쇼윈도 앞에서 어슬렁거리고 있는 가난한 젊은 사무원들, 어스름한 땅거미 속에 서서 밤과 인생의 가장 통렬한 순간들을 허비하고 있는 젊은 사무원들…….

다시 8시가 되어, 40번가의 어두운 차도에 극장 구역을 향해 택시들이 시동을 건 채 5열로 늘어서 있는 것을 보면, 나는 마음이 울적해졌다. 택시가 신호를 기다리는 동안 택시 안에서 서로 기댄 모습들, 노래하는 목소리, 그리고 남이 모르는 농담으로 깔깔대는 웃음소리가 들려왔으며, 빨갛게 타들어 가는 담배 때문에 실내는 온통 뿌옇게 흐려 보였다. 나 역시 환락을 향해 서둘러 가고 있는 상상을 하면서 또 그들의 은밀한 흥분을 공유하면서 나는 그들이 행복하기를 빌었다.

한동안 나는 조던 베이커를 만나지 못했다가, 한여름에 그녀를 다시 만났다. 처음에는 그녀와 이곳저곳을 다니는 게 자랑스러웠다. 그녀는 골프 챔피언이었고 모든 사람들이 그녀의 이름을 알고 있었기 때문이었다. 그러자 그것이 전부가 아니게 되었다. 나는 실상 사랑을 하고 있는 것이 아니라, 일종의 애정 어린 호기심 같은 것을 느끼고 있었다. 세상을 향한 그녀의 오만불손한 얼굴에는 무언가가 감추어져 있었다. 대체로 거만한 태도 뒤에는 비록 시작은 그렇지 않아도, 결국은 무언가가 숨겨져 있게 마련이다.

그러던 어느 날 나는 그것이 무엇인지 정체를 발견했다. 워릭*에서 열린 하우스 파티(별장 등에 묵으면서 며칠간 계속되는 파티_역주)에 우리가 같이 갔을 때, 그녀는 렌터카의 뚜껑도 덮지 않은 채 빗속에 세워 두었다. 그러고는 그 일에 관해 거짓말을 둘러댔다. 갑자기 데이지의 집에서 들은, 이해가 되지 않았던 그녀에 관한 이야기가 떠올랐다. 그녀가 처음 참가했던 어느 유명한 골프대회에서 하마터면 신문에까지 보도될 뻔한 소동이 일어난 적이 있었다. 준결승전에서 불리한 곳에 있던 공의 위치를 그녀가 몰래 옮겼다는 소문이 떠돈 것이다. 그 일은 스캔들로 확대될 뻔했으나, 그 정도에서 잠잠해졌다. 한 캐디가 자신의 진술을 철회했고, 또 다른 유

---

* 오렌지 카운티에 있는 뉴욕 근교.

일한 목격자 역시 자신이 오해했을 수도 있다는 점을 인정한 것이다. 이 사건과 그녀의 이름이 하나로 연결되어 내 기억 속에 남아 있었던 것이다.

조던 베이커는 똑똑하고 빈틈없는 사람을 본능적으로 피했다. 그리고 지금에 와서야 나는 그 이유가 규범에서 벗어나는 것은 불가능하다고 생각하는 사람들 틈에 있는 것이 더 안전하다고 그녀가 느끼고 있기 때문이란 것을 알게 되었다. 그녀는 구제 불능일 정도로 정직하지 못했다. 불리한 입장에 처하는 것을 견딜 수 없어 했다. 그래서 아주 어린 시절부터 마음 내키지 않는 일을 당하면 적당한 핑계를 둘러대 그 일을 모면하기 시작했던 것이다. 이 모든 것이 세상을 향해 그 차갑고 무례한 미소를 던지기 위함이며, 또한 그녀의 단단하고 멋진 육체의 욕구를 충족시키기 위함이었다.

이런 일은 나에게 별로 중요하지 않았다. 여자가 정직하지 않다는 것은 그다지 나무랄 일이 아니었다. 그래서 나는 가볍게 실망하곤 이내 잊어버렸다. 우리가 자동차를 운전하는 일을 놓고 이상한 대화를 주고받은 것은 바로 그 하우스 파티에서였다. 이야기의 발단은 그녀가 자동차를 서너 명의 일꾼들에게 너무 바싹 붙여 모는 바람에 차의 범퍼가 그중 한 사람을 스치고 지나간 데서 시작되었다.

"빵점짜리 운전사군요." 내가 핀잔을 주었다. "조심을 하든가 아니면 운전을 하지 말든가 해야겠어요."

"조심하고 있어요."

"그게 무슨 조심이에요."

"그럼 다른 사람이 조심을 하겠죠." 그녀가 태연하게 말했다.

"그게 대체 말이 됩니까?"

"사람들이 알아서 비킬 거예요." 그녀는 억지를 부렸다. "사고는 쌍방이 모두 비키지 않을 때 나는 거죠."

"조던 씨랑 똑같은 사람을 만나면 어떻게 될지 생각해 봐요."

"그러지 않길 바라죠." 그녀가 대답했다. "난 조심성 없는 사람들은 질색이에요. 그래서 선생님이 좋은 거예요."

햇빛에 찡그려진 그녀의 회색빛 눈이 똑바로 앞을 바라보고 있었지만, 그녀는 교묘하게 우리의 관계를 전환시켜 놓았던 것이다. 그래서 일순 내가 그녀를 사랑하고 있다고 생각했다. 그렇지만 나는 원래 생각이 둔하고, 내 욕구에 브레이크를 거는 내적인 규칙들로 가득 찬 인간인지라, 이 혼란에서 결연하게 벗어나 본연의 자세로 돌아가야 한다는 것을 잘 알고 있었다. 지금까지 나는 일주일에 한 번씩 편지를 쓰고, '사랑하는, 닉'이라는 말로 끝을 맺곤 했다. 그리고 내가 떠올릴 수 있는 거라곤 그 아가씨가 테니스를 칠 때, 코밑에 송송 땀방울이 맺혀 있던 모습이었다. 그럼에도 불구하고 적절한 선에서 그만두고 자유로워져야 한다는 생각이 막연하게 들었다.

사람은 누구나 스스로 하나쯤 미덕을 가지고 있다고 생각한다. 내 미덕은 바로 이것이다. 내가 지금껏 겪어 본 극소수의 정직한 사람 중의 하나라는 사실.

제4장

일요일 아침, 해변가 마을마다 교회 종소리가 울려 퍼지는 동안, 온 세상과 그들의 여자들은 다시 개츠비의 집으로 돌아와 그의 잔디 위에서 기분 좋게 떠들어 댔다.

"그 사람은 술 밀수업자래." 개츠비의 칵테일 쟁반과 그의 꽃들 사이를 비집고 다니며 젊은 여자들이 수군거렸다. "그 사람이 폰 힌덴부르크*의 육촌 조카라는 걸 밝혀 낸 사람을 죽였대요. 여보, 장미 한 송이만 주세요. 그리고 거기 크리스털 잔에다 마지막으로 술 한 잔 따라 주세요."

언젠가 나는 어느 시간표의 빈 여백에다 그해 여름 개츠비의 집에 왔던 사람들의 이름을 적어 본 적이 있었다. 그것은 이제 접힌 부분이 너덜너덜해진 낡은 시간표가 되었는데, 맨

---

* 제1차 세계 대전 당시에는 독일군 장군이었으며, 그 후 독일 대통령이 되었다.

위에 '1922년 7월 5일 스케줄'이란 제목이 붙어 있었다. 하지만 나는 아직도 뿌옇게 지워진 그 이름들을 읽을 수가 있으며, 그 이름들은 개츠비의 환대는 받아들이면서도 개츠비에 관해서는 아무것도 모르는 경우 없는 사람들에 대한 총괄적인 내 설명보다는 더 좋은 인상을 줄 것이다.

그때 이스트 에그에서는 체스터 베커 부부와 리치 부부, 그리고 내가 예일 대학에서 만났던 번센이라는 사람과 작년 여름 메인주에서 익사한 웹스터 시벳 박사가 왔었다. 그리고 혼빔 부부와 윌리 볼테어 부부, 항상 구석에 모여 있다가 누군가가 다가오면 염소처럼 코를 벌름거렸던 블랙 벅이란 이름의 가문 전체가 참석했었다. 그리고 이르마이 부부와 크리스티 부부—이들은 차라리 허버트 아우어바흐와 크리스티 씨의 부인이라고 하는 편이 더 정확하다—, 그리고 에드거 비버가 왔었는데, 이 비버의 머리카락은 특별한 이유 없이 어느 겨울에 갑자기 하얀 솜처럼 변했다고 한다.

클래런스 앤디브는 이스트 에그에서 왔던 것으로 기억한다. 그는 하얀 니커 바지(무릎 아래에서 졸라매는 느슨한 반바지_역주)를 입고 딱 한 번 왔으며, 정원에서 에티라는 이름의 술고래와 싸움을 했다.

거리가 더 먼 롱아일랜드에서는 치들 부부, 슈래더 부부,

조지아 출신의 스톤월 잭슨 에이브람 부부, 피시가드 부부, 리플리 스넬 부부가 왔었다. 스넬은 그곳에서 사흘을 묵고 난 뒤 교도소로 끌려갔다. 그는 술에 만취해 자갈길로 나갔다가 율리시즈 스웨트 부인의 자동차에 오른손을 치었다. 댄시 부부 역시 왔으며 환갑이 넘은 화이트 베이트와 모리스 플링크와 해머헤드 부부, 담배 수입업자인 벨루가와 그의 딸들도 왔다.

웨스트 에그에서는 폴 부부와 멀 레디 부부, 그리고 세실 루벅과 세실 숀, 걸릭 상원의원과 파 엑셀런스 영화사를 운영하는 뉴튼 오키드, 어커스트, 클라이드 코헨, 돈 슈워츠(아들), 아서 맥카티 등 모두가 영화와 관련된 사람들이 왔었다. 그리고 캐틀립 부부와 벰버그 부부, 나중에 아내를 목졸라 죽인 멀둔의 친형제인 얼 멀둔이 왔었다. 그리고 프로모터인 다 폰타노도 왔었고, 에드 레그로스와 제임스 B.('썩은 술') 페렛, 드 종 부부, 어니스트 릴리가 왔었다. 이들은 도박을 하러 왔었는데, 페렛이 어슬렁거리며 정원으로 나오면, 그가 다 털렸다는 것과, 그다음 날 연합 철도의 주가가 오른다는 것을 의미했다.

클립스프링거라는 남자는 너무 자주 오는 덕분에 하숙생이란 별명이 붙었다. 지금 생각해 보면 그가 집이 있었는지

의심스럽다.

연극인들 중에는 구스 와이즈, 호라스 도너번, 레스터 마이어, 조지 덕위드, 프랜시스 벌이 있었고, 뉴욕에서 온 사람들은 크롬 부부, 베키슨 부부, 데니커 부부, 러셀 베티, 코리건 부부, 캘러허 부부, 듀워 부부, 스컬리 부부, S. W. 벨처, 스머크 부부, 지금은 이혼한 젊은 퀸 부부, 그리고 타임스 스퀘어에서 지하철에 뛰어들어 자살한 헨리 L. 팔메토 등이 있었다.

베니 맥클레넌McClenahan은 항상 네 명의 여자들을 데리고 나타났다. 절대 같은 여자들이 오는 적이 없었지만, 서로 비슷비슷하게 생긴 탓에 늘 전에 왔던 여자들처럼 보였다. 그 여자들의 이름—재클린, 아니면 콘수엘라, 아니면 글로리아, 아니면 주디나 준이었을 것이다—은 잊어버렸고, 성姓은 선율적인 꽃이나 열두 달 중 어느 달에서 따온 것이었거나 아니면 이보다 훨씬 더 거창한 미국 재벌들의 성이었는데, 꼬치꼬치 캐물었다면 아마 그 재벌의 사촌이라고 대답했을 것이다.

그 외에 기억나는 사람들로는 파우스티나 오브라이언이 적어도 한 번은 파티에 왔었고, 베덱커의 딸들과 전쟁에서 총에 맞아 코가 떨어져 나간 젊은 친구 브루워, 앨브럭스버거 씨와 그의 약혼녀인 미스 하아그, 그리고 아디타 피츠 피터스와 미국 재향군인회 회장인 P. 주잇 씨, 운전기사라고 소문난 남자와 같이 온 미스 클라우디아 힙, 그리고 우리가 공작이라고 불렀던 어느 왕자가 있었는데, 지금은 그의 이름을 잊어버렸다.

이들이 모두 그해 여름 개츠비의 집에 왔던 사람들이다.

7월의 어느 날 아침 9시, 개츠비의 화려한 자동차가 덜컹거리며 자갈길을 달려와 내 집 앞에서 요란하게 경적을 울려 댔다. 나는 그의 파티에 두 번이나 갔었고, 그의 수상비행기도 탔었으며, 또 그의 성화로 개인 소유의 그의 해변을 자주 이용하긴 했지만, 그가 나를 직접 찾아온 것은 처음이었다.

"안녕하시오, 형씨. 오늘 점심이나 같이합시다. 차는 같이 타고 가죠."

그는 미국인 특유의 예의 그 민첩한 동작으로 자동차의 계기판 위에 올라가 몸의 균형을 잡고 있었다. 그런 유연함은 아마도 젊은 시절 힘든 일을 해 본 적이 없는 데다가, 더구나 어쩌다 한 번 가져 보는 여흥에서 오는 어설프게 우아한 태도에서 나오는 것이라고 생각된다. 덕분에 격식을 차리는 딱딱한 그의 태도가 한결 누그러져 있었다. 그는 안절부절못하며 한시도 가만히 있지를 않았다. 항상 어딘가를 발로 톡톡 두드리던가 아니면 참을성 없이 한 손으로 오므렸다 폈다 했다.

그는 내가 감탄하는 눈빛으로 자동차를 보고 있는 것을 눈치챘다.

"꽤 괜찮죠, 형씨?" 그는 내가 자동차를 더 잘 볼 수 있도록 차에서 뛰어내렸다. "전에 안 봤던가요?"

나는 그 차를 본 적이 있었다. 모든 사람이 다 그 차를 보았다. 그 차는 화려한 크림색에다 니켈 장식으로 번쩍거렸으며, 어마어마하게 긴 차체에는 여기저기 화려한 모자 상자, 음식이 담긴 바구니, 그리고 도구 상자들이 불룩불룩 튀어나와 있었고, 앞 유리가 복잡하게 여러 층으로 겹겹이 붙어 있어 햇살이 여러 갈래로 반사되었다. 마치 가죽으로 된 초록색 온실과도 같은 여러 층으로 된 자동차의 앞 유리를 마주 보고 앉아 우리는 시내로 향했다.

지난달에 나는 아마 그와 대여섯 번은 이야기를 나눴을 것이다. 그러면서 실망스럽게도 그에게 화젯거리가 거의 없다는 것을 알게 되었다. 그래서 막연하게 그가 중요한 사람이라는 나의 첫인상은 점차 사라졌으며, 다만 이웃에 있는 잘 지은 여관집 주인쯤으로 생각하게 되었다.

그러던 차에 갑작스레 이 자동차 여행을 하게 된 것이다. 우리가 웨스트 에그 마을에 도착하기도 전에 개츠비는 느닷없이 고상한 말투를 접고, 담갈색 양복을 입은 무릎을 손바닥으로 어설프게 탁탁 치기 시작했다.

"이봐요, 형씨." 그가 갑작스레 말을 꺼냈다. "형씨는 날 어떻게 생각하시오?"

약간 당황한 나는 그 질문에 어울리는 그럴듯한 대답을 찾아 얼버무리기 시작했다.

"글쎄요, 내 인생에 대한 얘기를 좀 할까요." 그가 내 말을 가로막았다. "형씨가 그런 소문만 듣고 나에 대해 오해하지 말았으면 좋겠어요."

그렇게 그는 자신의 집 홀에서 무성하고 기괴한 소문들을 다 듣고 있었던 것이다.

"내가 진실을 얘기하겠소." 그는 갑자기 오른손을 들어 하나님께 맹세를 했다. "나는 중서부의 부잣집 아들이오. 지금은 어른들이 다 돌아가셨지만. 자라기는 미국에서 자랐고 공부는 옥스퍼드에서 했어요. 우리 선조들께서 모두 옥스퍼드에서 공부를 하셨기 때문이죠. 집안 전통입니다."

그가 내게 곁눈질을 했다. 그러자 나는 조던 베이커가 어째서 개츠비가 거짓말을 하고 있다고 생각했는지를 알 것 같았다. 그는 '옥스퍼드에서 공부했다'는 대목에서 서둘러 건너뛰었다. 아니 그 말을 얼버무리거나, 아니면 삼켜 버렸다. 마치 그 사실로 인해 괴로움을 당하기라도 한 것처럼. 이런 의심이 생기자 그의 모든 말이 거짓말처럼 느껴졌고, 과연 그에게 사악한 면이 없을까, 하는 의구심이 들었다.

"중부 어디요?" 내가 불쑥 물었다.

"샌프란시스코." (샌프란시스코는 중서부가 아니라 서해안에 있다)

"아, 그래요."

"가족이 모두 죽고 거액의 유산을 상속받았어요."

모든 가족의 갑작스러운 죽음이 아직도 가슴 아픈 듯 그의 목소리가 무거웠다. 순간, 나는 그가 나를 농락하고 있는 것은 아닌가 하는 의심이 생겼으나, 그를 힐끗 보니 그렇지는 않다는 확신이 들었다.

"그 후로 난 파리, 베니스, 로마 등지의 유럽 도시에서 보석, 특히 루비를 수집하고, 맹수들을 사냥하고, 그림도 조금 그리고, 소위 나만을 위한 취미 생활을 하면서 젊은 왕처럼 살았습니다. 그러면서 오래전 나에게 일어났던 아주 슬픈 일을 잊어보려고 했지요."

나는 터무니없는 그의 말에 웃음이 터져 나오려는 것을 겨우 참았다. 그의 말이 어찌나 진부했던지 기껏해야 터번을 두르고 산속에서 호랑이를 잡으려고 쫓아다니면서, 온갖 숨은 본성을 낱낱이 드러내는 위인을 떠올리게 했다.

"그러다 전쟁이 났소. 구세주였지. 죽으려고 별별 짓을 다 했지만, 난 아무래도 극적인 삶을 잘 견디는 모양이오. 전쟁이 시작되자 곧바로 중위로 임명됐어요. 아르곤느 숲에서 살아남은 기관총 대대원들을 데리고 너무 멀리까지 진격을 하는 바람에 우리 양옆으로 반 마일의 틈이 생겼지요. 보병대가 따라올 수가 없었거든요. 거기서 우리 130명은 꼬박 이틀 밤낮을 지냈는데, 가진 무기라곤 루이스식 경기관총 16자루가 고작이었지요. 결국 보병대가 왔는데, 죽은 시체더미에서 독일군 3개 사단의 휘장을 찾아냈지요. 나는 소령으로 승진을 했고 모든 연합군 정부가 나한테 훈장을 수여했어요. 아드리아해에 있는 아주 작은 나라, 몬테네그로까지 훈장을 줬다니까요."

아주 작은 몬테네그로! 그는 큰 소리로 외치며 고개를 끄덕였다. 예의 그 미소와 함께. 그 미소는 몬테네그로의 파란만장한 역사를 이해하고 몬테네그로 국민의 용감한 투쟁에 공감하고 있었다. 그 미소는 몬테네그로의 작고 따스한 마음의 선물인 이런 훈장을 주도록 만든 일련의 국가적인 상황에 진심으로 감사하고 있었다. 나는 그의 말에 홀려 의심을 깨끗이 잊어버리고 있었다. 마치 여러 권의 잡지를 급히 훑어보고 있는 것 같았다.

그는 주머니에 손을 넣더니, 리본이 달린 메달 한 개를 내 손바닥에 떨어뜨렸다.

"몬테네그로에서 받은 거요."

놀랍게도 그것은 진짜 훈장처럼 보였다. '다닐로 훈장, 몬테네그로, 니콜라스 왕'이라는 글자가 원형으로 새겨져 있었다.

"뒤집어 봐요."

"제이 개츠비 소령." 내가 큰 소리로 읽었다. "뛰어난 무용을 치하하며."

"여기 또 하나 있어요. 항상 가지고 다니죠. 옥스퍼드 시절의 유품이죠. 트리니티 컬리지에서 찍은 겁니다. 내 왼쪽에 있는 사람이 지금의 돈캐스터 백작이에요."

운동복은 입은 대여섯 명의 청년들이 아치 밑에서 서성대고 있는 사진이었다. 아치 사이로 여러 개의 첨탑이 보였다. 거기에 많이는 아니고 아주 조금 더 젊게 보이는 개츠비가 크리켓 배트를 들고 서 있었다.

모든 것이 다 사실이었다. 내 눈에는 대운하(Grand Canal: 베니스의 주요 수로_역주)에 있는 그의 궁전에서 이글이글 타오르는 호랑이 가죽이 보였다. 그가 깊은 마음의 상처를 달래고자 강렬하게 진홍색으로 빛나는 루비 상자를 여는 것이 보였다.

"오늘은 형씨한테 큰 부탁을 드려야겠습니다." 그가 흐뭇한 표정으로 유품들을 주머니에 넣으며 말했다. "그래서 형씨가 나에 대해 조금은 알아야겠다고 생각했어요. 날, 그냥 그렇고 그런 사람이라고 생각하지 말았으면 합니다. 아시다시피 나는 낯선 사람들과 있을 때가 많아요. 내게 있었던 가슴 아픈 일을 잊기 위해 여기저기 무작정 떠돌아다니는 탓이죠." 그가 머뭇거렸다. "오늘 오후에 그 얘길 들려드리겠소이다."

"점심때요?"

"아니, 이따 오후에. 형씨가 미스 베이커와 차를 마시러 간다는 걸 우연히 알게 됐어요."

"그럼 미스 베이커를 마음에 두고 있다는 말씀입니까?"

"아니요, 형씨, 그게 아니에요. 다만 미스 베이커가 이 문제를 형씨에게 이야기해도 좋겠다고 했어요."

나는 '이 문제'가 뭔지 통 감이 잡히질 않았지만, 궁금하다기보다는 오히려 귀찮은 쪽이었다. 내가 조던에게 차를 마시자고 한 것은 제이 개츠비 씨의 얘기를 하기 위해서가 아니었던 것이다. 분명한 것은 그 부탁이라는 것이 아주 황당한 것일 거라는 생각이 들었다. 그러면서 일순 사람들이 득실대는 그의 잔디밭에 발을 들여놓은 것을 후회했다.

그는 더 이상 아무 말도 하지 않았다. 시내가 가까워지면서 그의 태도는 점점 단정해져 갔다. 빨간 띠를 두른 원양어선들이 언뜻언뜻 보이는 루스벨트항*을 지나, 빛바랜 도금 장식을 한 1900년대풍의 사람들로 북적대는 어두침침한 술집들과 함께 자갈길에 죽 늘어서 있는 빈민가를 빠른 속도로 지나쳤다. 이윽고 잿더미 계곡이 양옆으로 전개되었고, 그곳에서 윌슨 부인이 숨을 헐떡거리며 정비소의 펌프를 열심히 잡아당기고 있는 것이 얼핏 보였다.

우리는 자동차의 펜더를 날개처럼 활짝 펼친 채 라이트를 반사시키며 아스토리아의 중턱까지 달려갔다. 그 중간 지점에서 고가철도의 기둥 사이를 막 돌아선 순간 '부릉부릉' 하는 낯익은 오토바이 소리가 들렸고, 한 경찰관이 미친 듯이 우리를 따라 달리고 있었다.

"알았다고, 알았어." 개츠비가 소리쳤다. 우리는 속도를 줄였다. 그는 지갑에서 하얀 카드를 꺼내 경찰관의 눈앞에 대고 흔들어 보였다.

"몰라봬서 죄송합니다." 경찰관이 가볍게 경례를 하며 말했다. "다음번에는 알아모시겠습니다, 개츠비 씨. 실례했습

---

* 브루콜리 교수는 이런 이름의 항이 없다고 한다. 아마도 롱아일랜드의 실제 지형에다 일부러 만든 지명일 것으로 짐작된다.

니다!"

"그게 뭡니까?" 내가 물었다. "옥스퍼드에서 찍은 사진입니까?"

"언젠가 경찰서장을 도와준 일이 있었는데, 매년 크리스마스 카드를 보내 와요."

퀸즈보로 다리 위에서 보면, 난간 사이로 비치는 햇살이 달리는 자동차에 반사되어 끊임없이 반짝거리고, 강 건너편에는 하얀 각설탕을 쌓아놓은 것처럼 도시가 우뚝 솟아 있다. 그것들이 모두 냄새나지 않는 돈으로 세워진 것이라면 좋으련만……. 퀸즈보로 다리에서 보이는 도시는 이 세상 최고의 온갖 신비와 아름다움을 고스란히 간직하고 있는, 언제나 처음 보는 도시 같다.

수북하게 꽃을 쌓아 올린 영구차 한 대가 지나갔다. 휘장을 내린 두 대의 마차와 이보다는 사뭇 활기찬, 친구들을 태운 몇 대의 마차가 그 뒤를 따랐다. 그 친구들은 남동부 유럽 특유의 얇은 윗입술과 슬픈 눈으로 우리를 내려보았다. 나는 우울한 장례식에서 그 사람들에게 그나마 개츠비의 화려한 자동차를 보여 줄 수 있어서 즐거웠다. 블랙웰섬을 지날 때 리무진 한 대가 우리를 지나쳤다. 백인 운전사가 모는 그 차에는 멋스러운 차림의 흑인 세 사람, 남자 둘에 여자 하나가 타고 있었다. 나는 그들이 커다란 눈동자를 굴리며 거만하게 우리를 쳐다보는 것을 보고 큰 소리로 껄껄 웃어 버렸다.

'이제 이 다리를 빠져나갔으니 무슨 일이든 생길 수 있어.' 내가 생각했다. '무슨 일이든…….'

개츠비도 그럴 수 있었다. 그것도 아주 태연자약하게.

시끌벅적한 한낮. 시원한 선풍기가 돌아가는 42번가의 어느 지하 레스토랑에서 점심을 먹기 위해 개츠비를 만났다. 햇살이 환한 밖에서 갑자기 지하로 들어온 나는 입구에서 다른 사람과 이야기를 하고 있는 개츠비의 모습이 금방 눈에 들어오지가 않았다.

"캐러웨이 씨, 이쪽은 내 친구 울프심 씨예요."

작은 체구의 코가 납작한 유대인이 가분수의 머리를 쳐들고 나를 빤히 쳐다보았다. 그의 양쪽 콧구멍에 털이 길게 자라 있었다. 잠시 후 나는 어두침침한 가운데 그의 작은 눈을 알아볼 수 있었다.

"……그래서 그 사람을 흘끗 봤소." 울프심 씨가 진지하게 나와 악수를 하며 말했다. "그래서 내가 어떻게 했을 것 같소?"

"무슨 말씀이신지?" 내가 공손하게 물었다.

하지만 그는 나에게 말을 하는 것이 아니었다. 그는 내 손을 놓고는 그 표정이 풍부한 코를 개츠비에게 들이댔다.

"캐츠포에게 돈을 주고는 이렇게 말했지, '좋아, 캐츠포. 그가 입을 다물기 전에는 한 푼도 주지 말게.' 그랬더니 당장 그 자리에서 입을 다물던걸."

개츠비가 우리 두 사람의 팔을 하나씩 잡고 식당 안으로 들어가자, 울프심은 막 꺼내려던 말을 삼키고는 몽유병 환자처럼 넋 나간 표정을 지었다.

"하이볼(위스키에 소다수를 섞은 음료_역주)로 올릴까요?" 수석 웨이터가 물었다.

"여기 아주 근사한 레스토랑이군." 울프심이 천장에 그려진 장로교회의 요정 그림을 올려다보며 말했다. "한데 난 길 건너 식당이 더 맘에 들어!"

"그래, 하이볼로." 개츠비가 대답했다. 그런 다음 울프심 씨에게 말했다. "거긴 너무 더워요."

"덥고 비좁지……. 그래." 울프심 씨가 말했다. "하지만 추억이 가득 차 있는 곳이지."

"어디가요?" 내가 물었다.

"올드 메트로폴."

"올드 메트로폴……." 울프심 씨의 표정에 수심이 가득 피어났다. "이미 죽고 떠난 얼굴들이 가득 차 있는 곳. 영원히 떠나간 친구들의 추억이 가득 찬 곳. 내가 살아 있는 한 로지 로젠탈이 거기서 총을 맞은 날 밤은 잊을 수 없을 거야. 우린 여섯이 앉아 있었는데, 로지는 저녁 내내 엄청 먹고 마셔 댔지. 새벽 무렵 웨이터가 이상한 표정으로 로지에게 다가와 밖에서 누가 기다리고 있다는 거야. 할 말이 있다나. '알았어.' 하고 로지가 말했어. 그리고 일어서려고 하길래 내가 그 친구를 잡아끌어 앉혔지. '볼일이 있으면 그놈들 보고 이리로 오라고 해. 로지, 자넨 여기 꼼짝 말고 있어. 그게 날 돕는 거야.' 그때가 새벽 4시였어. 블라인드를 올렸다면 날이 밝는 게 보였을 거야."

"로지가 나갔습니까?" 내가 어수룩하게 물었다.

"물론 나갔지." 화가 난 듯 울프심 씨의 코가 나를 향해 실룩거렸다. "그 친구가 문에서 돌아보더니, '웨이터더러 내 커피 치우지 말라고 해!'라고 말했어. 그러고 나서 밖으로 나갔는데, 놈들이 로지의 똥배에다 총을 세 발이나 쏘고 내뺐지."

"그중 네 명이 전기의자에서 사형을 당했죠." 내가 기억을 떠올리며 말했다.

"백커까지 다섯이야." 그의 코가 흥미롭다는 듯 나를 향해 벌름거렸다. "거래처를 찾고 있는 걸로 알고 있소."

그의 이 말은 너무도 뜻밖이었다.

개츠비가 내 대신 대답했다.

"아아, 아니에요. 그건 다른 사람이에요."

"아니라고?" 울프심은 난감한 듯했다.

"이 사람은 그냥 친구예요. 그 얘긴 나중에 하자고 말씀
드렸잖아요."

"미안하게 됐소." 울프심 씨가 말했다. "내가 사람을 잘
못 알아봤소."

먹음직스럽게 보이는 요리가 나왔다. 울프심 씨는 올드 메
트로폴의 감성적인 분위기를 잊은 채 허겁지겁 맛있게 먹기
시작했다. 그러면서 식당 안을 아주 천천히 둘러보았다. 바
로 뒤에 앉아 있던 사람들까지 면밀히 살핀 후에야 그의 탐
색은 끝이 났다. 아마 내가 없었더라면 우리가 앉은 테이블
아래까지도 훑어보았을 것이다.

"이봐요, 형씨." 개츠비가 내 쪽으로 몸을 기울이며 말했
다. "오늘 아침 차에서 내가 기분 나쁘게 한 건 아닌지 모
르겠소."

그가 다시금 그 미소를 떠올렸지만, 이번에는 내가 정색
을 하며 말했다.

"난 베일에 싸여 있는 건 별로 좋아하지 않아요. 그리고 왜 나한테 직접 와서 솔직하게 말하지 않는지 이해가 안 돼요. 왜 하나에서 열까지 미스 베이커를 통해야 하는 겁니까?"

"아, 비밀이 될 만한 건 하나도 없어요. 형씨도 알다시피, 미스 베이커는 훌륭한 선수지요. 옳지 않은 일은 절대 할 사람이 아니지 않소?"

갑자기 개츠비가 시계를 들여다보았다. 그리곤 헐레벌떡 일어나 나와 울프심 씨를 남겨 놓은 채 밖으로 뛰어나갔다.

"전화를 하러 가는 거요." 울프심 씨가 눈으로 그의 뒷모습을 좇으면서 말했다. "멋진 친구야, 안 그렇소? 겉모습도 출중하고 나무랄 데 없는 신사지."

"그렇습니다."

"옥스퍼드 출신이야."

"아, 네."

"영국에서 옥스퍼드 컬리지Oggsford College를 다녔다고. 옥스퍼드 컬리지라고 들어봤소?"

"들어봤습니다."

"전 세계에서 아주 유명한 대학 중 하나지."

"개츠비를 안 지가 오래되셨습니까?" 내가 물었다.

"몇 년 됐지." 그가 흐뭇한 표정으로 대답했다. "전쟁 직후에 알게 됐소. 그 친구하고 1시간 정도 얘기해 보고, 아주 괜찮은 친구구나, 하는 생각이 들었지. 왜, 집에 데리고 가서 어머니나 여동생한테 소개하고 싶은 사람이 있길 않소. 그런 거였소." 그가 잠시 말을 멈추었다. "지금 내 커프스단추를 보고 있군 그래."

실상 그것을 보고 있던 것은 아니지만, 그의 말에 나는 그 단추를 쳐다보았다. 상아로 만든 이상하게도 낯익은 단추였다.

"사람의 어금니로 만든 거지." 그가 가르쳐 주었다.

"그렇군요." 나는 그것을 자세히 들여다보았다. "참 재미있는 아이디어네요."

"그렇지." 그는 코트 속에 있던 소매를 번쩍 치켜들었다. "그래, 개츠비는 여자들한테 아주 조심스러운 사람이오. 친구 마누라도 절대 제대로 쳐다보지 않을 사람이지."

이렇게 무조건적으로 신뢰하는 당사자가 테이블로 돌아와서 앉자, 울프심 씨는 후루룩 커피를 마시더니 자리에서 일어섰다.

"점심 맛있게 먹었네. 너무 오래 있으면 눈치 줄지 모르니 이제 그만 젊은 두 양반 곁에서 물러나야겠소." 울프심 씨가 말했다.

"서두르실 것 뭐, 있습니까." 개츠비가 건성으로 말했다. 울프심 씨는 축도라도 올리듯 한 손을 번쩍 들었다.

"마음은 고맙지만, 나야 세대 차이가 많이 나는 사람 아냐." 그가 정색을 하며 말했다. "자넨 여기 앉아서 운동 얘기도 하고, 젊은 아가씨들 얘기도 하고, 또……." 그는 재차 손을 흔들며 나머지는 알아서 새겨들으라는 시늉을 했다. "나야 쉰 살이나 먹어서 얼른 자리를 피해 줘야지."

그는 악수를 하고 나서 그 비극적인 코를 실룩거리며 돌아섰다. 내가 혹시 신경에 거슬리는 말을 하지나 않았나, 하는 생각이 들었다.

"저분은 가끔 저렇게 감상적일 때가 있어요." 개츠비가 해명했다. "오늘이 바로 그런 감상적인 날이죠. 뉴욕 일대에서 보기 드문 괴짜예요. 브로드웨이에서 살아요."

"대체 뭐 하는 사람인데요, 배우?"

"아니."

"치과 의사?"

"저 사람이요? 아뇨. 도박꾼이에요." 개츠비가 잠시 머뭇거리다가 차갑게 덧붙였다. "1919년 월드 시리즈(미국 프로 야구 챔피언 결정전_역주)를 매수해서 승부를 조작한 장본인이죠."

"월드 시리즈를 매수해요?" 내가 되물었다.

그의 말에 놀라지 않을 수 없었다. 1919년 월드 시리즈가 매수되었다는 사실을 물론 기억하고 있었다. 하지만 어쩔 수 없는 사정에 얽혀 그저 우연히 일어난 일이려니 하고 생각했던 것이다. 한 사람이 5천만 명의 믿음을 농락할 수 있다는 것은 꿈에도 생각하지 못했던 일이다. 단순하기 그지없는 생각으로 금고를 폭파시키는 강도처럼 말이다.

"어떻게 그런 일을 할 생각을 했을까요?" 잠시 뜸을 들이다가 내가 물었다.

"단지 기회로 본 거지."

"그런데 왜 감옥에 안 갔죠?"

"잡을 수가 없었지요. 수완이 뛰어난 사람이거든요."

점심값은 내가 내겠다고 우겼다. 웨이터가 거스름돈을 가지고 왔을 때, 사람이 북적대는 식당 저편에서 톰 부캐넌의 모습이 보였다.

"잠깐 저쪽으로 갑시다. 인사할 사람이 있어요." 내가 말했다.

우리를 보자 톰은 벌떡 일어나 우리 쪽으로 다가왔다.

"어디 있었나?" 톰이 다그쳤다. "자네가 전화 안 했다고 데이지가 단단히 화가 났는데."

"이쪽은 개츠비 씨. 이쪽은 부캐넌 씨."

두 사람은 간단히 악수를 나누었다. 당황함에서 오는 딱딱하고 생소한 표정이 개츠비의 얼굴에 떠올랐다.

"대체 어딜 갔었어?" 톰이 내게 물었다. "어떻게 이렇게 멀리까지 와서 점심 먹을 생각을 다 했어?"

"개츠비 씨와 점심을 먹고 있었어."

나는 개츠비를 돌아다보았다. 하지만 그는 이미 사라지고 없었다.

"1917년 10월의 어느 날이었어요─그날 오후, 플라자 호텔의 커피숍에서 등받이가 곧은 의자에 꼿꼿하게 앉아 조던이 얘기를 시작했다─. 잔디와 보도, 여기저기를 걸어 다니고 있었어요. 밑창에 고무 마디가 박힌 영국제 구두를 신고 있었기 때문에 잔디밭을 걷는 게 더 재미있었어요. 걸을 때마다 폭신폭신했거든요. 새로 산 격자무늬 스커트를 입고 있었는데 역시 바람에 치맛자락이 나풀나풀거렸어요. 또 그럴 때마다 집집마다 걸어 놓은 빨갛고 하얗고 파란 깃발들이 마지못해 움직이듯 '탓탓탓' 소리를 내며 펄럭거렸지요. 제일 큰 깃발, 제일 넓은 잔디밭이 있는 곳은 데이지 페이의 집이었어요. 데이지는 나보다 두 살 많은 열여덟 살이었는데, 루이빌에서 제일 인기 많은 애였지요. 데이지는 하얀 옷을 입고 있었고, 소형 오픈카도 있었죠. 그날 데이지의 집에는 하루 종일 전화벨이 울려 댔고 흥분한 테일러 기지의 젊은 장교들이 그날 밤 데이지를 독차지하고 싶어 했어요. '단 1시간만'이라도요. 그날 아침 데이지의 집 맞은편에 와 보니 하얀 오픈카가 길옆에 서 있었어요. 데이지는 어떤 중위와 같이 앉아 있었는데, 처음 보는 사람이었어요. 두 사람은 서로에게 어찌나 빠져 있던지 내가 가까이 가는 것도 모를 정도였죠. 내가 다가서자, '안녕, 조던. 이리 와.' 하고 데이지가 갑자기 말을 던졌어요. 나는 데이지가 내게 말을 걸고 싶어 하는 것 같아 우쭐했지요. 내가 제일 좋아하는 언니였거든요. 데이지는 나보고 적십자에 가서 붕대를 감을 거냐고 물었어요. 그렇다고 했지요. 그랬더니 그날 자기가 못 간다고 전해 달라고 했어요. 데이지가 말을 하는 동안 그 장교는 데이지를 바라보고 있었어요. 여자라면 누구나 한 번쯤 그런 눈길로 봐 주었으면 하죠. 그때 그 일이 하도 로맨틱해 보여서 지금껏 기억하고 있어요. 그 중위는 제이 개츠비라는 사람이었어요. 그런데 4년도 넘게 그 사람을 보지를 못했어요. 롱아일랜드에서 그 사람을 봤을 때도 그 사람인 줄 몰랐어요. 그때가 1917년이었어요. 그 이듬해에는 나도 애인이 몇

124

명 있었고, 시합에도 나가기 시작해서 데이지를 자주 만나지 못했죠. 데이지는 누군가를 사귄다고 하면 언제나 나이가 약간 많은 사람이었어요. 그런데 데이지에 관한 이상한 소문이 떠돌고 있었어요. 어느 겨울밤에, 뉴욕으로 가기 위해 짐을 꾸리다가 어머니한테 들켰다는 거예요. 외국으로 떠나는 어느 군인을 전송하기 위해서였대요. 결국 못 가고 말았지만 그 후로 집안 식구들과 몇 주 동안 말을 안 했대요. 그리고 나선 더 이상 군인들과 어울리지 않았어요. 그저 평발이나 시력이 나빠서 군대에 가지 못하는 동네 청년들과 어울렸을 뿐이죠. 그 이듬해 가을에 데이지는 다시 명랑해졌어요. 예전처럼요. 휴전이 되고 나서 사교계에 데뷔하고, 2월에 뉴올리언스 출신의 남자와 약혼한 것 같았는데, 6월에 시카고 출신의 톰 부캐넌과 결혼하더라고요. 루이빌에서 그런 성대한 결혼식은 처음이었어요. 신랑은 4대의 자가용차에 백 명이 넘는 사람들을 태우고 내려왔어요. 그리고 멀바크 호텔 한 층을 통째로 빌렸고, 결혼식 전날엔 35만 달러짜리 진주 목걸이를 데이지에게 주었어요. 난 신부 들러리였어요. 피로연이 시작되기 30분 전에 데이지의 방에 가 보았더니, 꽃 장식을 한 드레스를 입은 데이지가 6월의 밤처럼 아름다운 모습으로 침대에 누워 있었어요. 술에 취해 빨갛게 상기된 얼굴로요. 한 손에는 편지를 들고 한 손에는 소테른 백포도주병을 들고 있었어요. '축하해 줘.' 데이지가 중얼거렸어요. '한 번도 술 마셔 본 적 없는데, 얼마나 기분이 좋은지 몰라.' 하고요. '무슨 일이야, 데이지?' 나는 겁이 났어요. 솔직히 말해서 여자가 그런 모습을 하고 있는 걸 처음 봤거든요. '여기, 이거.' 데이지가 침대 위에서 쓰레기통을 끌어안고 속을 뒤적거리더니, 진주 목걸이를 꺼냈어요. '이거 아래층으로 가져가서 누군지 모르지만 주인한테 돌려줘. 그리고 데이지가 마음이 변했다고 말해. 데이지가 마음이 변했다고 말하란 말이야!' 그리곤 데이지는 엉엉 울기 시작했지요. 울고 또 울었어요. 나는 밖으로 뛰어나가 데이지 어머니의 하녀를 찾았어요. 우리는 문을 잠그고 데이지를 차가운 물을 채운 욕조에 집어넣었어요. 편지는 끝까지 놓치지 않더군요. 편지를 욕조 안으로 들고 들어가 물에 젖은 공처럼 똘똘 말아서 꼭 쥐고 놓지 않았어요. 그것이 눈처럼 조각조각 흩어지자 그제야 비눗갑에 넣어 날 주더군요. 하지만 데이지는 더 이상 한마디도 말을 하지 않았어요. 암모니아수를 먹이고 이마에 얼음을 얹어 주고 나서 다시 드레스를 입혔죠. 그리고 30분 뒤, 방에서 나올 때 보니까 진주 목걸이가 데이지의 목에 걸려 있더라고요. 사건은 그렇게 끝이 났어요. 다음 날 5시에 데이지는 별로 떨지도 않고 톰 부캐넌과 결혼식을 올렸어요. 그리고 남태평양으로 삼 개월 동안 여행을 떠났죠. 다시 돌아온 두 사람을 산타바바라에서 만났는데 그렇게 남편한테 푹 빠져 있는 여자는 처음 보았어요. 남편이 잠시라도 방을 나가면 데이지는 불안하게 주위를 두리번거리면서, '톰이 어딜 갔지?' 하는 거예요. 남편이 방으로 들어오는 걸 보기 전까지는 안절부절못했어요. 데이지는 해변가에서 자신의 무릎을 베고 누운 톰의 이마를 손가락으로 쓰다듬으면서 오랫동안 한없이 기쁜 표정으로 그를 바라보곤 했어요. 두 사람이 같이 있는 것을 보면 가슴이 찡했어요. 뭐랄까, 그냥 아무 생각 없이 웃음이 나와요. 그때가 8월이었어요. 내가 산타바바라를 떠난 지 일주일이 지난 어느 날 밤, 벤추라 도로에서 톰이 마차를 들이받았는데, 자동차의 앞바퀴가 완전히 떨어져 나갔다고 하더군요. 톰의 자동차에 같이 탔던 여자가 신문에 났어요. 팔이 부러졌기 때문이죠. 산타바바라 호텔에서 객실 종업원으로 일하는 여자였어요. 그다음 해 4월, 데이지는 딸을 낳았고 그 사람들은 1년 동안 프랑스에 가 있었죠. 어느 봄날 칸에서 그들을 만났고, 또 드빌에서도 만났어요. 그러고 나서 시카고로 돌아와 정착을 했더라고요. 데이지는 시카고에서 인기가 많았어요. 두 사람은 품행이 좋지 못한 사람들과 어울렸어요. 모두가 젊고 돈 많고 방탕한 사람들이죠. 하지만 데이지는 언제나 흠잡을 데 없는 명성을 잃지 않았어요. 아마 술을 안 마시기 때문일 거예요. 술꾼들과 어울리면서 술을 마시지 않았다는 것은 커다란 장점이죠. 말조심을 할 수 있는 데다가 사람들이 만취가 되어 아무것도 모르고 신경도 쓰지 않을 때쯤 타이밍을 맞춰 슬쩍 딴짓을 할 수도 있으니까요. 데이지는 아마 바람을 피우지 않았을 거예요. 그래도 데이지의 목소리엔 무언가가 느껴졌어요……. 그런데 한 6주 전쯤, 데이지가 몇 년 만에 처음으로 개츠비란 이름을 들은 거예요. 내가 선생님한테 웨스트 에그에 사는 개츠비를 아시냐고 물어봤을 때요. 생각나세요? 선생님이 돌아가신 후 데이지가 내 방으로 와서 나를 깨웠어요. 그리고, '어떤 개츠비야?' 하고 묻더군요. 어떤 사람인지 설명을 해 주었더니, 나는 비몽사몽간이었어요. 아주 이상한 목소리로 자기가 아는 사람이 틀림없다고 하더군요. 그제야 이 개츠비와 데이지의 하얀 차에 타고 있던 그 장교가 서로 연결이 되더라고요."

조던 베이커가 얘기를 다 마쳤을 때는 우리가 이미 30분 전에 플라자 호텔을 나와 빅토리아(두 필, 혹은 네 필의 말이 끄는 4륜마차_역주)를 타고 센트럴 파크를 지나가고 있었다. 해는 벌써 웨스트 50번가, 영화배우들이 사는 고층 아파트 너머로 저문 뒤였고, 풀밭의 귀뚜라미처럼 어느덧 모여든 어린아이들의 해맑은 목소리가 무더운 황혼을 뚫고 높이 울렸다.

나는 아라비아의 족장
당신의 사랑은 나의 것
당신이 잠드는 밤이면
나는 당신의 천막 속으로 살며시 들어간다네…….

"묘한 우연의 일치군요." 내가 말했다.
"그건 전혀 우연의 일치가 아니에요."
"왜 아니죠?"
"개츠비가 데이지를 바다 건너 마주 보려고 일부러 그 집을 산 거예요."

그렇다면 그 6월의 밤에, 그가 쳐다보았던 것은 단지 별만이 아니었단 말인가. 순간 그를 감싸고 있던 덧없이 찬란한 껍질이 갑자기 벗겨지면서, 그들의 실체가 생생하게 다가왔다.

"그 사람이 알고 싶어 해요." 조던이 덧붙였다. "선생님이

언제든 오후에 데이지를 집으로 초대해서 자기가 들를 수
있게 해 줄 수 있는지 말이에요."

그 조심스러운 부탁에 내 마음이 흔들렸다. 그는 5년이나
기다렸으며 저택을 사서 불나방들에게 별빛을 제공했던 것
이다. 언제든 오후에 그가 낯선 정원에 들를 수 있기 위해
서였다.

"모든 사정을 내가 다 알아야 그런 사소한 부탁을 할 수
있답니까?"

"겁이 나나 봐요. 너무 오래 기다려왔으니까요. 선생님이
불쾌해할지도 모른다고 생각하더군요. 아시다시피 속은 강
한 사람이에요."

나는 어쩐지 마음에 걸렸다.

"어째서 조던 씨에게 만나게 해 달라는 부탁을 하지 않
은 거죠?"

"데이지에게 자기 집을 보여 주고 싶은 거죠." 그녀가 설명
해 주었다. "선생님 집이 바로 옆이잖아요."

"아, 그렇군요!"

"제 생각엔 데이지가 언제든 자기 파티에 올지도 모른다고
반쯤은 기대했던 것 같아요." 조던이 덧붙였다. "그런데 오
질 않았던 거죠. 그러자 사람들에게 데이지를 아느냐고 묻

고 다니기 시작했어요. 제가 맨 처음 그 사람 눈에 띈 거고요. 그날 밤 댄스파티에서 사람을 보내서 저를 불렀잖아요. 그 말을 꺼내기까지 얼마나 공을 들였던지 선생님도 들었어야 하는 건데. 물론 저는 뉴욕에서 점심을 먹자고 제안했어요. 그랬더니 꼭 미친 사람처럼 굴더라고요. '난 정도에서 벗어난 일은 하고 싶지 않아요!' 그 사람은 계속 같은 말을 되풀이했어요. '난 옆집에서 데이지를 만나고 싶어요.' 선생님이 톰과 각별한 친구라고 했더니, 모든 계획을 다 포기하려고 하더군요. 그 사람은 톰에 대해 별로 아는 것이 없었어요. 혹시 데이지 이름이 나올까 해서 몇 년 동안 시카고 신문을 봤다고는 하지만요."

날이 어두워 있었다. 마차가 작은 다리를 통과할 때 나는 조던의 구릿빛 어깨를 팔로 감싸며 내 쪽으로 끌어당겼다. 그리고 저녁 식사를 같이하자고 청했다. 어느덧 데이지와 개츠비에 대한 생각이 사라지고, 절대적인 회의론에 빠져 있는 이 깔끔하고 단아한 사람, 기분 좋게 내 팔에 몸을 기대는 이 사람만을 생각하고 있었다. 짜릿한 흥분과 함께 한 구절이 내 귓전을 때렸다. '쫓고 쫓기는 자, 바쁜 자와 피곤한 자만이 있을 뿐이다.'

"데이지의 삶에도 뭔가가 있어야 하지 않겠어요?" 조던이 내게 소곤거렸다.

"개츠비를 만나고 싶어 할까?"

"데이지는 아무것도 몰라요. 개츠비가 알리고 싶어 하지 않아요. 선생님은 그냥 데이지를 초대해서 차나 함께 마시자고 하면 돼요."

우리가 탄 마차가 장벽처럼 서 있는 시커먼 나무들을 지나, 59번가에 이르자, 파리한 빛 한 줄기가 공원을 비추었다. 개츠비나 톰 부캐넌과 달리, 내게는 넋 나간 얼굴로 현실 세계를 떠돌아다니는 여자가 없었다. 그래서 나는 곁에 앉아 있는 여자를 안은 팔에 힘을 주어 힘껏 끌어당겼다. 파리하고 냉소적인 그녀의 입가에 미소가 떠올랐다. 그러자 나는 다시금 그녀를 바짝 끌어당겼다. 이번에는 내 얼굴 쪽으로.

제5장

그날 밤 웨스트 에그 집으로 돌아온 나는 집에 화재가 난 줄 알고 잠시 가슴이 철렁 내려앉았다. 새벽 2시인데도 섬 전체가 환하게 불이 켜져 있었고, 관목숲을 대낮처럼 비추고 있었으며 그 빛에 반사되어 길가에 늘어선 전선이 가늘고 길게 반짝거렸다. 길모퉁이를 돌아서며 나는 그것이 지하실에서부터 꼭대기 탑까지 불을 밝혀 놓은 개츠비의 집이라는 것을 알았다.

처음에는 또 파티가 벌어졌는지 알았다. 시끌벅적한 파티가 '숨바꼭질'이나 '콩나물시루' 놀이로 바뀌어, 이제는 온 집 안이 놀이터가 됐나 보다고 생각했다. 그러나 아무 소리도 들리지 않았다. 오직 나무 사이의 바람만이 늘어진 전선에 부딪히는 바람에 집 전체가 어둠 속에서 윙크를 보내듯 전등불이 켜졌다 꺼졌다 하며 깜박거릴 뿐이었다. 내가 탔던 택시가 부릉거리며 가 버리자 개츠비가 나를 향해 잔디를 가로질러 걸어오고 있는 것이 보였다.

"집이 꼭 세계 박람회장 같아요." 내가 말했다.

"그래요?" 그는 건성으로 집 쪽으로 시선을 던졌다. "방 몇 군데를 좀 훑어보느라고……. 형씨, 내 차로 코니아일랜드(브루클린에 있는 놀이공원_역주)에나 갑시다."

"너무 늦었어요."

"그러면, 수영장에서 수영이나 해 볼까요? 여름내 한 번도 사용을 안 했는데."

"난 좀 자야겠어요."

"그럼 할 수 없군요."

그는 애써 조바심을 억누른 채 내 얼굴을 쳐다보며 대답을 기다렸다.

"미스 베이커하고 얘길 했어요." 나는 잠시 뜸을 들인 후 다시 덧붙였다. "내일 데이지한테 전화할 겁니다. 여기 와서 차나 마시자고 하려고요."

"아, 잘됐군요." 그가 무관심하게 말했다. "형씨한테 폐 끼치고 싶진 않아요."

"언제가 좋으세요?"

"언제가 좋으냐고?" 그가 재빨리 내 말을 되받았다. "형씨한테 폐를 끼치고 싶지 않아요."

"모레는 어때요?"

그가 잠시 생각에 잠겼다. 그러고는 마지못해, "잔디를 깎아야 하는데."라고 말했다.

우리는 둘 다 잔디밭을 내려다보았다. 수북이 자란 우리 집 잔디밭과 손질도 잘 되고 색도 더 짙은 그의 잔디밭이 극명하게 대조를 이루고 있었다. 그가 손보고 싶은 건 우리 집 잔디밭일 것이다.

"한 가지가 더 있어요." 그가 애매모호하게 얼버무리면서 머뭇거렸다.

"그럼 며칠 늦출까요?" 내가 물었다.

"아니, 그게 아니라, 적어도……." 그는 말을 맺지 못하고 우물쭈물했다. "그게 아니라, 생각해 봤는데, 형씨, 수입이 그렇게 많지는 않지요?"

"아주 많지는 않죠."

내 대답에 자신을 얻은 듯 그가 조금 더 자신 있게 덧붙였다.

"달리 듣진 마시고, 형씨가 그럴 거라고 생각했어요. 아시다시피 부업으로 작은 사업을 하나 하고 있는데, 일종의 부업이죠. 그래서 형씨가 수입이 아주 많지 않다면…… 증권을 파신다고 했나요?"

"그러려고 노력하고 있습니다."

"그렇다면 이 일이 좋은 건수가 될지도 모르겠네요. 시간을 많이 투자하지 않아도 꽤 짭짤하게 벌 수가 있어요. 약간의 기밀을 요할 때도 있긴 하지만."

다른 상황이었다면 그의 대화는 내 인생에서 하나의 위기가 될 수도 있었다. 그러나 그의 제안은 분명 나의 수고에 대한 순수한 대접이었기 때문에, 나는 그 자리에서 거절하는 수밖에 달리 선택의 여지가 없었다.

"지금 하는 일도 벅찬걸요." 내가 말했다. "고맙긴 하지만 일을 더 할 수가 없어요."

"울프심하고 얽히지 않아도 된다니까요." 그는 분명 점심 때 나온 '거래처'에서 내가 꽁무니를 빼고 있다고 생각하는 모양이었다. 하지만 나는 그런 것이 아니라고 분명히 말해 주었다. 그는 내가 다시 말을 꺼내기를 기다렸지만, 내가 다른 생각에 여념이 없었으므로, 그는 마지못해 집으로 발걸음을 돌렸다.

그날 저녁 나는 마음이 날아갈 듯 가볍고도 행복했다. 지금 생각해 보면 현관문으로 들어가면서 이미 깊은 잠에 빠져들었던 것 같다. 그래서 개츠비가 코니아일랜드에 갔는지 아니면 온 집 안에 환하게 불을 밝힌 채 몇 시간이고 방들을 뒤졌는지 알 수가 없다.

다음 날 아침 나는 사무실에서 데이지에게 전화를 했다. 그리고 차를 마시러 오라고 초대했다.

"톰은 데리고 오지 마." 내가 주의를 주었다.

"뭐라고?"

"톰은 데려오지 말라고."

"톰이 누군데?" 그녀가 천연덕스럽게 물었다.

약속한 날은 비가 억수같이 쏟아지고 있었다. 11시가 되자 우비를 입은 한 남자가 제초기를 들고 우리 집 현관문을 두드렸다. 개츠비가 우리 집 잔디를 깎으라고 보냈다는 것이다. 그 말에 나는 깜박 잊고 우리 집 핀란드인 가정부에게 다시 와 달라는 말을 하지 않은 것이 생각났다. 그래서 나는 서둘러 웨스트 에그 마을로 차를 몰아, 물에 흠뻑 젖은 하얗게 회칠한 좁은 뒷골목에서 그녀를 만났다. 그리고 컵 몇 개와 레몬, 그리고 꽃을 샀다.

꽃은 필요가 없었다. 2시가 되자 개츠비의 집에서 온실이 통째로 도착했고, 그 많은 꽃들을 꽂을 화병들이 같이 따라왔기 때문이다. 1시간이 지나자 현관문이 요란하게 열렸다. 그리고 하얀 플란넬 양복과 은색 셔츠에 황금색 넥타이를 맨 개츠비가 황급히 들어왔다. 그의 눈 밑에는 거무스레하게 잠을 자지 못한 흔적이 남아 있었다.

"다 잘 돼 갑니까?" 들어오자마자 그가 물었다.

"잔디가 보기 좋은데요. 그 말인가요?"

"무슨 잔디?" 그가 어리둥절하여 물었다. "아, 정원의 잔디." 그는 창밖으로 잔디밭을 내다보았다. 그러나 그의 표정으로 미루어 그 어느 것도 보고 있지 않다는 것을 알 수 있었다.

"아주 좋아 보이는군." 그가 막연하게 말했다. "어느 신문을 보니까 비가 4시쯤 그친다고 하던데. ≪저널≫*지였던 것 같아요. 차 마실 준비는 다 끝났습니까?"

나는 부엌 옆의 다용도실로 그를 데리고 갔다. 거기서 그는 핀란드 가정부를 못마땅한 표정으로 쳐다보았다. 우리는 고급 식품점에서 사 온 열두 개의 레몬 케이크를 같이 살펴보았다.

"이거면 될까요?" 내가 물었다.

"되고말고, 암, 되고말고! 좋습니다!" 그리곤 약간 기운 없는 목소리로 덧붙였다. "……그럼요."

3시 반쯤 되자 비가 뜸해지면서 축축한 안개비로 변해, 이

---

* 뉴욕의 신문

따금씩 가는 빗방울이 이슬처럼 안갯속에서 흩날렸다.

개츠비는 멍한 표정으로 클레이의 『경제학』(일반 독자를 위한 경제학 개론, 뉴욕, 맥밀란, 1918_ 역주)을 훑어보다가, 핀란드인 가정부가 걸어 다닐 때마다 삐걱대는 부엌 마루 소리에 놀라거나, 희뿌연 창문 쪽을 힐끗 내다보곤 했다. 마치 눈에 보이진 않지만 밖에서 뭔가 심상치 않은 일이 일어나고 있기라도 하듯이. 이윽고 그가 자리에서 일어나 불분명한 어조로 집에 가겠다고 말했다.

"아니 왜요?"

"아무도 안 오잖아요. 너무 늦었어요!" 그는 급한 용무가 있는 사람처럼 시계를 들여다보았다. "하루 종일 기다릴 수야 없지."

"말도 안 되는 소리! 아직 4시 2분 전이에요."

그는 내가 억지로 잡아당기기라도 한 듯 처량하게 주저앉았다. 그와 동시에 우리 집 골목길로 들어서는 엔진 소리가 들렸다. 우리는 둘 다 벌떡 일어났고, 나는 약간 난처해하면서 밖으로 나갔다.

빗방울이 떨어지고 있는 앙상한 라일락 나무들 사이로 커다란 오픈카 한 대가 올라오고 있었다. 자동차가 멈추었다. 라벤더 색깔의 삼각모자 밑으로 살짝 내비친 데이지의 얼굴이 매혹적인 환한 미소를 머금은 채 나를 쳐다보았다.

"정말 여기에 사는 거야?"

상쾌하게 찰랑찰랑대는 그녀의 목소리는 빗속에 울려 퍼지는 즐거운 멜로디였다. 나는 아무 말도 하지 못한 채 한동안 그 멜로디를 좇아 오르락내리락하지 않을 수 없었다. 물에 젖은 머리카락 한 가닥이 파란 물감으로 칠한 것처럼 그녀의 뺨에 붙어 있었다. 자동차에서 내릴 때 잡아 준 그녀의 손은 반짝이는 물방울로 젖어 있었다.

"혹시 나 사랑하는 거 아냐?" 그녀가 내 귓전에 대고 소곤거렸다. "아니면 왜 혼자 오라고 했어?"

"그건 랙텐트 성(마리아 에지워스의 19세기 소설_역주)의 비밀이야. 운전기사에게 어디 가서 1시간쯤 있다 오라고 해."

"퍼디, 1시간만 있다가 와요." 그리곤 정색을 하며 중얼거렸다. "저 사람 이름이 퍼디야."

"눈치가 빠른가?"

"그렇지 않을걸. 근데 왜?" 그녀가 고지식하게 물었다.

우리는 안으로 들어갔다. 놀랍게도 거실은 텅 비어 있었다.

"어, 정말 이상한데." 내가 큰 소리로 외쳤다.

"뭐가 이상해?"

가볍게 현관문을 노크하는 소리에 그녀가 뒤를 돌아다보

았다. 나는 밖으로 나가 문을 열었다. 백지장처럼 창백한 얼굴의 개츠비가 코트 주머니에 두 손을 깊숙이 찔러 넣은 채 슬픈 표정으로 날 쳐다보며 물웅덩이 한가운데 서 있었다.

그는 코트 주머니에 손을 찔러 넣은 채로 나를 지나, 줄타기를 하듯 휙 돌더니 거실로 사라졌다. 그의 그런 모습은 조금도 우습지가 않았다. 나는 내 심장이 마구 고동치는 소리를 들으며 점점 더 거세지는 빗줄기가 안으로 들어오지 못하도록 문을 잡아당겼다.

일순 아무 기척도 없었다. 이윽고 아주 작게 속삭이는 소리와 웃음소리가 거실에서 들려왔다. 그리고 부자연스러운 데이지의 목소리가 또렷하게 이어졌다.

"다시 만나서 돼서 정말이지 너무 반가워요."

침묵. 숨이 막힐 듯한 침묵이었다. 나는 딱히 할 일이 없었으므로 그냥 안으로 들어갔다.

개츠비는 여전히 주머니에 손을 찌른 채 지극히 편안한 자세로 벽난로에 기대서서 억지로 태연한 척하고 있었다. 아예 지루해 보일 정도였다. 고개를 어찌나 뒤로 젖혔던지 고장 난 시계의 숫자판에 닿아 있었다. 그리고 그런 자세로, 딱딱한 의자 가장자리에 겁을 먹은 듯 그러나 우아하게 앉아 있는 데이지를 광기 어린 눈으로 내려다보고 있었다.

"우린 전에 만난 적이 있지." 개츠비가 중얼거렸다. 그의 시선이 시시각각 나를 흘끔거렸다. 억지로라도 웃으려고 했지만 잘 안 되는 모양이었다. 때마침 그의 머리에 눌린 시계가 갸우뚱했다. 그는 뒤를 돌아보더니 떨리는 손으로 시계를 바로잡아 놓았다. 이윽고 굳은 표정으로 소파에 앉아 소파의 팔걸이에 팔꿈치를 올려놓고 손으로 턱을 괴었다.

"시계, 미안해요." 그가 말했다.

나는 얼굴이 화끈 달아오르는 것을 느꼈다. 머릿속에는 하고 싶은 말이 많이 있었지만, 그중 평범한 한마디 말조차 꺼낼 수가 없었다.

"낡은 시계인걸요." 내가 바보스러운 대답을 했다.

지금 생각해 보면 그때 우리 모두는 그 시계가 산산조각이라도 난 줄 알았다.

"몇 년 동안 만나질 못했네요." 데이지가 말했다. 그녀의 말투는 지극히 사무적이었다.

"이번 11월이면 5년이 되는군."

자동적으로 튀어나온 개츠비의 대답에 우리 모두는 또다시 침묵 속으로 빠져들었다. 부엌에서 차나 끓이자는 궁색한 나의 제안에 그들이 막 일어서려는 찰나 눈치 없는 가정부가 쟁반을 들고 들어왔다.

찻잔과 케이크를 받느라 부산하게 움직이는 사이 분위기가 자연스러워졌다. 데이지와 내가 이야기를 나누는 동안, 개츠비는 그늘진 곳으로 가서 침울하고 긴장된 표정으로 우리를 번갈아 가며 바라보고 있었다. 그렇지만 평온한 분위기 그 자체가 목적이 아니었으므로, 나는 적당한 순간에 양해를 구하고는 자리에서 일어섰다.

"어딜 가십니까?" 개츠비가 놀라 물었다.

"금방 오겠습니다."

"가기 전에 할 말이 있어요."

그는 나를 따라 부엌으로 들어와, 문을 닫았다. 그리고 안쓰러운 표정으로 소곤거렸다. "오, 맙소사!"

"왜 그래요?"

"큰 실수를 했어요." 그가 고개를 좌우로 흔들면서 말했다. "큰 실수, 큰 실수야."

"당황해서 그래요. 단지 그뿐이에요." 그리고 내가 덧붙였다. "데이지 역시 당황하고 있어요."

"데이지가 당황했다고?" 그가 믿을 수 없다는 듯 내 말을 되뇌었다.

"그래요. 두 사람이 똑같아요."

"큰 소리 내지 말아요."

"왜 그렇게 어린애처럼 구는 거요, 대체." 내가 참다못해 큰소리를 냈다. "거기다가 경우까지 없으니. 데이지를 거실에 혼자 내버려 두고."

그는 손을 들어 내 말을 가로막고는 원망스러운 표정으로 날 쳐다보았다. 그 표정은 지금도 잊을 수가 없다. 그리곤 살며시 문을 열고 안으로 들어갔다.

나는 뒷문을 통해 밖으로 나갔다―바로 30분 전에 개츠비가 초조하게 집 안을 한 바퀴 돈 것처럼 말이다―. 그리고 울퉁불퉁하게 옹이 진 아주 큰 나무를 향해 달렸다. 무성하게 우거진 잎사귀들이 비를 가려주었다. 다시금 비가 퍼붓고 있었다. 개츠비의 정원사가 손질한 들쭉날쭉한 우리 집 잔디에는 여기저기 질퍽한 웅덩이가 파여 있었다. 나무 밑에서 보이는 것이라곤 오직 개츠비의 저택뿐이었으므로, 나는 그 저택을 30분이나 멍하니 바라보았다. 교회의 뾰족탑을 바라보는 칸트―칸트는 교회의 뾰족탑을 바라보는 습관이 있었다고 한다―처럼……. 십 년 전 어느 양조업자가 그 당시 유행에 맞게 그 집을 지었는데, 이웃의 오두막들이 짚으로 지붕을 얹으면 5년 동안 세금을 대신 내주겠다고 했다는 얘기가 있었다. 아마도 이웃들의 거절로 일가―家를 세우려던 그의 계획이 수포로 돌아가고, 이내 가세가 기울었던

144

모양이다. 그의 자식들은 문에 검은 화환이 붙어 있는 채로 그 집을 팔아 버리고 말았다. 미국인들은 기꺼이, 아니 간절히 농노가 되고 싶어 하면서도, 고집스럽게 소작인의 체면을 유지했던 것이다.

30분이 지나자 다시 햇살이 비추었고, 하인들의 저녁거리를 실은 식료품 가게의 자동차가 개츠비의 집 앞 차도로 들어섰다. 분명 개츠비는 그 음식을 단 한 숟가락도 입에 대지 않을 것이다. 가정부가 2층 창문을 열기 시작하더니, 창문마다 모습을 드러냈다. 그러다가 커다란 기둥 사이로 몸을 기울이더니 조심스럽게 정원을 향해 침을 뱉었다.

다시 안으로 들어가야 할 시간이었다. 계속해서 퍼붓는 빗소리는 이따금 감정이 복받쳐 오르면서 커지고 격해지는 두 사람의 낮은 목소리 같았다. 하지만 비가 그쳐 다시 조용해지자 집 안도 덩달아 조용해진 것처럼 느껴졌다.

나는 안으로 들어갔다. 스토브를 뒤집어엎는 것만 빼고 부엌에서 낼 수 있는 온갖 소음을 다 내면서 말이다. 그러나 두 사람은 아무 소리도 듣지 않았던 것 같다. 무슨 질문을 했거나, 아니면 그 질문이 허공에 붕 떠 있기라도 하듯 그들은 서로를 마주 보며 소파의 양 끝에 앉아 있었다. 당황한 흔적은 조금도 찾아볼 수가 없었다. 데이지의 얼굴이 눈물로 범벅이 되어 있었다. 내가 안으로 들어가자, 그녀는 벌떡 일어나 거울 앞에 서서 손수건으로 눈물을 닦기 시작했다. 그러나 개츠비는 놀라울 만큼 달라져 있었다. 말 그대로 환하게 빛나고 있었다. 말 한마디, 혹은 환희의 몸짓은 없었으나 그의 몸에서 발산되는 새로운 행복감이 좁은 방을 가득 채웠다.

"아, 형씨." 그는 나를 몇 번 만에 보는 사람처럼 반색을 했다. 문득 나는 그가 악수를 하려나 보다고 생각했다.

"비가 그쳤어요."

"그랬어요?" 그가 내가 한 말을 알아들은 것과 동시에 반짝이는 햇살이 방 안 가득 들어왔다. 그는 마치 기상통보관처럼 다시 떠오른 햇살의 황홀한 지지자처럼 싱긋 웃었다. 그리고 데이지에게 말했다. "어떻게 생각해? 비가 그쳤다는군."

"기뻐요, 제이." 애절하고 비애에 젖은 아름다움을 가득 띤 그녀의 목소리에는 뜻밖의 기쁨이 어려 있었다.

"형씨와 데이지에게 집 구경을 시켜 주고 싶은데." 그가 말했다. "데이지에게 두루두루 보여 주고 싶어요."

"내가 정말 가도 괜찮겠습니까?"

"물론입니다, 형씨."

데이지는 세수를 하기 위해 2층으로 올라갔다. 난 욕실의 수건 때문에 부끄러운 생각이 들었으나 때는 이미 늦었다. 그동안 개츠비와 나는 잔디밭에서 기다렸다.

"우리 집 근사해 보이죠?" 그가 물었다. "집 앞 전체에 해가 드는 것 좀 봐."

집이 훌륭하다는 것에는 나도 이견이 없었다.

"그래요." 그의 시선이 아치형으로 된 모든 문과 정사각형의 탑들을 일일이 살폈다. "저 집을 살 돈을 버는 데, 꼭 3년이 걸렸어요."

"돈을 유산으로 상속받은 줄 알았어요."

"그랬죠." 그가 기계적으로 되받았다. "그러나 대공황, 전쟁으로 인한 공황 덕분에 다 날렸어요."

그는 자신이 무슨 말을 하고 있는지 잘 모르는 것 같았다. 내가 무슨 산업을 하느냐고 묻자 그는 이렇게 대답했던 것이다. "그건 내 개인적인 문제입니다." 그제야 그는 자신의 대답이 적절치 않았다는 것을 깨달았다.

"몇 가지 사업을 했어요." 그가 스스로 답변을 정정했다. "약제 사업도 했고 석유 사업도 했고. 지금은 둘 다 그만뒀어요." 그는 더 주의 깊게 나를 쳐다보며, "지난밤에 내가 제안했었던 거 생각해 봤어요?"라고 물었다.

미처 내가 대답을 하기도 전에 데이지가 집에서 나왔다. 그녀의 옷에 두 줄로 나란히 달린 구리 단추가 햇살에 반사되어 반짝거렸다.

"저기 저 큰 집이에요?" 그녀가 손가락으로 가리키며 소리쳤다.

"맘에 들어요?"

"너무 멋있어요. 그런데 저기서 혼자 산단 말이에요?"

"낮이나 밤이나 항상 재미있는 사람들로 북적거립니다. 재미있는 일을 하는 사람들이요. 유명 인사들 말입니다."

우리는 해변을 따라 나 있는 지름길을 놔둔 채 한길로 내려가 커다란 뒷문으로 들어갔다. 데이지는 매혹적인 작은 목소리로 저택의 웅장함, 아니 하늘을 배경으로 우뚝 솟아 있는 봉건 시대풍의 윤곽을 드러내고 있는 저택과 정원과 노란 수선화의 짜릿한 내음과 아롱아롱 피어오르는 산사나무와 자두나무 꽃향기, 그리고 제비꽃의 은은한 향기에 황홀해했다. 문 안팎으로 휘젓고 다니는 화려한 드레스도 보이지 않고 나무 사이로 지저귀는 새소리 외에는 아무소리도 들리지 않는 대리석 계단을 오른다는 것이 왠지 낯설게 느껴졌다.

안으로 들어가 마리 앙투아네트 뮤직 룸과 왕정 복고풍

살롱들을 구경하면서 나는 마치 우리가 다 지나갈 때까지 쥐 죽은 듯 조용히 하고 있으라는 명령을 받고 손님들이 모든 소파와 테이블 뒤마다 숨어 있는 듯한 느낌이 들었다. 개츠비가 '머튼 대학 도서관'이라는 푯말이 붙은 문을 닫는 순간, 나는 올빼미 눈을 한 남자가 으스스하게 웃는 소리를 들은 것만 같았다.

2층으로 올라간 우리는 장미와 라벤더색의 실크와 신선한 꽃으로 에워싸여 생기가 도는 고풍스러운 여러 개의 침실과 드레스룸과 당구장, 그리고 고급 욕조가 설치된 욕실을 지나 어느 방으로 들어갔다.

그곳엔 머리가 부스스한 남자가 잠옷 차림으로 바닥에서 간장강화 운동을 하고 있었다. 그는 클립스프링거 씨로서 소위 '하숙생'이었다. 그날 아침 나는 해변에서 그가 열심히 쏘다니고 있는 것을 본 적이 있었다.

이윽고 우리는 침실과 욕실과 애덤*식 서재가 딸린 개츠비의 방에 도착했다. 그 방에서 우리는 소파에 앉아 개츠비가 붙박이 찬장에서 꺼내온 샤르트뢰즈를 마셨다.

개츠비는 한 번도 데이지에게서 눈을 떼지 않았다. 지금

---

* 1728~1791, 영국의 건축가 및 가구 설계사.

생각해 보면 그가 자기 집에 있는 모든 것을 데이지가 어떤 눈길을 주는지 그 반응 여하에 따라 새로 평가하는 것 같았다. 이따금 그 역시도 자신의 소유물들을 멍한 시선으로 물끄러미 바라보았다. 놀랍게도 그녀가 실제로 나타난 이 마당에 그 어느 것도 더 이상 실재하는 것 같지 않았다. 실제로 그는 계단에서 굴러떨어질 뻔하기도 했다.

그의 침실은 간소하기 그지없었다. 금으로 장식된 머리빗, 브러시, 거울 세트가 놓여 있는 화장대만 제외하곤. 데이지는 신이 나서 브러시를 집어 들고 머리를 매만졌다. 그러자 개츠비가 의자에 앉아 눈을 가리고 큰 소리로 웃기 시작했다.

"이렇게 재미있을 수가!" 그가 밝은 표정으로 말했다. "난 안 되던데. 해 보려고 해도……."

그는 두 번의 고비를 지나 세 번째 고비로 접어들고 있었다. 그러니까 당혹함과 까닭 모를 즐거움에 이어 이제 그녀가 곁에 있다는 것에 대한 놀라움에 사로잡혀 있었다. 그는 너무도 오랫동안 이렇게 그녀와 같이 있는 생각에 사로잡혀 있는 꿈을 꾸었으며, 상상할 수 없을 만큼 힘겹게 이를 악물고 기다려 왔던 것이다. 이제 그에 대한 반응으로 그는 바짝 조인 시계의 태엽이 풀리듯 걷잡을 수 없이 돌아가고 있었다.

이내 정신을 되차린 그는 고급스럽고 커다란 두 개의 옷장을 열어 보였다. 거기엔 수많은 양복과 드레싱 가운과 넥타이, 그리고 열댓 개의 벽돌을 쌓아 올린 것처럼 셔츠들이 산더미처럼 쌓여 있었다.

"영국에 날 위해 옷을 사 주는 사람이 있어요. 그 사람이 봄, 가을로 계절이 바뀔 때마다 옷을 사서 보내 줍니다."

그는 차곡차곡 쌓인 와이셔츠를 한 장씩 꺼내 우리 앞으로 던지기 시작했다. 하늘하늘한 리넨 와이셔츠, 두꺼운 실크 와이셔츠, 고급스러운 플란넬 와이셔츠 등 아래로 떨어지면서 헝클어진 셔츠들은 형형색색의 다채로운 색깔로 테이블을 덮었다. 우리가 입을 벌리고 있는 동안에도 그는 자꾸 더 많은 와이셔츠를 던졌으며 형형색색의 보드라운 옷더미가 점점 더 높아져 갔다. 줄무늬 셔츠, 산호색의 소용돌이와 격자무늬 셔츠, 초록과 연보라와 연한 오렌지색 셔츠, 결합 문자가 새겨진 인디언 블루빛 셔츠 등등……. 갑자기 데이지가 비명을 지르며 와이셔츠 더미에 고개를 묻고 엉엉 울기 시작했다.

"셔츠들이 너무 예뻐요." 그녀가 흐느꼈지만, 그녀의 목소리는 두꺼운 셔츠 더미에 묻혀 버리고 말았다. "그래서 슬퍼요. 왜냐하면 이렇게 아름다운 셔츠는 본 적이 없으니까요."

집 구경을 마친 다음에는 집 주변과 수영장, 그리고 수상비행기와 한창 핀 꽃들을 구경하기로 했었다. 그러나 창밖을 보니 다시 비가 내리고 있었으므로 우리는 나란히 선 채 물결이 잔잔하게 이는 바다를 바라보았다.

"안개만 아니면 바다 건너 데이지의 집이 보일 텐데." 개츠비가 말했다.

"그쪽 부두 끝에는 늘 밤새 푸른 불이 켜져 있던데……." 데이지가 느닷없이 개츠비에게 팔짱을 끼었으나 그는 금방 자신이 한 말에 빠져 있는 것 같았다.

아마도 그 불빛이 지녔던 엄청난 의미가 이제 영원히 사라졌다는 생각이 들었는지도 모른다. 데이지와의 사이에 놓였던 그 머나먼 거리와 비교하면 그 불빛은 그녀에게 너무도 가깝게, 거의 만질 것처럼 가깝게 있는 것처럼 보였던 것이다. 달에 가까이 떠 있는 별처럼 그렇게 가깝게 보였던 것이다. 이제 그 불빛은 어느 부두를 비추고 있는 하나의 푸른 불빛일 뿐이었다. 그의 마음을 사로잡고 있던 대상이 하나 줄어든 것이다.

나는 희뿌연 어둠 속에 있는 이름을 알 수 없는 갖가지 물건들을 들여다보며 방 안을 서성대기 시작했다. 개츠비의 책상 위의 벽에 걸려 있는 요트복 차림의 어느 노인의 큼지막한 사진이 내 시선을 끌었다.

"이분은 누구예요?"

"그거요? 댄 코디 씨요."

알 듯 말 듯한 이름이었다.

"지금은 돌아가셨어요. 몇 년 전엔 제일 친한 친구였소."

커다란 책상 위에는 역시 요트복 차림의 개츠비의 작은 사진— 18살쯤 되어 보이는— 이 놓여 있었다. 머리를 반항적으로 올백으로 넘긴 모습이었다.

"정말 멋있어요." 데이지가 큰 소리로 말했다. "퐁파두르네요! 퐁파두르 했단 얘기 안 했잖아요. 요트 얘기도 한 적 없고."

"이걸 좀 봐요." 개츠비가 재빨리 말했다. "이게 다 데이지에 관한 스크랩이에요."

두 사람은 나란히 서서 스크랩 모은 것을 들여다보았다. 내가 막 루비를 보여 달라고 하려는 순간 전화벨이 울렸고, 개츠비가 수화기를 집어 들었다.

"그래…… 글쎄, 지금은 말할 수 없어. ……지금은 말할 수 없다니까. 소도시라고 했잖소. 어떤 소도시인지 그 친구가 알 거야. ……글쎄, 그 소도시가 디트로이트라고 생각한다면, 이미 쓸모없는 친구지……."

그가 전화를 끊었다.

"이리 와 봐요, 빨리!" 데이지가 창문에서 소리쳤다.

아직 비가 내리고 있었지만, 어두워진 서쪽 하늘 틈새로 황금빛 노을에 붉게 물든 뭉게구름이 바다 위에 떠 있었다.

"저것 좀 봐요." 그녀가 작게 속삭였다. 그리고 잠시 후, "저 분홍색 구름 한 조각을 떼어다가 당신을 올려놓고 빙글빙글 돌리고 싶어요."

그 순간 나는 밖으로 나가려고 했으나, 두 사람은 만류했다. 아마도 내가 있다는 사실이 두 사람에게 더 오붓한 느낌을 주는 것 같았다.

"좋은 생각이 있어요." 개츠비가 말했다. "클립스프링거에게 피아노를 쳐 달라고 하는 거야."

개츠비는 "유잉!" 하고 소리치며 밖으로 나갔다. 그리고 잠시 후 다소 지쳐 보이는 당황한 표정의 청년을 데리고 들어왔다. 뿔테 안경을 쓰고 숱이 없는 금발의 청년이었다. 그는 맨 윗단추를 푼 운동복 상의에 흐린 색의 두꺼운 면바지를 말쑥하게 차려입고 고무창이 달린 운동화를 신고 있었다.

"우리가 운동을 방해했나요?" 데이지가 공손하게 물었다.

"자고 있었어요." 클립스프링거 씨가 당황한 듯 큰 소리로 대답했다. "맞아요, 잠들었다가 깼어요."

"클립스프링거는 피아노를 잘 쳐요." 개츠비가 그의 말을 가로막고 나섰다. "안 그래, 유잉?"

"잘 못 쳐요. 거의 못 쳐요. 연습을 못……."

"아래층으로 내려갑시다." 개츠비가 그의 말을 가로챘다. 그러고는 찰칵하고 스위치를 올렸다. 온 집 안에 환하게 불이 켜지면서 시커먼 창문들이 사라졌다.

음악실로 들어서자 개츠비는 피아노 곁에 있는 유일한 스탠드를 켰다. 그는 파르르 떨리는 성냥불로 데이지의 담배에 불을 붙여 준 다음, 방을 가로질러 긴 의자에 그녀와 함께 앉았다. 그곳은 반질반질 윤기가 나는 바닥으로 홀의 불빛이 비쳐 들어올 뿐 다른 빛이라곤 없었다.

'사랑의 보금자리'를 연주한 다음, 클립스프링거는 몸을 돌려 희미한 어둠 속에서 개츠비를 찾았다.

"연습을 못해서요. 연주 못한다고 했잖아요. 연습을 못……."

"말은 필요 없어." 개츠비가 명령조로 말했다. "연주나 해!"

아침에도

저녁에도

즐겁지 않다네.

밖에서는 바람이 요란하게 불어 댔으며 바다 쪽에서 천둥소리가 희미하게 들려왔다. 웨스트 에그는 온통 불빛으로 반짝이고 있었다. 귀가하는 사람들을 가득 태운 전차가 뉴욕에서 빗속을 뚫고 달리고 있었다. 깊은 감정의 변화가 일어나는 시간이었으며, 주변에는 흥분이 감돌고 있었다.

한 가지는 분명하나
더 분명한 것은 아무것도 없다네.
부자는 더 부자가 되고
가난한 사람에겐 아이들만 늘어나고.
그 와중에,
그 사이에…….

작별 인사를 하러 다가간 순간 나는 개츠비의 얼굴에 당황한 표정이 떠올라 있는 것을 보았다. 마치 현재의 이 행복감에 대해 어렴풋하게 의구심이라도 떠오른 듯. 거의 5년이란 세월이 흘렀으니! 그날 오후만 하더라도 데이지가 그의 꿈을 허물어뜨린 순간이 분명 있었을 것이다. 그녀의 잘못이 아니라 그가 간직했던 환영이 너무도 생생했기 때문이었다. 그 환영은 그녀를 초월했고, 모든 것을 초월했다. 그는 창조적인 열정을 가지고 그 환영에 몸을 던졌다. 그 환영에 모든 시간을 더하고, 그의 앞에 떠다니는 모든 아름다운 깃털로 그 환영을 장식하면서 말이다. 아무리 많은 불길이나 신선함도 한 남자의 가슴속 깊이 품고 있는 것과 비교할 수 없는 법이다.

내가 쳐다보자 그는 눈에 띌 만큼 스스로의 자세를 매만졌다. 그의 손이 그녀의 손을 잡고 있었으며, 그녀가 그의 귓전에 대고 무언가 소곤거리자 그는 황홀함에 못 이기는 표정으로 그녀를 바라보았다. 지금 생각해 보면 무엇보다 그를 사로잡았던 것은 파도처럼 물결치는 열에 들뜬 그 목소리였던 것 같다. 그 목소리는 꿈을 초월할 수 없는, 불멸의 노래이기 때문이었다.

두 사람은 나를 까맣게 잊고 있었다. 그러나 데이지가 고개를 들고 흘끗 쳐다보며 손을 내밀었다. 개츠비는 내가 있다는 것을 깨닫지 못했다. 나는 다시금 두 사람을 쳐다보았고 두 사람은 강렬한 생명에 사로잡힌 듯 아련하게 나를 바라보았다. 이윽고 나는 밖으로 나가 대리석 계단을 내려가 빗속으로 들어섰다. 두 사람을 그곳에 남겨놓은 채⋯⋯.

제6장

그 무렵, 어느 날 아침 야심만만한 젊은 신문 기자 하나가 뉴욕에서 개츠비의 집을 찾아와 혹시 무슨 할 말이 없느냐고 물었다.

"할 말이라니, 무슨 말입니까?" 개츠비가 정중하게 물었다.

"아니, 뭐든 밝히실 만한 거 말입니다."

5분 동안 횡설수설한 대화가 오간 끝에야, 이 기자가 그의 사무실에서 어떤 사건과 관련해서 개츠비의 이름을 들었다는 사실을 알게 되었다. 그 기자가 그 내용을 밝히고 싶지 않은 것인지 아니면 내막을 잘 모르는 것인지는 알 수 없었지만 말이다. 그날은 비번인지라 서둘러 사실을 알아보려고 자발적으로 왔다는 것이다.

그것은 장님이 총 쏘는 격이었으나 기자의 육감은 정확했다. 한때 개츠비의 환대를 받은 적이 있는, 그래서 그의 과거를 훤하게 꿰뚫고 있는 수백 명의 사람들이 퍼뜨린 개츠비에 대한 악평이 여름내 무성했다가 이제는 새로운 뉴스거리조차 못될 정도에 이르렀던 것이다. '캐나다와 연결된 지하 파이프라인*'이라고 하는 당대의 전설적 인물이 그에게 붙여진 이름이었으며, 그는 집에서 사는 것이 아니라 집처럼 생긴 배에서 살며 롱아일랜드 해변을 비밀리에 오르락내리락한다는 소문이 끊임없이 떠돌았다. 도대체 왜 이런 터무니없는 소문에 노스다코타주 출신인 제임스 개츠가 만족했는지, 그 이유는 쉽사리 단정하기 어렵다.

제임스 개츠—이는 그의 본명, 아니 적어도 법률상 그의 이름이었다. 그는 17살 때 이름을 바꿨으며, 그것은 그가 자신의 성공의 징조를 목격한 시점, 그러니까 댄 코디의 요트가 슈페리어 호수에서도 가장 위험한 개펄에 닻을 내린 것을 보았을 때였다. 그날 오후 해진 녹색 스웨터에 작업복 바지를 입고 해변을 따라 어슬렁거리고 있던 사람은 제임스 개츠였지만, 보트를 빌려 '투올로미'호까지 노를 저어간 다음, 코디에게 30분만 있으면 바람이 불어와 요트가 박살날 거라고 알려 준 사람은 이미 제이 개츠비였다.

---

* 그 당시 캐나다에서 미국까지 파이프로 술을 밀수하는 것을 법으로 금지했다.

그는 이미 오래전부터 이름을 바꿔 두었던 것 같다. 그의 부모는 무능하고 불운한 농사꾼이었다. 그는 상상의 세계에서 자신의 부모를 전혀 인정하지 않았다. 사실 롱아일랜드 웨스트 에그의 제이 개츠비는 스스로의 이상에서 탄생한 존재였다. 그는 신의 아들이었고—이 말에 의미가 있다면, 문자 그대로 신의 아들이었다—, 그래서 신의 사업, 즉 이 세상의 저속한 아름다움을 섬기는 일을 해야만 하는 것이다. 그래서 그는 열일곱 소년다운 발상으로 제이 개츠비라는 인물을 만들어 냈으며, 마지막까지 그 발상에 충실했던 것이다.

1년이 넘도록 그는 조개를 캐고 연어를 잡거나 아니면 숙식을 제공해 주는 일이면 무슨 일이든 닥치는 대로 해 가면서 슈페리어호 남쪽 해안을 떠돌아다녔다. 어려운 시절을 보내고, 힘든 일, 편안한 일을 가리지 않고 한 덕분에 그의 몸은 자연스럽게 구릿빛으로 단련되어 갔다. 그는 일찍이 여자를 경험했고, 여자들이 그의 버릇을 잘못 들여 놓은 탓에 그는 젊은 여자들은 무지하다는 이유로, 나머지 여자들은 자기도취에 빠진 그의 입장에서 보면 당연한 일에 공연히 신경질을 부린다는 이유로 여자들을 경멸하게 되었다.

그러나 그의 마음은 끊임없이 격렬한 소용돌이에 사로잡혀 있었다. 밤이 되어 잠자리에 들면 기괴하고 터무니없는 착상이 그를 엄습하곤 했다. 세면대 위의 시계가 째깍째깍 돌아가고, 방바닥에 아무렇게나 벗어던진 옷 위로 촉촉한 달빛이 젖어들면, 그의 머릿속에선 말로 표현할 수 없을 정도로 현란한 우주가 펼쳐졌다. 매일 밤 환상의 나래는 점점 커져만 갔으며 마침내 쏟아지는 졸음에 못 이겨 잠이 들어야 생생한 장면도 막을 내리곤 했다. 한동안 이런 몽상은 그의 상상력의 배출구 구실을 해 주었다. 그런 몽상은 현실의 비현실성을 기분 좋게 암시해 주고 있었으며, 이 세상은 요정의 날개 위에 세워진 덧없는 곳이라는 것을 단언해 주었던 것이다.

몇 달 전, 그는 미래의 성공에 대한 직감에 이끌려 남부 미네소타에 있는 루터파 재단의 규모가 작은 세인트 올라프 대학에 들어갔다. 그곳에서 2주일을 보냈으나, 대학이란 곳이 그의 운명의 북소리에, 운명 그 자체에 너무도 냉담한 것에 실망했으며, 학비를 벌기 위해 시작한 수위 일도 경멸하게 되었다. 그러자 그는 다시 슈페리어호로 돌아왔으며, 댄 코비의 요트가 해변 기슭에 닻을 내린 그날도 무언가 할 일을 찾아 배회하고 있던 중이었다.

댄 코디는 그 당시 쉰 살로 네바다 은광과 유콘 광산 등 1875년 이후의 각종 광산 산업의 호황을 통해 거물이 된 인물이었다. 몬태나에서 구리 장사를 하여 백만장자가 되어 육체적으로는 건강해졌으나 마음은 나약하기 그지없었다. 이를 눈치챈 수많은 여자들이 그에게서 돈을 뜯어내기 위해 덤벼들었다. 그중 여기자인 엘라 케이는 교활한 맹트농 부인* 처럼 그의 약점을 이용하여 그를 요트에 태워 바다로 내보냈다. 1902년 당시 과장된 언론은 평판이 좋을 리 없는 이 사건을 앞다투어 보도했다. 코디는 가는 곳마다 지나친 환대를 받으며 5년 동안이나 항해를 계속하다가 마침내 제임스 개츠비의 운명으로 리틀걸만에 나타난 것이다.

자신의 노에 기대어 난간이 달린 갑판을 올려다보고 있던 젊은 개츠비에게 그 요트는 이 세상의 모든 아름다움과 매력을 고스란히 대변하고 있었다. 그는 아마도 코디에게 미소를 지었을 것이다—자신이 미소를 지으면 사람들이 좋아한다는 것을 진작에 알았던 것 같다—. 어쨌든 코디는 그에게 몇 가지 질문—그 중 한 질문에서 개츠비는 새로운 이름을 댄 것이다—을 해 보고는 이내 그가 영리하고 야심만만한 청년이라는 것을 눈치챘다. 이삼일 후, 코디는 개츠비를 덜루스로 데리고 가서 파란색 상의와 흰색 면바지 여섯

---

* 루이 14세의 두 번째 부인.

벌, 그리고 요트 모자를 사 주었다. 코디의 투올로미호가 서인도제도와 버버리 해안을 향해 출발했을 때, 개츠비도 함께 타고 있었다.

개츠비는 막연한 개인 비서로 고용되었다. 코디와 함께 있는 동안 그는 집사가 되기도 하고, 친구가 되기도 하고, 선장이 되었다가, 비서가 되었다가, 심지어 간수가 되기도 했다. 맑은 정신의 댄 코디는 자신이 술에 취하기만 하면 낭비벽이 심하다는 것을 알고 있었기 때문에 개츠비에 대한 신뢰가 점점 더 쌓이면서 그런 우연한 사고에 대비했던 것이다.

이런 생활은 5년 동안이나 계속되었고, 그동안 요트는 세 차례나 유럽 대륙을 순회했다. 그러던 어느 날 밤 보스턴에서 엘라 케이가 배에 오르지 않았다면, 아마도 그런 항해가 무한정 계속되었을 것이다. 그리고 일주일 뒤, 댄 코디는 병원에 가지도 못한 채 숨을 거두었다.

나는 개츠비의 침실에 있었던 댄 코디의 사진을 기억하고 있다. 억세지만 공허한 듯한 얼굴의 혈색이 좋은 노신사, 변두리의 매음굴과 술집의 야만스러운 폭력을 동부 해안으로 끌고 들어온 개척 시대의 방탕아! 개츠비가 그토록 술을 안 마시는 이유는 간접적으론 코디 덕분이었다. 때때로 파티가 무르익으면 여자들은 개츠비의 머리를 샴페인으로 문질러

댔다. 술을 마시지 않는 습관이 저절로 생긴 것이다.

그리고 그가 돈—2만5천 달러의 상속금—을 상속받은 것도 코디에게서였다. 그러나 그는 그 돈을 받지 않았다. 그에게 불리하게 적용된 것이 어떤 법률 장치였는지 그는 결코 알 수가 없었지만, 아무튼 수백만 달러의 나머지 재산은 고스란히 엘라 케이에게 넘어갔다. 개츠비에게 남겨진 것이라곤 단지 적절하게 받은 교육뿐이었다. 제이 개츠비라고 하는 막연한 겉껍데기에 살이 붙은 한 인간으로서의 면모가 갖춰진 것이다.

그는 이 모든 일을 훨씬 나중에 내게 들려주었지만, 그 얘기를 여기 소개하는 이유는 초기에 그의 배경에 대해 나돌았던 황당무계한 소문을 바로잡기 위해서이다. 더구나 내가 그에 관한 것이라면 뭐든지 믿고 또 무조건 믿지 않는 시점에 도달했던 지극히 혼란한 시기에 그에게서 이 얘기를 들은 것이다. 그래서 나는 개츠비가 잠깐 숨을 죽이고 있는 짧은 막간을 이용해 이 일련의 오해를 풀고자 하는 것이다.

그것은 또 나와 그와의 관계가 약간 소원해진 휴식기이기도 했다. 몇 주일 동안 나는 그를 보지 못했으며 전화 통화도 하지 못했다. 나는 대부분의 시간을 뉴욕에 머물면서 조던과 여기저기를 쏘다니거나 조던의 나이 든 숙모의 비위를 맞추면서 지냈다.

그러다가 마침내 나는 일요일 오후에 개츠비의 집에 들러보았다. 그곳에 있은 지 채 2분도 지나지 않아, 누군가가 술을 마시자며 톰 부캐넌을 데리고 왔다. 나는 당연히 깜짝 놀랐지만, 정말 놀란 것은 전에는 그런 일이 한 번도 없었다는 사실이었다.

그들은 모두 세 사람으로, 톰과 슬로언이라고 하는 남자, 그리고 전에도 온 적이 있는 갈색 승마복을 입은 예쁜 여자였다.

"잘 오셨습니다." 개츠비가 현관에 서서 말했다. "이렇게 찾아주시니 얼마나 반가운지 모르겠습니다."

마치 그들이 정말 오고 싶어 오기라도 한 것처럼.

"앉으십시오. 담배든 시가든 태우시지요." 그는 빠르게 방안을 서성이며 벨을 눌렀다.

"곧 마실 것을 준비하겠습니다."

그는 톰이 거기 와 있다는 사실에 깊이 동요하고 있었다. 그들에게 무언가 대접이라도 하기 전에는 어쨌든 마음을 가라앉힐 수 없을 것이다. 그들이 들른 이유가 그것 때문이란 것을 막연히 깨달았던 것이다. 슬로언 씨는 아무것도 마시지 않겠다고 말했다.

"레모네이드 드시겠습니까?"

"아니, 괜찮습니다."

"그럼 샴페인이라도?"

"아니, 정말 괜찮습니다. 감사합니다."

"승마는 괜찮으셨습니까?"

"이 근처 길이 아주 좋습디다."

"자동차가……"

"그러게요."

억누를 수 없는 충동에 이끌려 개츠비는 무뚝뚝하게 자기 소개를 했던 톰에게로 시선을 돌렸다.

"전에 한 번 뵌 것 같은데요, 부캐넌 씨."

"아, 네." 톰이 퉁명스럽지만 공손하게 대답했으나 기억하지 못하는 것 같았다. "뵌 적이 있지요. 있고말고요."

"2주일 전에요."

"맞아요. 닉과 같이 계셨죠."

"부인을 잘 압니다." 개츠비가 다짜고짜 말했다.

"그래요?"

톰이 나를 돌아다보았다.

"자네 이 동네 사나, 닉?"

"바로 옆집이야."

"그랬어?"

슬로언 씨는 대화에 끼어들지 않고 의자에 몸을 묻은 채 거만하게 앉아 있었다. 여자 역시 아무 말도 하지 않다가, 하이볼을 두 잔 마시더니 갑자기 나긋나긋하게 돌변했다.

"다음번 파티에 우리 모두 참석할 거예요, 개츠비 씨." 그녀가 제안했다. "괜찮으시죠?"

"괜찮고말고요. 와 주시면 반가울 따름이죠."

"그것참 잘 됐군요." 슬로언 씨가 건성으로 말했다. "자, 이제 슬슬 가 봐야지."

"벌써 가시게요?" 개츠비가 만류했다. 그는 이제 침착을 되찾았으며 톰에 대해 더 알고 싶어 했다. "그러시지 말고 저녁 식사나 함께 드시지요. 누가 더 뉴욕에서 찾아온다 해도 별로 놀랄 게 없습니다."

"저랑 저녁 식사 같이 하세요." 여자가 신이 나서 말했다. "두 분 다요."

나를 포함시킨 말이었다. 슬로언 씨가 자리에서 일어섰다.

"가지." 그가 그녀에게만 말했다.

"내 말이 그 말이에요." 그녀가 고집을 부렸다. "두 분과 같이 가고 싶어요. 방은 얼마든지 있어요."

개츠비는 어떻게 할 거냐는 표정으로 나를 쳐다보았다. 그는 가고 싶어 했으나 그가 같이 가는 것을 슬로언 씨가 탐탁지 않게 여긴다는 사실을 모르고 있었다.

"저는 못 갈 것 같습니다." 내가 말했다.

"그럼, 선생님이라도 오세요." 그녀가 개츠비에게 졸라 댔다.

그러자 슬로언 씨가 그녀의 귀에 대고 무언가 소곤거렸다.

"지금 떠나면 늦지 않아요." 그녀는 좀체 고집을 꺾지 않았다.

"난 타고 갈 말이 없는걸요." 개츠비가 말했다. "군대에 있을 때는 말을 탔었는데, 말을 사 본 적이 한 번도 없군요. 자동차를 타고 따라가죠, 뭐. 그럼 실례하겠습니다."

나머지 우리들은 현관에 걸어 나왔다. 그곳에서 슬로언과 여자는 서로 감정이 격한 대화를 주고받았다.

"세상에, 저 친구 정말 같이 가려는 모양이지?" 톰이 말했다. "여자가 별로 달가워하지 않는 걸 모르나?"

"여자가 같이 가고 싶다고 했잖아."

"큰 만찬 파티를 열 모양인데 가 봤자 아는 사람 하나 없을 거야." 그가 눈살을 찌푸렸다. "대체 어디서 데이지를 만났다는 건지 모르겠군. 빌어먹을, 내가 고리타분한 건지, 요즘 여자들은 너무 나대서 내 맘에 안 들어. 개나 소나 다 만나고 돌아다닌다니까."

갑자기 슬로언 씨와 여자가 계단을 내려가 말에 올라탔다.

"가지." 슬로언 씨가 톰에게 말했다. "늦었어, 가야 해." 그러고 나서 내게 말했다. "늦어서 못 기다린다고 전해 주시오."

톰과 나는 악수를 했다. 나머지는 차갑게 목례만 주고받았을 뿐이다. 그들은 빠르게 차도로 내려갔으며, 모자와 가벼운 코트를 손에 들고 개츠비가 현관으로 모습을 드러냈을 때는 이미 8월의 우거진 녹음 사이로 사라진 뒤였다.

톰은 데이지가 혼자 돌아다니는 것에 당황하고 있는 게 분명했다. 왜냐하면 그다음 토요일 밤에 그녀와 함께 개츠비의 파티에 참석했기 때문이다. 아마도 그가 나타났기 때문인지 그날 밤은 유난히 무거운 분위기가 감돌았다. 그해 여름 개츠비의 다른 파티와 달리 내 기억 속에 특별히 남아 있다. 사람도 같았고— 적어도 같은 종류의 사람들이 왔었고—, 샴페인이 넘치는 것도 여전히 똑같았으며, 전과 같은 형형색색의 화려함과 갖가지 떠들썩한 판이 벌어져 있었지만, 나는 왠지 즐겁지가 않았으며 못 올 자리에 온 것 같은 불쾌감이 느껴졌었다. 아니면 내가 그런 파티에 너무 익숙해져 있거나, 웨스트 에그를 그 기준과 그곳만의 장점과 함께 그 자체를 이미 완전한 세계로, 그 어느 곳에도 뒤떨어지지 않는 곳으로 받아들였는지도 몰랐다. 왜냐하면 웨스트 에그는 의식적으로 그렇게 된 것이 아니었기 때문이었다. 그리고 지금 나는 데이지의 눈을 통해 다시금 웨스트 에그를 바라보고 있었다. 모든 노력을 기울여 스스로 조절하며 보아 왔던 사물을 새로운 눈으로 들여다본다는 것은 언제나 우울한 일이 아닐 수 없다.

그들은 해 질 녘에 도착했다. 활기에 넘친 사람들을 헤치며 이리저리 거니는 동안 데이지의 목소리가 들뜨기 시작했다.

"이런 걸 보면 난 너무 흥분돼." 그녀가 속삭였다. "오늘 밤 언제든 키스하고 싶으면 얘기해, 닉 오빠. 내가 해결해 줄 테니까. 그냥 내 이름만 불러. 아니면 그린카드(자동차 보험증_역주)를 내밀든지. 지금 그린카드를 나눠 주고……."

"여기저기 둘러보세요." 개츠비가 말했다.

"지금 둘러보고 있어요. 정말 굉장한……."

"말로만 듣던 사람들의 얼굴을 좀 봐야 돼."

톰의 거만한 눈동자가 사람들을 훑어보았다.

"우린 잘 돌아다니질 않소." 톰이 말했다. "실은 아는 사람이 하나도 없다는 생각을 하고 있었소이다."

"저 여자분은 아실 텐데요." 개츠비가 하얗게 꽃이 핀 자두나무 아래 당당—마치 천사처럼—하게 앉아 있는, 한 송이 난초처럼 매력적인 여자를 손가락으로 가리켰다. 톰과 데이지는 영화에서나 보았던 환상 같은 존재로만 여기던 유명인을 직접 마주하다니 믿을 수 없다는 표정으로 멍하니 바라보았다.

"정말 아름답군요." 데이지가 말했다.

"저 여자에게 고개를 숙이고 있는 사람은 감독입니다."

개츠비는 지나치게 예의를 갖추어 두 사람을 이 그룹 저 그룹으로 데리고 다녔다.

"부캐넌 부인…… 부캐넌 씨……." 잠시 머뭇거리다가 그가 덧붙였다. "폴로 선수입니다."

"아니, 아니에요." 톰이 재빨리 가로막고 나섰다. "아닙니다."

그러나 그 소리는 개츠비를 즐겁게 했다. 왜냐하면 톰이 그날 저녁에 줄곧 '폴로 선수'로 통했기 때문이었다.

"이렇게 많은 명사들은 처음 만나 봐요." 데이지가 감동해서 말했다. "난 저 사람이 마음에 들어요. 저 사람이 이름이 뭔가요? 저 청교도 신자 같은 분 말이에요."

개츠비는 그의 이름을 가르쳐 주고는, 이름 없는 프로듀서라고 덧붙였다.

"그래도 마음에 들어요."

"나는 폴로 선수가 아니었으면 좋겠어." 톰이 쾌활하게 말했다. "나는 뭐랄까, 이런 유명 인사들이 세상에서 잊혔을 때 봤으면 좋겠는데요."

데이지와 개츠비는 춤을 추었다. 나는 그가 우아하고 보수적으로 폭스트롯을 추는 것에 놀랐던 기억이 난다. 전에는 그가 춤을 추는 것을 본 적이 없었던 것이다. 그러고 나서 두 사람은 우리 집까지 천천히 걸어가, 30분 동안이나 계단에 앉아 있었다. 그동안 나는 그녀의 부탁으로 정원에 남아 주위를 감시했다.

"불이나 홍수가 날지도 모르니까." 그녀가 둘러댔다. "아니면 천재지변이 날지도 모르고."

우리가 저녁을 먹기 위해 다 함께 앉았을 때 잊어버리고 있던 톰이 나타났다. "여기서 다른 사람들하고 저녁 먹어도 괜찮겠지? 한 친구가 하도 재미있는 얘길 꺼내서 말이야." 그가 말했다.

"그래요." 데이지가 싹싹하게 대답했다. "혹시 받아 적고 싶은 거 있으면, 여기 제 금제 볼펜을 써요." 데이지는 잠시 주위를 둘러보더니 그 여자가 '평범하지만 예쁘다.'고 내게 말해 주었다. 나는 그녀가 개츠비와 단둘이 있었던 30분을 제외하곤 즐거운 시간을 보내고 있지 않다는 것을 알았다.

우리는 술기운이 유난히 얼근하게 오른 테이블에 앉아 있었다. 그것은 내 실수였다. 불과 2주일 전에 개츠비가 전화를 받으러 간 사이, 나는 이 사람들과 친해졌던 것이다. 하지만 그때 즐거웠던 일이 지금은 불쾌하게만 느껴졌다.

"어떠세요, 베데커 양?"

나는 내 어깨에 거의 기댈 듯 다가오는 아가씨에게 물었다. 내 질문에 그녀는 고개를 치켜들며 눈을 번쩍 떴다.

"뭐라고요?"

데이지에게 다음 날 동네 클럽에서 골프를 치자고 졸라 댔던 뚱뚱한 여자가 비몽사몽간에 베데커 양을 감싸고 나섰다.

"아, 지금은 멀쩡하네요. 칵테일 대여섯 잔만 마시면 늘 저렇게 시끄럽게 떠들거든요. 술 좀 그만 마시라고 말했건만."

"안 마시고 있어요." 책망을 들은 당사자가 맥없이 대꾸했다.

"당신이 소리를 지르길래, 여기 있는 시벳 박사에게, '박사님 도움이 필요한 사람이 있어요.'라고 말했어요."

"무척이나 고마웠던 모양이군요." 또 다른 친구가 전혀 고맙지 않다는 듯 말했다. "하지만 그 여자의 머리를 수영장에 처박아서 옷이 흠뻑 젖었어요."

"내 머리를 수영장에 처박다니 정말 끔찍해." 베데커 양이 중얼거렸다. "그 사람들은 뉴저지에서도 하마터면 날 익사시킬 뻔했다고요."

"그럼 정말 술을 마시지 말아야겠군요." 시벳 박사가 말했다.

"주제 파악이나 해요!" 베데커 양이 울부짖었다. "지금 손을 떨고 있잖아요. 그러니 누가 수술을 받고 싶어 하겠어요!"

그랬다. 거의 마지막으로 내가 기억하는 것은 데이지와 나란히 서서 그 영화감독과 그의 스타를 구경했다는 것뿐이다. 그 두 사람은 여전히 하얗게 꽃이 핀 자두나무 아래 서 있었으며 그 두 사람 사이에 파고든 희미하고 가느다란 달빛만 아니라면, 서로의 얼굴이 거의 닿았을 것이다. 이렇게 가깝게 있기 위해 그는 저녁내 아주 천천히 그녀에게 다가갔었다는 생각이 들었다. 심지어 내가 지켜보는 동안에도 그는 한껏 허리를 굽히고 그녀의 뺨에 입을 맞추고 있었다.

"나는 저 여자가 마음에 들어요." 데이지가 말했다. "사랑스러운 것 같아요."

하지만 나머지 사람들은 그녀를 불쾌하게 만들었다. 이는 논쟁의 여지가 없었다. 왜냐하면 그것은 제스처가 아니라 일종의 감정이었기 때문이었다. 웨스트 에그, 즉 브로드웨이가 롱아일랜드의 한 어촌에 탄생시킨 이 전무후무한 '곳'

에 대해 그녀는 적잖이 놀라고 있었다. 케케묵은 완곡한 말씨에서 우러나는 생경한 활기에, 또 무에서 무로 지름길을 따라 사람들을 몰아내는 지나치게 주제넘은 운명에 간담이 서늘해진 것이다. 그녀는 결코 이해할 수 없는 바로 그 단순함 속에서 무언가 무서운 것을 본 것이다.

　나는 그들이 자동차가 오기를 기다리는 동안 현관 계단에 함께 앉아 있었다. 현관은 어둠에 잠겨 있었다. 다만 환한 문만이 10평방 피트나 되는 불빛을 침침한 새벽어둠을 향해 던져 주고 있었다. 이따금 드레스 룸의 덧문 사이로 사람 그림자 하나가 움직였다. 한 그림자가 사라지면 또 다른 그림자가 나타났다가 다시 사라졌다. 그림자들은 여기서는 보이지 않는 거울을 보며 립스틱과 분을 바르고 있었다.

　"대체 개츠비는 뭐 하는 사람이야?" 느닷없이 톰이 물었다. "무슨 거물급 술 밀매업자야?"

　"그런 소리는 어디서 들었어?" 내가 물었다.

　"들은 적 없어. 그냥 상상해 본 거지. 이런 신흥 부자들 중에 거물급 술 밀매업자가 많잖아."

　"개츠비는 아냐." 내가 딱 잘라 말했다.

　그는 한동안 말이 없었다. 차도의 자갈이 그의 발에 밟혀 자박자박 소리를 냈다.

"암튼 서커스의 동물원을 끌어다 놓느라 무리 좀 했겠군."

산들바람에 데이지의 모피 깃털이 휘날렸다.

"적어도 이 사람들은 우리가 아는 사람들보다 더 재미있어요." 그녀가 애써 말했다.

"당신은 재미있어하는 것 같지도 않던데."

"재미있었어요."

톰은 껄껄 웃으며 내게로 고개를 돌렸다.

"그 아가씨가 데이지한테 냉수 목욕을 하게 해 달라고 했을 때 데이지 얼굴 봤나?"

데이지는 때마침 들려오는 음악에 맞추어 허스키하고 리드미컬한 목소리로 속삭이듯 노래를 부르기 시작했다. 한 소절 한 소절마다 전에도 없었고 앞으로도 없을 것 같은 의미를 부여하면서……. 음이 높아지면 그녀의 목소리도 덩달아 알토 소리로 감미롭게 높아졌으며, 그럴 때마다 그녀의 따스하고 인간적인 매력이 조금씩 허공으로 풍겨났다.

"초대도 받지 않았는데 오는 사람들이 많아요." 그녀가 갑자기 말을 꺼냈다. "그 아가씨도 초대받지 않았어요. 그냥 무작정 몰려드는데도 그 사람은 너무 착해서 막지를 못해요."

"그 친구가 어떤 사람인지 대체 뭘 하는지 알고 싶군." 톰이 거듭 강조했다. "알아봐야겠어."

"지금 당장 얘기해 줄 수도 있어요." 그녀가 대답했다. "편의점을 갖고 있대요. 그것도 아주 많이요. 자수성가한 거라네요."

늑장을 부리던 톰의 리무진이 차도로 미끄러지듯 들어섰다.

"잘 있어." 데이지가 말했다.

그녀의 시선이 나를 떠나 불이 켜진 계단 위로 향했다. 열린 문틈으로 그해 유명했던 산뜻하고 슬픈 왈츠곡인 '새벽 3시'가 흘러나오고 있었다. 어쨌든 격식을 차리지 않는 개츠비의 파티에는 그녀의 세계에서는 전혀 찾아볼 수 없는 낭만적인 가능성이 있었다. 그녀를 다시 내면으로 불러들이는 듯한 그 노래에는 대체 무엇이 담겨 있단 말인가? 예측도 할 수 없는 이 아득한 시간에 무슨 일이 일어날 수 있단 말인가? 어떤 믿기 어려운 손님이 도착할 수도 있으리라, 그 어디서도 볼 수 없는 놀라운 어떤 사람이, 개츠비에게 눈길 한 번만 던지면 마치 마술처럼 지난 5년 동안의 변함없던 그 헌신적인 마음을 눈 녹듯 사라지게 할 정말로 눈부시게 아름다운 아가씨가 올지도 모른다.

그날 밤 나는 늦게까지 남아 있었다. 개츠비는 사람들이 다 갈 때까지 기다려 달라고 했다. 그래서 나는 어두워진 해변에서 추위에 떨며 팔팔대던 예기치 않은 수영 파티가 끝날 때까지, 게스트 룸의 불이 모두 꺼질 때까지, 정원을 어슬렁거리고 있었다. 마침내 그가 계단을 내려왔을 때, 볕에 그을린 그의 얼굴은 평소와는 달리 굳은 표정이었고 취기가 도는 눈에는 피곤이 역력했다.

"데이지는 별로 좋아하지 않더군요." 그가 대뜸 말했다.

"아니 좋아했습니다."

"좋아하지 않았어요." 그가 고집부렸다. "재미없어했어요."

그가 잠자코 있었다. 나는 그가 말도 못 할 정도로 우울하다는 것을 짐작할 수 있었다.

"그녀에게서 아주 멀리 떨어져 있는 느낌이에요. 그녀를 이해시킨다는 건 정말 어려워요." 그가 말했다.

"춤춘 거 가지고 그러는 겁니까?"

"춤이라뇨?" 그는 손가락을 탁탁 튀기며 춤 따위는 안중에도 없어했다. "춤은 문제가 안 됩니다, 형씨."

그가 원하는 것은 오로지 데이지가 톰에게로 가서, "난 당신을 사랑한 적이 없어요."라고 말하는 것이었다. 그 말로 데이지가 지난 4년간의 세월을 말소해 버린다면, 두 사람은 보다 현실적인 대책들을 강구할 수 있을지도 모른다. 그중 하나는 그녀가 자유의 몸이 되면, 두 사람은 루이빌로 돌아가 그녀의 집에서 결혼하는 것이었다. 마치 5년 전으로 돌아간 것처럼.

"게다가 그녀는 이해를 못 해. 전에는 그렇지 않았는데. 몇 시간이나 앉아서……."

그는 갑자기 말을 멈추고 과일 껍질이 흩어져 있는 황량한 오솔길을 오르락내리락거리면서 파티용품을 집어던지고 꽃을 짓밟았다.

"나라면 그렇게 많은 요구를 하지 않을 겁니다." 내가 과감히 말을 꺼냈다. "과거는 되돌릴 수 없어요."

"과거를 되돌릴 수 없다고?" 그가 믿기지 않는다는 듯 울부짖었다. "얼마든지 되돌릴 수 있어!"

그는 마치 과거가 여기 그의 집 그림자 속에, 그의 손이 닿지 않는 곳에 숨어 있기라도 하듯 미친 듯이 주위를 두리번거렸다.

"나는 모든 걸 전처럼 그대로 돌려놓을 거야." 그는 다짐하듯 고개를 끄덕이며 말했다. "두고 보면 알 거야."

그는 자신의 과거에 대해 많은 이야기를 해 주었다. 나는 그가 무언가를, 어쩌면 데이지를 사랑하게 되었던 자신에 대한 무언가를, 되찾고 싶어 한다는 것을 알았다. 과거 그의 삶은 혼란스러웠고 뒤죽박죽이었지만, 만약 그가 어떤 출발

점으로 돌아가 다시 천천히 되풀이할 수만 있다면, 그것이 무엇인지 알 수 있을지도 모른다.

……5년 전 어느 가을밤, 두 사람은 낙엽이 떨어지는 길을 걷고 있었다. 그러다가 나무도 없고 달빛이 하얗게 부서지는 어느 인도에 이르렀다. 두 사람은 그곳에 선 채 서로 얼굴을 마주 보았었다.

지금은 그때의 신비한 흥분이 되살아나는 선선한 밤이었다. 1년이면 두 번씩 계절이 바뀔 때마다 찾아오는 순간이었다. 집집마다 새어 나온 불빛이 어둠 속을 말없이 비추고 하늘에선 별들이 쉴 새 없이 반짝이고 있었다. 개츠비는 자신의 시선 너머로 그때의 그 인도로 에워싸인 구역이 계단처럼 이어진 곳을 지나 가로수 위, 어느 비밀 장소를 바라보았다. 그는 그곳까지 올라갈 수 있을 것 같았다. 만약 혼자 올라간다면, 그래서 다시금 생명의 젖꼭지를 빨아 당겨, 그 어느 것과도 견줄 수 없는 경이의 젖을 삼킬 수 있으리라.

데이지의 하얀 얼굴이 떠오르자, 그의 심장 박동이 빨라졌다. 그는 알고 있었다. 그가 이 여자에게 키스를 하면 그래서 말로 표현할 수 없는 그의 환영이 그녀의 부서져 버릴 것 같은 생명과 영원히 하나가 된다면, 그의 마음은 신의 마음처럼 두 번 다시 희희낙락 뛰어놀지 않을 것이다. 그렇게 그는 한참을 더 기다렸다. 어느 별에 부딪혀 쨍그랑 소리를 낸 소리굽쇠에 귀를 기울이면서. 그리곤 그녀에게 키스를 했다. 그의 입술이 닿자 그녀의 입술은 그를 향해 한 송이 꽃잎처럼 벌어졌고, 생명은 완성되었다.

개츠비가 한 말을 통해, 지독히 감상적인 그의 생각을 통해, 내 마음속에 무언가가 떠올랐다. 아주 옛날, 어디선가 들어 본 적이 있는 생각이 날 듯 말 듯한 리듬, 잊힌 말의 단편을……. 일순 내 입에서 한마디 말이 튀어나오려고 하면서 내 입술이 벙어리처럼 벌어졌다. 마치 아무리 소리를 내려고 해도 입술만 달싹거릴 뿐 소리가 나오지 않는 것처럼. 그러나 결국 말을 하지 못했으며, 거의 생각날 뻔했던 것은 영원히 전달되지 못한 채 묻히고 말았다.

제7장

개츠비를 둘러싼 호기심이 최고조에 달했을 무렵의 어느 토요일 밤, 그의 집에는 더 이상 화려한 불이 켜지지 않았다. 그리고 시작부터 그랬듯이 트리말키오(고대 로마의 작가. 페트로니우스의 작품에 나오는 손님 접대를 잘하는 단순한 벼락부자_역주)와도 같았던 그의 역할은 그렇게 애매하게 끝이 났다. 무언가 기대감을 가지고 그의 차도로 들어섰던 자동차들이 아주 잠깐 머물렀다가 이내 썰렁하게 빠져나간다는 것을 나는 점차 알게 되었다. 그가 몸이 아픈 것은 아닌지 궁금해하며 그의 집으로 가 보았다. 험상궂게 생긴 낯선 집사가 현관에서 의심스러운 눈초리로 나를 흘겨보았다.

"개츠비 씨가 어디 아프신가요?"

"아뇨." 그는 잠시 말을 멈추었다가 마지못해, "선생님."이라고 겨우 덧붙였다.

"안 보이길래 걱정했습니다. 닉 캐러웨이가 왔다고 전해
주시죠."

"누구요?" 그가 무뚝뚝하게 되물었다.

"캐러웨이."

"캐러웨이? 알겠습니다. 전해 드리죠."

그가 쾅 하고 문을 닫았다.

우리 집 가정부가 알려 준 소식에 의하면 개츠비는 일주
일 전에 집에 있던 하인들을 모조리 해고하고, 대신 대여섯
명쯤 되는 하인을 새로 고용했는데, 이들은 웨스트 에그 마
을로 나가 물건을 사지 않고, 전화로 꼭 필요한 물건만 주문
한다는 것이다. 식품점 직원에 의하면 부엌은 돼지우리처럼
지저분했고, 마을에 퍼진 소문은 새로 온 하인들이 전혀 하
인 같지 않다는 거였다.

다음 날 개츠비에게서 전화가 왔다.

"어디 가십니까?" 내가 물었다.

"아뇨."

"하인들을 모두 해고했다면서요."

"소문을 내면 골치 아프니까요. 데이지가 오후에 자주 들
르거든요."

그러니까 데이지의 못마땅한 내색에 큰 호텔 같던 저택이

엉성한 여관으로 전락한 것이다.

"이번에 고용한 사람들은 울프심이 아끼는 사람들이에요. 한 가족이나 마찬가지죠. 작은 호텔을 경영했었대요."

"그렇군요."

그는 데이지의 부탁으로 내게 전화를 건 것이다. 내일 데이지의 집에서 점심을 먹자는 거였다. 미스 베이커도 올 예정이었다. 그리고 30분 뒤에 데이지에게서 전화가 왔는데 그녀는 내가 간다는 것을 알고서 안심하는 눈치였다. 아무래도 심상치 않았다. 나는 두 사람이 이번 기회를 이용해 어떤 장면을 연출할 거라고는 생각할 수 없었다. 특히 개츠비가 정원에서 언뜻 보여 주었던 그런 괴로운 장면 말이다.

다음 날은 푹푹 찌는 더운 날씨였다. 아마 그해 여름 중 가장 덥던, 더위가 마지막 기승을 부리는 날이었을 것이다. 내가 탄 기차가 터널을 지나 뙤약볕으로 나오자, 오직 내셔널 비스킷 사의 뜨거운 기적소리만이 폭발 직전의 한낮의 고요를 깨뜨리고 있었다. 기차 안에 왕골 시트는 뜨거워 만질 수가 없을 지경이었다. 내 옆좌석에 앉은 여자는 한동안 하얀 블라우스 밑으로 우아하게 땀을 흘렸다. 그러다가 쥐고 있던 신문이 땀에 젖어 들자 더 이상 참지 못하고 자포자기한 채 비명을 질렀다. 그녀의 지갑이 철썩하고 바닥으로 떨어졌다.

"어머나!" 그녀가 깜짝 놀랐다.

나는 맥없이 허리를 굽히고 지갑을 주운 다음, 아무 속셈이 없다는 표시로 지갑 끄트머리를 잡고 그녀에게 돌려주었다. 하지만 그 여자를 포함한 내 주변에 있던 모든 사람이 한결같이 의심스러운 눈초리로 나를 쳐다보았다.

"덥죠?" 차장이 낯익은 사람들에게 인사를 했다. "별난 날씨야! ……더워! ……아, 더워! 덥지 않으세요? 더우시죠? 그렇죠……?"

차장은 내 정기승차권에 거무스름한 때를 묻혀 돌려주었다. 누가 누구의 흥분한 입술에 키스를 하든, 누구의 머리가 누구의 가슴을 적시든 이 더위에 상관할 사람이 누가 있겠는가!

개츠비와 내가 문에서 기다리는 사이, 톰의 집 홀에 실낱같은 바람이 불면서 전화벨 소리가 전해졌다.

"배의 본체라고요?" 집사가 수화기에 대고 고함을 질렀다. "죄송합니다, 사모님. 하지만 그걸 설치할 수가 없습니다. 오늘 낮은 너무 더워서 손을 댈 수가 없다니까요!"

사실 그가 한 말은 "네…… 네…… 알겠습니다."가 전부였다. 그는 수화기를 내려놓고 땀으로 번질번질해진 얼굴로 우리에게 다가와 밀짚모자를 받아 들었다.

"사모님께서 객실에서 기다리고 계십니다!" 그가 굳이 손으로 객실을 가리키며 고함을 질렀다. 이렇게 더운 날에는 조그만 쓸데없는 동작에도 기분이 불쾌했다. 차양으로 사방을 가린 실내는 어둡고도 서늘했다. 데이지와 조던은 엄청나게 긴 의자에 누워 있었다. 선풍기의 노래하는 듯한 미풍에 드레스 자락이 날리지 않도록 손으로 누르고 있는 모습이 마치 은으로 만든 조각품 같았다.

"우린 꼼짝할 수가 없어요." 두 사람이 이구동성으로 말했다.

햇볕에 그을린 갈색 피부에 하얗게 분칠을 한 조던의 손이 잠시 내 손을 잡았다 놓았다.

"그런데 토마스 부캐넌 씨는 어디 계십니까, 그 운동선수 말입니다." 내가 물었다.

그와 동시에 홀의 전화기에 매달려 있는 무뚝뚝하고 갈라진 그의 목소리가 들려왔다. 그는 소리가 새어 나가지 않게 입을 가리고 말을 하고 있었다.

개츠비는 진홍색 카펫 위에 서서 황홀한 시선으로 주위를 둘러보았다. 데이지가 그를 쳐다보며 깔깔대고 웃었다. 예의 달콤하고 자극적인 웃음이었다. 그녀의 가슴에서 미세한 분

냄새가 은은히 풍겨났다.

"소문인즉슨……." 조던이 소곤거렸다. "지금 통화하고 있는 여자는 톰의 애인이래요."

아무도 말이 없었다. 홀에서 들려오는 목소리는 귀찮은 듯 높아졌다. "좋아. 그럼 자네한텐 차를 팔지 않겠어. 나한테 그런 의무도 전혀 없고…… 점심시간에 그런 소리를 하다니, 도저히 못 참겠어!"

"계속 통화하고 있네." 데이지가 냉소적으로 말했다.

"아냐, 아냐." 내가 그녀를 안심시켰다. "그건 진짜 사업이야. 나도 우연히 알게 됐어."

톰이 거칠게 문을 열고는 그 거대한 몸으로 잠시 문을 막고 서 있다가 얼른 안으로 들어섰다.

"개츠비 씨!" 그는 싫은 내색을 교묘히 감추며 넓고 편평한 손을 내밀었다. "잘 오셨습니다. ……그리고 닉."

"우리 차가운 음료수 좀 갖다줘요." 데이지가 소리쳤다.

톰이 다시 방을 나가자 그녀는 몸을 일으켜 개츠비에게 다가갔다. 그리고 그의 얼굴을 잡아당겨 입술에 키스를 했다.

"내가 당신 사랑하는 거 알죠." 그녀가 소곤거렸다.

"여기 숙녀가 하나 있다는 걸 잊은 모양이군." 조던이 말했다. 데이지가 미심쩍은 표정으로 주변을 둘러보았다.

"너도 닉한테 키스해."

"어머나 세상에, 추잡해라!"

"난 상관없어!" 데이지가 쏘아붙였다. 그러고는 벽돌로 쌓은 벽난로 앞을 서성거렸다. 그제야 새삼 덥다는 생각이 들었는지 겸연쩍게 긴 의자에 가서 앉았다. 바로 그때 새로 세탁한 옷을 입은 유모가 어린 여자아이를 데리고 방으로 들어왔다.

"어머나, 예쁜 우리 아기……." 데이지가 입속으로 중얼거렸다. "엄마한테 와, 엄마가 널 얼마나 사랑하는지."

유모의 손에서 빠져나온 아이는 쏜살같이 방을 가로질러 부끄러운 듯 엄마의 옷자락에 얼굴을 파묻었다.

"예쁜 우리 아기! 엄마가 우리 천사의 노란 머리에 분을 뿌려 줬지? 자, 일어서 봐. 그리고 안녕하세요, 하고 인사해 봐."

개츠비와 나는 차례로 허리를 굽혀 마지못해 내미는 앙증맞은 손을 잡았다. 그런 다음에도 개츠비는 놀란 표정으로 아이에게서 눈을 떼지 못했다. 지금 생각해 보면 그가 실제로는 아이의 존재를 믿지 않았던 것 같다.

"나 점심 먹기 전에 옷 입었어." 아이가 데이지를 열심히 올려다보며 말했다.

"엄마가 우리 공주 자랑하려고 그런 거야." 데이지는 앙증

맞은 하얀 목에 잡힌 주름에 얼굴을 묻었다. "음, 내 아가. 이 세상에 더 예쁜 공주가 있을까."

"응." 아이가 얌전하게 대답했다. "조던 이모도 하얀 옷을 입었네."

"엄마 친구들 맘에 들어?" 데이지가 개츠비에게로 아이를 돌려세웠다. "잘생겼지?"

"아빠는 어딨어?"

"얘는 아빠를 닮지 않았어요." 데이지가 설명했다. "날 닮았어. 머릿결도 날 닮고 얼굴도 날 닮았어."

데이지는 다시 긴 의자로 가 앉았다. 유모가 한 걸음 앞으로 나와 손을 내밀었다.

"이리 와, 패미."

"안녕, 예쁜이!"

예의 바른 아이는 마음이 내키지 않는 듯 뒤를 흘끔흘끔 돌아다보며 유모의 손에 이끌려 문밖으로 나갔다. 바로 그때 톰이 찰랑찰랑하게 얼음을 가득 채운 진 리키 네 잔을 들고 들어왔다.

개츠비가 잔을 집어 들었다.

"정말 시원해 보이는데요." 그는 긴장한 기색이 역력했다.

우리 모두는 진 리키를 벌컥벌컥 들이켰다.

"어디선가 읽었는데 해마다 태양이 뜨거워지고 있다는 군."톰이 쾌활하게 말했다. "머지않아 지구가 태양에 빠질 지도 몰라…… 아니, 잠깐만, 그 반대야. 태양이 매년 식어 가고 있대."

"밖으로 나갑시다."그가 개츠비에게 말했다. "집 구경 시 켜드리겠소."

나는 그들과 함께 베란다로 나갔다. 더위에 지친 푸른 해 협에 조그만 돛단배 한 척이 더 시원한 바다를 향해 천천히 떠가고 있었다. 순간 개츠비의 시선이 그 배를 뒤좇았다. 그 는 손을 들어 멀리 바다를 가리켰다.

"저희 집은 정반대편에 있군요."

"그렇네요."

우리 모두의 시선이 장미꽃밭과 뜨거운 잔디밭을 넘어 해 변을 따라 길게 늘어선 삼복더위의 잡초더미로 옮겨졌다. 배 의 하얀 돛이 푸르고 서늘한 하늘의 경계선을 배경 삼아 천 천히 움직이고 있었다. 그 앞쪽에는 부채꼴 모양의 바다와 많은 섬들이 펼쳐져 있었다.

"좋은 스포츠죠."톰이 고개를 끄덕이며 말했다. "나도 1 시간만 저기 나가 있었으면 좋겠네요."

우리는 역시 더위를 가리려고 어둡게 차양을 내린 식당에서 점심을 먹었다. 그리고 차가운 맥주를 마시며 불안한 분위기를 가라앉혔다.

"오후엔 뭘 할까요?" 데이지가 큰 소리로 물었다. "그리고 내일은? 지금부터 30년 동안은 뭘 하지?"

"쓸데없는 소리 하지 마." 조던이 말했다. "인생이란 시들면서 또다시 시작되는 거야."

"그렇지만 너무 더워." 데이지는 금방이라도 울음을 터뜨릴 듯 울먹거렸다. "그리고 모든 게 뒤죽박죽이야. 우리 모두 시내로 나가요!"

그녀의 목소리는 더위를 이기기 위해, 무의미한 더위에 의미를 부여하기 위해 안간힘을 썼다.

"마구간을 뜯어서 차고로 만든다는 소리는 들어봤지만." 톰이 개츠비에게 말했다. "차고를 뜯어서 마구간으로 만드는 사람은 내가 처음일 거요."

"시내에 갈 사람 없어요?" 데이지가 끈덕지게 다시 물었다. 개츠비의 시선이 그녀에게 향했다. "어머!" 그녀가 소리쳤다. "너무 차가워 보여요."

시선이 마주치자 두 사람은 허공에서 서로를 멍하니 쳐다보았다. 그녀가 애써 테이블로 시선을 떨구었다.

"당신은 언제나 그렇게 차갑게 보여요." 그녀가 다시 말했다.

데이지는 그에게 사랑한다고 말했었는데, 톰 부캐넌이 그 것을 눈치챘다. 톰은 아연실색했다. 그는 입을 다물지 못한 채 개츠비를 쳐다보았다. 그러고 나서 데이지를 쳐다보았다. 마치 아주 오래전에 알았던 그녀를 새롭게 다시 만난 것처럼.

"당신은 광고에 나오는 남자랑 똑같이 생겼어요." 그녀가 아무 생각 없이 말했다. "광고에 나오는 사람 말이에요."

"좋아." 톰이 재빨리 끼어들었다. "기꺼이 시내에 가지. 자, 다 같이 시내로 가자고."

그는 여전히 개츠비와 자기 아내를 흘끔거리며 자리에서 일어섰다. 아무도 움직이지 않았다.

"어서 가자니깐!" 그가 약간 신경질을 냈다. "대체 왜 그래? 시내에 갈 거면, 빨리 가자니까."

톰은 화를 억누르려는 듯 떨리는 손으로 잔에 남은 맥주를 입에 갖다 댔다. 데이지의 목소리에 우리는 자리에서 일어나 자갈이 깔린 작열하는 차도로 나섰다.

"이제 가는 건가요?" 그녀가 트집을 잡았다. "그냥 이렇게요? 담배라도 한 대 피우고 가면 안 돼요?"

"점심 먹으면서 내내 피웠잖아."

"아이, 재미없어라." 그녀가 졸라 댔다. "너무 더워서 말싸

움도 못 하겠어."

그는 아무 대꾸도 하지 않았다.

"마음대로 해요." 그녀가 말했다. "어서 가자, 조던."

두 여자가 외출 준비를 하러 2층으로 올라간 사이, 세 남자는 그 자리에 선 채 발끝으로 뜨거운 자갈들을 이리저리 움직였다. 서쪽 하늘엔 가느다란 눈썹 모양의 달이 이미 은빛으로 모습을 드러내고 있었다. 개츠비가 마음을 바꾸어 말을 꺼냈으나, 그 순간 톰이 몸을 돌리며 그를 마주 보았다.

"여기다가 마구간을 지으셨습니까?" 개츠비가 애써 물었다.

"저 길 아래 4백 미터쯤 떨어진 곳이오."

"아, 네."

잠시 말이 끊겼다.

"시내에는 왜 가자는 건지." 톰이 느닷없이 말을 꺼냈다. "여자들이란 생각한다는 게 고작……."

"마실 것 좀 가져갈까요?" 데이지가 2층 창문에서 소리쳤다.

"위스키 가져갈게." 톰이 대답했다. 그리고 안으로 들어갔다.

개츠비는 어색한 표정으로 나를 돌아다보았다.

"저 사람 집에선 아무 말도 할 수가 없군요."

"데이지가 경솔했어요. 생각하는 게……."라고 내가 말하다가 머뭇거렸다.

"생각하는 게 돈밖에 없어요." 그가 느닷없이 말했다.

그랬다. 나는 전에는 깨닫지 못했었다. 그녀의 목소리는 돈으로 가득 차 있었다. 그녀의 목소리에 묻어나는 그칠 줄 모르는 매력, 짤랑대는 목소리, 심벌즈를 연주하는 듯한 목소리…… 하얀 궁전에서 노래하는 공주, 황금의 아가씨…….

톰이 1쿼트들이 병을 수건에 싸서 들고 나오자, 그 뒤를 이어 데이지와 조던이 금속 소재의 모자를 쓰고 얇은 숄을 팔에 걸친 채 밖으로 나왔다.

"내 차로 갈까요?" 개츠비가 물었다. 그는 후끈 달아오른 녹색의 가죽 시트를 손으로 만졌다. "그늘에다 차를 세워 뒀어야 하는 건데."

"표준 변속기어인가요?"

"네."

"그럼, 내 차를 타고 가시오. 내가 그 차를 타고 시내까지 가겠소."

개츠비에게는 지극히 못마땅한 제안이었다.

"기름이 얼마 없을 텐데요." 개츠비가 트집을 잡았다.

"아직 많은데요." 톰이 의기양양하게 대꾸했다. 그리곤 계기판을 들여다보았다. "기름이 떨어지면 편의점에 들르면 되죠. 요즘 편의점엔 뭐든지 다 있잖습니까."

누가 봐도 얼토당토않은 이 말에 잠시 침묵이 이어졌다. 데이지는 톰이 눈살을 찌푸리는 것을 보았다. 그리고 형언할 수 없는 표정이, 지극히 낯설면서도 마치 책에서 읽어 본 적이 있어 어렴풋이 짐작할 수 있을 것 같은 그런 표정이 개츠비의 얼굴을 스치고 지나갔다.

"어서 타, 데이지." 톰이 그녀의 등을 개츠비의 차로 떠밀면서 말했다. "서커스 마차 태워 줄게."

그가 차 문을 열었으나 그녀는 그의 팔에서 빠져나왔다.

"당신은 닉 오빠하고 조던을 데리고 가세요. 우린 당신 차를 타고 뒤쫓아갈게요."

그녀는 개츠비에게 바싹 다가가 그의 코트를 만지작거렸다. 톰과 조던과 나는 개츠비의 차에 올라탔다. 톰은 익숙하지 않은 기어를 시험 삼아 밀어 보았다. 그러자 우리가 탄 차는 개츠비와 데이지를 뒤로한 채 숨 막히는 더위 속으로 튕겨져 나갔다.

"자네도 눈으로 봤지?" 톰이 물었다.

"뭘 봐?"

그는 조던과 내가 처음부터 알고 있었다는 것을 눈치챈

듯 나를 쏘아보았다.

"내가 바본 줄 알아?" 그가 말했다. "하긴 그런지도 몰라. 그렇지만 나도 직감이라는 게 있다고. 그래서 내가 뭘 해야 할지 가르쳐 주지. 자넨 믿지 않겠지만 과학은……."

그가 말을 멈추었다. 당장 일어날 일에 압도당해 갑자기 정신이 번쩍 드는 모양이었다.

"저 친구 뒷조사를 조금 해 봤어. 더 깊이 파고들 수도 있었는데……."

"점쟁이한테라도 갔었다는 얘기인가요?" 조던이 농담조로 물었다.

"뭐라고?" 우리가 깔깔대고 웃자 톰은 우리를 노려보았다. "점쟁이?"

"개츠비 말이에요."

"개츠비! 아니, 그게 아니라. 그 친구의 과거를 조사해 보았단 소리오."

"그럼 그 사람이 옥스퍼드 출신이라는 걸 알았겠네요." 조던이 편을 들며 말했다.

"옥스퍼드 출신이라고!" 그가 빈정거렸다. "옥스퍼드 출신 좋아하시네! 분홍색 양복을 입은 저 친구가?"

"그래도 그 사람은 옥스퍼드 출신이에요."

"뉴멕시코에 있는 옥스퍼드." 톰이 경멸하듯 코웃음을 쳤다. "아니면 그 근처겠지."

"이봐요, 톰. 그렇게 잘난 척하면서, 왜 그 사람을 점심에 초대한 거예요?" 조던이 쏘아붙였다.

"데이지가 초대한 거야. 우리가 결혼하기 전에 알았던 사람이래. 어디서 어떻게 만났는지 알 게 뭐야!"

우리 모두는 술기운이 가시면서 신경이 날카로워져 있었으며, 그것을 서로 알기에 한동안 말없이 차를 달렸다. 이윽고 T.J. 에클버그 박사의 빛바랜 눈이 길 아래쪽에 나타나자, 나는 개츠비가 기름을 넣으라고 주의를 준 일이 떠올랐다.

"시내에 도착할 때까지 충분해." 톰이 말했다.

"그렇지만 바로 저기에 주유소가 있잖아요." 조던이 가로막고 나섰다. "이 찌는 듯한 더위에 만약이라도 차가 서면 어떡해요."

톰은 신경질적으로 브레이크를 밟았다. 그러자 우리가 탄 차는 윌슨의 간판 아래로 미끄러져 들어가 흙먼지를 일으키며 멈추어 섰다. 잠시 후 안에서 주인이 나타나 퀭한 눈으로 자동차를 뚫어져라 쳐다보았다.

"기름 좀 넣어 줘!" 톰이 거칠게 소리쳤다. "왜 차를 세운 거 같아? 구경이나 시키려고 세운 줄 알아?"

"몸이 안 좋아서 그래요." 윌슨이 꼼짝 않고 말했다. "하루 종일 끙끙 앓았어요."

"어디가 아픈데?"

"완전히 지쳤어요."

"그럼, 내가 직접 넣을까?" 톰이 물었다. "전화 목소리는 괜찮던데 그래."

윌슨은 가까스로 그늘에서 나와 문설주에 몸을 기대고는 숨을 가쁘게 몰아쉬면서 주유기의 뚜껑을 열었다. 햇빛에 비친 그의 얼굴은 푸르죽죽했다.

"점심 식사하시는데 폐를 끼쳐드릴 생각은 없었습니다만." 그가 말했다. "돈이 워낙 필요해서요. 선생님이 고물차를 처분하시려나 싶었던 거지요."

"이 차는 어때?" 톰이 물었다. "지난주에 산 건데."

"아주 멋진 노란 차군요." 윌슨이 핸들을 잡아 보며 말했다.

"사고 싶은가?"

"사고야 싶지만……." 윌슨은 보일 듯 말 듯 미소를 지었다. "다른 차를 사야 돈이 좀 생기죠."

"돈이 왜 갑자기 필요한 건데?"

"여기 너무 오래 살아서요. 다른 데로 가고 싶어요. 와이프를 데리고 서부로 가고 싶어서요."

"자네 와이프가 그러고 싶대?" 톰이 깜짝 놀라 물었다.

"10년 전부터 그런 얘기를 해 왔습니다." 윌슨은 잠시 주유기 펌프에 몸을 기대며 손으로 눈을 가렸다. "그런데 지금은 가고 싶든 가고 싶지 않든 아무튼 갈 겁니다. 이번에는 꼭 데리고 갈 겁니다."

톰의 쿠페가 먼지를 일으키며 우리 곁을 지나갔다. 차창 밖으로 손을 흔드는 것이 보였다.

"얼마야?" 톰이 퉁명스럽게 물었다.

"지난 이틀 동안 좀 이상한 일이 있었어요." 윌슨이 속 얘기를 꺼냈다. "그래서 떠나려는 겁니다. 그래서 선생님께 차 얘기도 꺼냈던 거고요."

"얼마야?"

"1달러 20센트요."

무자비하게 내리쬐는 열기로 나는 머릿속이 멍해지기 시작해 참기가 어려웠는데, 바로 그 순간 나는 그가 아직까지는 톰을 의심하고 있지 않다는 것을 깨달았다. 윌슨은 머틀이 다른 세계에서 그와는 별개의 생활을 하고 있다는 것을 발견한 것이다. 그래서 그 충격으로 병이 났던 터였다. 나는 그를 쳐다보다가 톰을 흘끔 쳐다보았다. 톰도 1시간쯤 전에 아내에게서 비슷한 점을 발견했다. 병든 자와 건강한 자가 이렇게 다를 수 있을까 싶었다. 학식이나 인종이 달라도 이렇게 다르지는 않을 것이다. 윌슨은 어찌나 아파 보였던지 마치 죄지은 사람, 용서받지 못할 죄를 지은 사람 같았다. 마치 가난한 처녀에게 임신이라도 시킨 사람 같았다.

"그 차, 자네한테 줄게." 톰이 말했다. "내일 오후에 보내도록 하지."

그곳은 햇살이 눈 부신 오후에도 왠지 늘 어수선하게 느껴지는 곳이었다. 나는 무언가 뒤가 켕기는 사람처럼 고개를 돌려 뒤를 돌아다보았다. 쓰레기 언덕 너머로 T.J. 에클버그 박사의 커다란 눈이 여전히 불침번을 서고 있었지만, 잠시 후 나는 그것 말고도 또 다른 눈이 바로 그 뒤에서 우리를 쏘아보고 있다는 것을 알아차렸다.

자동차 정비소 2층의 한 창문에 커튼이 살짝 젖혀져 있었고, 머틀 윌슨이 우리 차를 내려다보고 있었다. 그녀는 너무도 흥분한 탓에 이쪽에서 누군가 자신을 보고 있다는 것을 전혀 눈치채지 못하고 있었다. 그녀의 얼굴에는 갖가지 복잡한 감정들이 하나씩 차례로 떠올랐다. 마치 현상 중인 사진에 여러 가지 물체가 차례로 떠오르듯이. 그녀의 표정은 이상하게도 낯설지가 않았다. 그것은 여자들의 얼굴에서 자주 보았던 표정이었지만, 머틀 윌슨의 얼굴에 떠오른 표정은 설명할 수 없는 멍한 표정처럼 보였으나, 나는 이내 질투 어린 두려움으로 휘둥그레진 그녀의 눈이 톰이 아닌 조던 베이커에게 못 박혀 있다는 것을 알 수 있었다. 조던을 톰의 아내로 착각했던 것이다.

단순한 마음이 혼란을 일으키면 걷잡을 수 없는 혼란이 된다. 차를 달리면서 톰은 극심한 공포감에 채찍질당하는 듯한 느낌에 사로잡혀 있었다. 바로 1시간 전만 하더라도 그 누구도 넘볼 수 없이 안전했던 그의 아내와 정부가 순식간에 그의 손에서 빠져나가고 있었다. 데이지를 따라잡고 윌슨에게서 멀어지려는 두 가지 목적에 사로잡힌 그는 본능적으로 가속페달을 밟았다. 그리고 시속 50마일의 속도로 아스토리아를 향해 달리자, 잠시 후 거미줄과도 같은 고가철도 다리 사이를 조용히 달리고 있는 청색 쿠페가 눈에 들어왔다.

"50번가에 있는 큰 극장들이 시원해요." 조던이 말했다. "난 모든 사람들이 빠져나간 한여름 오후의 뉴욕이 정말 좋아요. 아주 감각적인 무언가가 있거든요. 마치 잘 익은 과일들이 가만히 있어도 손으로 떨어질 것만 같은……."

'감각적'이란 말은 톰의 불안감을 한층 더 불안하게 하는 효과가 있었으나, 그가 미처 둘러댈 말을 생각할 겨를도 없이 쿠페가 다가와 섰다. 그리고 데이지가 우리를 향해 손짓을 했다.

"어디로 갈까?" 데이지가 소리쳤다.

"영화는 어때?"

"너무 더워." 그녀가 투덜거렸다. "그럼 그쪽은 영화 보러 가요. 우린 드라이브나 하다가 나중에 만나지 뭐." 그러고는 가까스로 재치 있는 말을 생각해 낸 듯했다. "어느 골목에서 접선할까? 내가 담배 두 개비 물고 있을게."

"지금 논의할 시간 없어." 뒤에서 트럭이 요란하게 경적을 울려 대자, 톰이 서둘러 말했다. "센트럴 파크 남쪽 플라자 호텔까지 따라와요."

그는 몇 번이나 고개를 돌려 데이지와 개츠비가 탄 차를 돌아다보았다. 그리고 자동차가 밀리자 천천히 속도를 줄여 두 사람이 탄 차가 시야에 들어오도록 했다. 그들이 옆길로 빠져나가 그의 인생에서 영원히 사라지지 않을까 두려워하는 것 같았다.

하지만 그들은 그런 짓은 하지 않았다. 우리는 좀 엉뚱한 짓이긴 했지만 플라자 호텔에서 스위트룸 하나를 잡기로 했다.

어떻게 해서 그 지루하고 시끄러운 입씨름을 끝내고 다 같이 호텔 방으로 몰려 들어가게 되었는지 잘 기억이 나질 않는다. 다만 언쟁이 계속되는 동안 내 속옷은 땀으로 젖어 축축한 뱀이 다리를 휘감으며 올라오는 것 같았고, 구슬 같은 땀방울이 등 뒤를 타고 흐르는 것이 오히려 시원하게 느껴질 정도였다는 기억이 확실하게 남아 있을 뿐이다. 이것을 기억하는 이유는 그때 데이지가 욕실 다섯 개를 빌려 냉수욕을 하고자 했던 제안이 떠올랐기 때문이다. 그리고 민트 줄렙(위스키에 설탕, 박하를 넣은 청량음료_역주)을 마셨던 곳으로 좀 더 구체적으로 기억된다. 우리는 '이것이 미친 짓'이라고 서로 떠들어 댔다. 그리고 호텔 종업원에게 동시에 말을 걸었으며, 우리 모두가 즐거운 시간을 보내고 있다고 생각했다. 아니 그렇게 생각하는 척했다.

방은 넓었지만 숨이 막혔다. 4시가 지났음에도 열어 놓은 창문으로는 공원의 울창한 숲에서 불어오는 뜨거운 바람만 들어올 뿐이었다. 데이지는 거울 앞으로 다가가 우리에게 등을 보인 채 머리를 매만졌다.

"훌륭한 방이군요." 조던이 정중한 목소리로 소곤거리자 모두가 한바탕 웃음을 터뜨렸다.

"다른 창문도 열어요." 데이지가 뒤도 안 돌아보고 명령

하듯 말했다.

"더 이상 창문이 없어요."

"그럼, 전화해서 도끼라도 가져오라고 해요."

"이 더위를 잊어버리는 게 최선이야." 톰이 신경질적으로
말했다. "자주 덥다, 덥다, 하니까 열 배나 더 덥잖아."

톰은 수건에 싸 두었던 위스키병을 꺼내 테이블에 올려
놓았다.

"왜 부인을 사사건건 그냥 내버려 두질 않소, 형씨? 시내
에 오자고 한 사람은 당신이잖소." 개츠비가 드디어 마음속
에 묻어 두었던 말을 꺼냈다.

일순 침묵이 감돌았다. 전화번호부가 걸려 있던 못에서 빠
지면서 바닥으로 떨어지자, 조던이 낮게 중얼거렸다. "어머,
실례." 그러나 이번에는 아무도 웃지 않았다.

"내가 집을게요." 내가 말했다.

"아니, 내가 집었어요." 개츠비는 두 동강이 난 끈을 유심
히 살펴더니, "흠!" 하고 신음 소리를 냈다. 그러고는 그 책
을 의자에 툭 던졌다.

"근사한 말투군요, 안 그렇소?" 톰이 날카롭게 말했다.

"뭐가요?"

"그 형씨란 말투요. 어디서 그런 말을 배웠소?"

"잠깐만요, 여보." 데이지가 거울에서 돌아서며 말했다. "개인적인 얘길 할 거면, 난 당장 가겠어요. 민트 줄렙 만들게 얼음이나 주문해요."

톰이 수화기를 집어 들자, 숨이 막힐 듯한 열기를 뚫고 음악 소리가 들려왔다. 아래층 연회실에서 멘델스존의 '결혼 행진곡'의 엄숙한 화음이 들려왔다.

"이렇게 더운 날에 결혼을 하다니!" 조던이 우울한 목소리로 말했다.

"나도 6월 중순에 결혼했어요." 데이지가 기억을 떠올렸다. "6월의 루이빌! 실신한 사람도 있었는데. 누구였죠, 여보?"

"빌록시." 그가 간단하게 대답했다.

"맞아요, 빌록시. 블록스 빌록시. 상자를 만드는 사람이었는데, 사실은 테네시의 빌록시 출신이었어요."

"사람들이 그 사람을 우리 집으로 데려왔었어." 조던이 끼어들었다. "우리 집이 교회에서 두 번째 집이었기 때문이에요. 삼 주일이나 우리 집에 있었는데, 결국 아버지가 나가달라고 했어요. 그 사람이 떠난 다음 날 아버님이 돌아가셨어요." 잠시 후 그녀가 덧붙였다. "아무 상관도 없는 일이지만요."

"멤피스에서 온 빌 빌록시는 아는데……." 내가 말했다.

"그 사람의 사촌이에요. 그 사람이 떠나고 나서 그 집안의 모든 내력을 알게 됐어요. 그 사람이 알루미늄 골프채를 주었는데 지금도 쓰고 있어요."

음악 소리가 가라앉고 결혼식이 시작되었다. 이제는 사람들이 즐겁게 떠드는 소리가 창문으로 들려왔다. 이어서, "그래, 그래!" 하는 고함 소리가 간간이 들려오다가 마침내 재즈 연주가 울려 퍼지면서 댄스가 시작되었다.

"우린 나이가 들어 가고 있나 봐요." 데이지가 말했다. "우리가 젊다면 일어나서 춤을 추었을 거예요."

"빌록시를 생각해 봐." 조던이 나무라듯 말했다. "그 사람을 어디서 알게 된 거예요, 톰?"

"빌록시?" 그가 정신을 집중하려고 애를 썼다. "난 그 사람을 몰라. 데이지의 친구였으니까."

"아니었어요." 데이지가 부인했다. "원래 모르는 사람이었어요. 그 사람은 자가용을 타고 왔었어요."

"그 사람은 당신을 안다고 하던데. 루이빌에서 자랐다고 하면서 말이야. 에이서 버드가 결혼식이 끝날 무렵 데리고 와서 그 사람이 묵을 방이 있느냐고 물었지."

조던이 빙그레 웃었다.

"아마 고향으로 가는 길에 빈둥빈둥 지낸 모양이죠. 예일 대학에서 당신들 과의 대표였다면서요."

톰과 내가 서로 마주 보았다.

"빌록시가?"

"대표 같은 건 없었어."

개츠비가 한쪽 발로 쉴 새 없이 바닥을 탁탁 치자, 톰이 갑자기 그에게 눈길을 주었다.

"그런데, 개츠비 씨, 옥스퍼드에서 공부하셨다고 들었는데."

"정확히는 아닙니다."

"아, 그래요, 옥스퍼드에 계셨다고 들었어요."

"네, 거기 있었죠."

잠깐 침묵이 흘렀다. 이윽고 톰이 믿을 수 없다는 듯 경멸하는 투로 말했다.

"빌록시가 뉴헤이븐에 갔을 때 당신은 옥스퍼드에 갔겠죠."

또다시 침묵이 흘렀다. 웨이터가 노크를 한 다음 민트와 얼음을 가지고 방으로 들어왔지만 그의 고맙다는 말과 살며시 문을 닫는 소리조차 방 안의 침묵을 깨지 못했다. 이 지독히 구체적인 사실이 마침내 밝혀질 터였다.

"옥스퍼드에 갔었다고 말씀드렸을 텐데요." 개츠비가 말했다.

"그렇긴 하죠, 하지만 정확히 언제인지 알고 싶군요."

"1919년이었소. 겨우 5개월 있었죠. 그래서 옥스퍼드에서 공부했다는 말을 못 하는 겁니다."

톰은 우리가 자신의 불신에 동조를 하는지 안 하는지 보기 위해 주변을 흘끔 쳐다보았다. 그러나 우리는 모두 개츠비를 보고 있었다.

"휴전 후에 그런 기회가 장교들에게 주어졌죠." 개츠비가 덧붙였다.

"영국이든 프랑스든 아무 대학이나 갈 수 있었어요."

나는 일어나서 그의 등을 툭 쳐 주고 싶었다. 전에 그랬던 것처럼 그에 대한 완전한 신뢰가 내 안에서 다시 살아났던 것이다.

데이지가 희미한 미소를 지으며 자리에서 일어나 테이블 쪽으로 걸어갔다.

"위스키병을 따세요, 여보." 그녀가 주문했다. "민트 줄렙을 만들어드릴게요. 그럼 당신이 그렇게 멍청해 보이진 않을 거예요……. 이 민트를 좀 보세요!"

"잠깐만." 톰이 가로막고 나섰다. "한 가지 더, 개츠비 씨에게 묻고 싶은 게 있소."

"물어보시죠." 개츠비가 정중하게 대꾸했다.

"대체 우리 집안에 무슨 분란을 일으키려는 거요?"

그들은 마침내 노골적으로 부딪쳤으며 그것은 개츠비가

바라던 바였다.

"이분이 분란을 일으키고 있는 게 아니에요." 데이지는 절망적인 눈길로 두 사람을 번갈아 쳐다보았다. "당신이 분란을 일으키고 있는 거예요. 제발 좀 자중하세요!"

"자중하라고?" 톰은 믿을 수 없다는 듯 그녀의 말을 되뇌었다. "어디에서 굴러온지도 모르는 작자가 마누라랑 놀아나는 걸 그냥 지켜보고 있으란 말이야. 그런 것이 유행이라면 난 빠지겠어! 요즘 사람들은 가정생활이나 가족 제도 따위를 우습게 여기지. 그러다가 모든 걸 내팽개치고 백인과 흑인이 결혼하는 세상이 올 걸."

격한 횡설수설로 얼굴을 붉히면서 톰은 스스로를 문명의 마지막 수호자로 치부했다.

"여기 있는 우리 모두 백인인걸요." 조던이 낮게 중얼거렸다.

"내가 별로 인기가 없다는 건 나도 알아. 난 거창한 파티를 열지 않으니까. 개나 소나 다 부르려면 집 안을 돼지우리로 만들어야 할걸."

우리 모두가 그랬던 것처럼 몹시 화가 난 나는 그가 입을 열 때마다 비웃고 싶은 충동을 느꼈다. 난봉꾼이 점잖은 신사로 완전히 변신한 것이다.

"당신한테 할 말이 있소, 형씨." 개츠비가 입을 열었다. 그러나 데이지는 그의 의도를 눈치챘다.

"제발 그만둬요!" 그녀가 간절하게 만류했다. "제발 다들 집으로 돌아가요. 집으로 가자니까요!"

"그게 좋겠어." 내가 일어섰다. "가지, 톰. 여기에 술 마시고 싶은 사람은 아무도 없어."

"당신 부인은 당신을 사랑하지 않아." 개츠비가 말했다. "한 번도 당신을 사랑한 적이 없다고. 데이지는 날 사랑해."

"당신 미쳤군!" 톰이 기계적으로 외쳤다.

개츠비는 벌떡 일어났고, 흥분으로 생기가 넘쳤다.

"데이지는 당신을 사랑한 적이 한 번도 없소, 알겠소?" 그가 고함을 질렀다. "당신과 결혼한 건 내가 가난했기 때문이고 나를 기다리다 지쳤기 때문이오. 그건 아주 중대한 실수였지만, 데이지가 진심으로 사랑한 사람은 오직 나뿐이란 말이오."

그쯤에서 조던과 나는 가려고 했지만, 톰과 개츠비는 굳이 우리를 붙잡아 앉혔다. 두 사람 모두 이제 숨길 것이 아무것도 없으며 그들의 감정싸움에 한몫 끼는 것이 무슨 특권이라도 되는 것처럼 말이다.

"앉아 봐, 데이지." 톰은 애써 근엄한 목소리를 내려고 했으나 잘되지 않는 듯했다. "무슨 일이 있었던 거야? 무슨 일이 있었는지 다 듣고 싶어."

"내가 얘기했잖소." 개츠비가 말했다. "5년이나 계속됐다고! 당신이 몰랐을 뿐이지."

톰이 날카롭게 데이지에게 고개를 돌렸다.

"5년 동안 이 친구를 만났단 말이야?"

"만나지는 않았지." 개츠비가 말했다. "아니, 만날 수가 없었지. 하지만 우리는 둘 다 서로를 사랑했소. 당신은 몰랐지만. 당신이 몰랐다는 걸 생각하면 웃음이 나오곤 했지." 그러나 그의 표정에 웃음기라곤 찾아볼 수 없었다.

"아, 그게 전부인가." 톰은 목사처럼 손가락을 탁탁 치며 의자에 등을 기댔다.

"당신은 미쳤어!" 톰이 고함을 질렀다. "5년 전에 일어난 일은 내가 말할 수가 없지, 그땐 데이지를 몰랐으니까. 게다가 당신이 편법을 쓰지 않고서야 어떻게 데이지한테 다가갈 수 있었겠어. 하지만 나머지 얘기는 모두 새빨간 거짓말이야. 데이지는 결혼했을 때나 지금이나 날 사랑한다고."

"천만에." 개츠비가 고개를 저으며 말했다.

"데이지는 날 사랑해. 가끔 바보 같은 생각에서 자기가 뭘하는지 잘 모르는 게 탈이긴 하지만 말이야." 톰은 사려 깊은 체하며 고개를 끄덕였다. "게다가 나 역시 데이지를 사랑해. 가끔씩 술을 마시고 취하면 바보 같은 짓을 하긴 하지만, 나는 항상 제자리로 돌아오지. 마음속으로는 언제나 내 아내를 사랑한단 말이야."

"당신이란 사람, 구역질 나요!" 데이지가 말했다. 그녀는 내게 고개를 돌렸다. 한 옥타브 낮아진 그녀의 목소리가 소름이 끼칠 정도로 차갑게 방 안에 울려 퍼졌다. "우리가 왜 시카고를 떠났는지 알아요? 당신이 말한 그 술 취한 김에 저지른 소동이 온 시카고 사람들의 비웃음거리가 안 된 게 신기할 정도예요."

개츠비가 그녀 곁으로 걸어가 섰다.

"데이지, 이제 다 끝난 얘기야." 그가 차분하게 말했다. "그런 일은 더 이상 문제 되지 않아. 다만 진실을 말해 주면 돼. 사랑한 적 없다고 말이야. 그럼 모든 것이 다 해결되는 거야."

그녀는 그를 멍하니 쳐다보았다. "어떻게 저 사람을 사랑할 수가 있겠어요?"

"데이지는 저 사람을 사랑한 적이 없어."

그녀가 머뭇거렸다. 그녀의 시선이 무언가를 호소하듯 나와 조던에게 향했다. 마치 자신이 무슨 일을 저질렀는지 이제야 겨우 알게 되었다는 듯, 하지만 애초부터 무언가를 할 생각은 전혀 없었다는 듯이……. 그러나 이제 엎질러진 물이었다. 너무 늦은 것이다.

"저 사람을 사랑한 적 없어요." 그녀가 누가 봐도 뻔할 정도로 마지못해 입을 열었다.

"카피올라니*에서도?" 톰이 느닷없이 물었다.

"그래요."

아래층 연회실에서 숨 막힐 듯한 합창 소리가 너무 무더운 공기를 타고 들려오고 있었다.

"구두가 젖을까 봐 펀치 보울** 계곡에서 당신을 안고 내려왔을 때에도?" 쉰 듯한 그의 목소리에는 부드러움이 배어 있었다. "응, 데이지?"

"제발 그만해요." 그녀의 목소리는 차가웠지만 한결 누그러져 있었다. 그녀가 개츠비를 쳐다보았다. "이봐요, 제이." 그녀가 말했다. 하지만 담배에 불을 붙이려는 그녀의 손이 떨리고 있었다. 문득 그녀는 담배와 불이 붙은 성냥개비를 카펫 위에 내동댕이쳤다.

"당신은 너무 많은 것을 원하고 있어요!" 그녀가 개츠비에게 울부짖었다. "지금 내가 당신을 사랑하잖아요. 그거면

---

* 하와이섬에 있는 공원 이름
** 하와이섬에 있는 산봉우리

충분하지 않나요? 지나간 일은 어쩔 수 없잖아요." 그리곤 걷잡을 수 없이 흐느끼기 시작했다. "한때는 저 사람을 사랑했어요. 하지만 당신도 사랑했어요."

개츠비는 눈을 떴다가 다시 감았다.

"나도 사랑한다고?" 그가 되물었다.

"그 말도 거짓말이야." 톰이 거칠게 말했다. "데이지는 당신이 살아 있다는 것도 몰랐어. 게다가 데이지와 나 사이에는 당신이 절대 알 수 없는 추억들이 있지. 우리 둘 다 결코 잊을 수 없는 일들이."

그 말이 개츠비의 몸속을 파고드는 것 같았다.

"데이지와 단둘이 얘기하고 싶소." 개츠비가 고집했다. "데이지는 지금 너무 흥분해 있어서……."

"단둘이 있는다 해도 제 남편을 사랑하지 않았다고는 말할 수 없어요." 데이지가 애처로운 목소리로 고백했다. "그렇게 말하면 거짓말이니까요."

"거짓말이고 말고." 톰이 맞장구를 쳤다.

그녀가 남편에게 고개를 돌렸다.

"마치 중요하기라도 한 것 같군요." 그녀가 차갑게 말했다.

"물론 중요하지. 이제부터 신경 많이 쓸게."

"모르는 소릴 하시는군." 개츠비가 당황해하면서 말했다.

"당신은 더 이상 데이지에게 신경 쓰지 않게 될 거야."

"신경을 쓰지 않게 된다고?" 톰은 눈을 크게 뜨고 웃음을 터뜨렸다. 그는 이제 자신을 충분히 억제할 수가 있었다. "그게 무슨 소리야?"

"데이지가 당신을 떠날 테니까."

"말도 안 돼."

"그럴 거예요." 그녀가 가까스로 말을 꺼냈다.

"데이지는 날 떠나지 않아!" 톰이 갑자기 개츠비에게 소리를 질렀다. "여자 손가락에 끼워 줄 반지도 도둑질해야 하는 그런 사기꾼 때문에 날 떠난다고?"

"더는 못 참겠어요!" 데이지가 울부짖었다. "제발 나가요, 우리."

"대체 넌 누구야?" 톰이 고함을 질렀다. "넌 마이어 울프심*따위와 어울려 다니는 한 패거리지? 그 정도는 나도 알아. 약간의 뒷조사를 했거든. 내일 뒷조사를 더 해 볼 생각이야."

"그런 건 당신 자유야. 형씨." 개츠비가 아무렇지 않게 대답했다.

"당신의 '편의점'이 뭐 하는 곳인지 알아봤다고." 그는 우

---

* 아널드 로스타인이라고 하는 유명한 도박꾼을 근거로 설정한 인물.

리에게 고개를 돌리고 총알처럼 쏘아붙였다. "저 작자와 울프심이라고 하는 작자가 여기 뉴욕과 시카고의 뒷골목에 있는 편의점을 잔뜩 사들인 다음 에틸알코올을 팔았지. 그래서 심심찮게 재미를 봤어. 난 처음 봤을 때부터 저 작자를 술 밀매업자라고 생각했는데, 보긴 제대로 본 거야."

"그게 어쨌단 말입니까?" 개츠비가 공손하게 말했다. "그러시는 선생 친구, 월터 체이스도 자존심이 없는지 냉큼 그 일에 합세를 합디다."

"곤경에 빠진 그 친구를 버렸잖아, 내 말이 틀렸어? 뉴저지에서 그 친구를 한 달간 형무소에 보내지 않았나? 괘씸하게! 자네에 대해 월터가 무슨 말을 하는지 한번 들어 보시지."

"알거지가 돼서 우릴 찾아왔습디다. 돈 몇 푼 주니까 감지덕지하던걸요, 형씨."

"나한테 형씨라고 부르지 마!" 톰이 고함을 질렀다. 개츠비는 아무 말도 하지 않았다. "월터는 도박법으로 자네를 망하게 할 수도 있었어. 하지만 울프심이라는 작자가 협박하는 바람에 입을 다문 거지."

낯설지만 어디선가 본 듯한 그 표정이 다시금 개츠비의 얼굴에 떠올랐다.

"그 편의점 사업은 푼돈이나 만지는 사업이지." 톰이 천천히 덧붙였다. "자넨 지금 월터도 무서워서 내게 말하지 못하는 그런 일을 하고 있어."

　나는 데이지를 힐끗 쳐다보았다. 그녀는 개츠비와 남편을 두려운 눈빛으로 번갈아 응시하다가 이윽고 조던을 쳐다보았다. 조던은 턱 끝에 눈에 보이지 않는 물건을 올려놓고 열심히 몸의 균형을 잡고 있었다. 그 순간 개츠비를 돌아다본 나는 그의 표정을 보고 깜짝 놀랐다. 그는 마치 사람을 죽인 사람—이 말은 그의 정원에서 사람들이 이러쿵저러쿵 떠들어 대던 험담을 무시하고 하는 말이지만— 같았다. 짧은 순간, 그의 얼굴에 떠오른 일련의 표정은 이렇게 기이한 식으로밖에 설명할 수가 없었다.

　그런 표정이 지나가고, 그는 데이지에게 흥분하여 이야기하기 시작했다. 모든 것을 부인하고 꺼내지도 않은 비난에 대해서까지 변호를 늘어놓으면서 말이다. 하지만 그가 그런 말을 하면 할수록, 그녀는 자신의 세계 속으로 더욱더 움츠러들었다. 결국 그는 이야기를 그만두었고, 어느 틈에 오후의 햇살이 사그라들자, 오직 죽은 꿈만이 더 이상 만질 수 없는 것을 만지려고 애쓰면서, 방을 가로질러 사라진 그 목소리를 향해 애처롭게 필사적으로, 바둥대고 있었다.

　그 목소리는 다시금 가자고 애원했다.

"제발, 여보! 더는 못 참겠어요."

겁에 질린 그녀의 눈동자는 그녀가 어떤 의도를 가지고 있었건, 어떤 용기를 가지고 있었건, 이제는 모두 사라지고 없다는 것을 말해 주고 있었다.

"당신들 두 사람이 먼저 떠나, 데이지." 톰이 말했다. "개츠비 씨의 차로."

그녀는 이제 놀란 눈으로 톰을 쳐다보았지만, 톰은 의젓하게 무시하는 투로 고집을 부렸다.

"어서. 같이 가도 괜찮아. 주제넘은 희롱이 다 끝났다는 걸 알고 있을 테니까."

두 사람은 한마디 말도 없이 사라졌다. 뜻밖의 존재가 되어 우리의 동정도 받지 못하고, 유령처럼 고립된 채 밖으로 사라졌다.

잠시 후 톰은 뚜껑도 따지 않은 위스키병을 집어 들어 수건에 싸기 시작했다.

"이거 마시겠나? 조던은? ……닉?"

나는 대답하지 않았다.

"닉?" 그가 다시 물었다.

"뭘?"

"한잔하겠어?"

"아니…… 갑자기 생각난 건데 오늘이 내 생일이군."

나는 서른 살이었다. 내 앞에는 불길하고도 위협적인 새로운 십 년 세월이 펼쳐져 있었다.

우리가 톰과 함께 쿠페를 타고 롱아일랜드를 향해 출발한 것은 7시였다. 톰은 의기양양하고 껄껄대고 웃으며 쉴 새 없이 말을 했지만, 나와 조던의 귀에는 그의 목소리가 길거리에서 떠드는 외국인의 아우성이나 머리 위로 오가는 고가철도의 시끄러운 소음처럼 아득하게 들렸다. 인간의 동정심은 한계가 있고, 그래서 우리는 그들의 언쟁이 도시의 불빛 뒤로 사라지는 것이 기분 좋았다.

서른 살…… 고독의 십 년, 독신 남자가 알아야 할 것들이 점점 줄어들고, 열정의 가방도 점점 얄팍해지고, 머리숱도 점점 줄어드는 나이. 하지만 내 곁에는 조던이 있었다. 데이지와는 달리 나이가 들면서 쉽게 잊히는 꿈은 가지고 다니지 않을 만큼 현명한 여자. 어두운 다리 위를 지나갈 때, 조던의 핏기 없는 얼굴이 내 코트 어깨로 힘없이 무너졌다. 그리고 안심하라는 듯 그녀의 손이 나를 누르자 서른 살의 무서운 충격이 깨끗이 사라져 버렸다.

그렇게 우리는 서늘해져 가는 황혼을 뚫고 죽음을 향해 차를 달렸다.

잿더미 옆에서 싸구려 커피숍을 운영하던 그리스 출신의 청년 미카엘리스는 심리에서 가장 중요한 증인이었다. 그는 무더위 속에서 5시가 넘도록 낮잠을 자다가, 자동차 정비소까지 어슬렁어슬렁 걸어갔다. 그리고 조지 윌슨이 아픈 몸으로 자기 사무실에 있는 것을 보았다. 윌슨은 자신의 파리한 머리카락만큼이나 창백한 얼굴로 온몸을 떨면서 정말로 아파 보였다. 미카엘리스는 침대에 가서 누우라고 권했지만, 윌슨은 할 일이 많아서 그럴 수가 없다며 말을 듣지 않았다. 그렇게 설득하는 동안, 머리 위쪽에서 날카로운 비명 소리가 들려왔다.

"집사람을 2층에 가뒀어." 윌슨이 차분히 말했다. "내일모레까지 가둬 둘 거야. 그런 다음 같이 이곳을 떠나야겠어."

미카엘리스는 아연실색했다. 그들은 4년 동안이나 이웃에서 함께 살았지만, 윌슨은 한 번도 그런 일을 할 위인처럼 보였던 적이 없었다. 대체로 그는 삶에 지친 고단한 사람 중 하나였다. 일을 하지 않을 때는, 현관 앞 의자에 앉아 지나가는 사람이나 자동차를 뚫어져라 쳐다보곤 했다. 누군가 말이라도 걸면 사근사근 종잡을 수 없는 표정으로 애매하게 웃어 보였다. 부인에게 꽉 잡혀서 아무것도 못 하는 그야말로 공처가였다.

그래서 미카엘리스는 무슨 일이 있었는지 알고 싶었으나, 윌슨은 한마디 말도 하지 않았다. 말은커녕 오히려 찾아온 사람에게 의심스러운 눈초리를 던지며 어느 날 어느 시각에 무엇을 했느냐며 꼬치꼬치 캐묻기 시작했다. 미카엘리스의 심기가 불편해질 무렵, 서너 명의 인부들이 정비소 문을 지나 그의 식당 쪽으로 가는 바람에, 미카엘리스는 나중에 다시 올 생각으로 냉큼 자리를 피했다. 그러고는 다시 들르지 않았다. 그저 잊어버렸기 때문이었다. 7시가 조금 넘어 다시 밖으로 나온 그는 정비소 1층에서 큰 소리로 욕지거리를 퍼붓는 윌슨 부인 목소리를 듣고 아까 주고받던 이야기가 생각났다.

"때려!" 그녀의 울부짖는 소리가 들렸다. "집어던지고 때리란 말이야, 이 더럽고 못난 겁쟁이야!"

잠시 후 그녀는 두 손을 흔들고 고함을 질러 대며 어둠 속으로 마구 뛰어갔다. 미카엘리스가 문간에서 움직일 겨를도 없이 일은 끝이 나고 말았다.

죽음의 자동차—신문에서는 그렇게 불렀다—는 뺑소니를 쳤다. 그 차는 점점 깊어 가던 어둠 속에서 튀어나와, 한순간 비장하게 흔들거리다가, 그다음 커브 길을 돌아 사라져 버렸다. 미카엘리스는 자동차의 색깔조차 정확히 알 수 없었다. 그는 제일 먼저 달려온 경찰에게 그 차가 초록색이라 말했다. 뉴욕 쪽으로 가고 있던 차가 현장을 지나치다가 100야드쯤의 지점에서 황급히 다시 돌아왔다. 머틀 윌슨이 참혹하게 숨을 거둔 길에는 끈적끈적한 검은 피가 저녁노을과 어울려 뒤섞여 있었다.

미카엘리스와 다시 돌아온 차의 운전자가 제일 먼저 그녀에게 다가가, 아직도 땀에 젖어 있는 그녀의 블라우스를 찢어 풀어헤치자, 그녀의 왼쪽 가슴이 몸에서 떨어지며 헝겊 조각처럼 덜렁거렸다. 굳이 심장 박동 소리를 들을 필요도 없었다. 그토록 오랫동안 간직해 온 그 놀라운 생명력을 포기하면서 숨이 막힌 듯 입은 크게 벌린 상태였으며 양쪽 입가가 약간 찢어져 있었다.

우리가 서너 대의 자동차와 사람들이 모여 있는 것을 본 것은 현장에서 조금 떨어진 거리에서였다.

"사고가 났군!" 톰이 말했다. "잘됐네. 윌슨한테 마침내 일거리가 생긴 셈이니까."

그는 속도를 늦췄으나 차를 세울 생각은 전혀 없어 보였다. 그러나 현장에 점점 가까워지면서, 정비소 문 앞에서 입을 다문 채 구경에 여념이 없는 사람들을 보자 그는 자동적으로 브레이크를 밟았다.

"잠깐만 보고 가지." 그가 미심쩍다는 듯 말했다.

그 순간 내 귓가에 정비소에서 쉴 새 없이 새어 나오는 희미한 통곡 소리가 들려왔다. 쿠페에서 내려 정비소 문을 향해 걸어가는 동안 그 통곡 소리는 숨이 끊어질 듯한 신음 소리 가운데 거듭거듭 새어 나오는, "오, 하나님 맙소사!"라는 탄식 소리라는 것을 분명히 알 수 있었다.

"뭔가 안 좋은 일이 생긴 모양이야." 톰이 흥분해서 말했다.

그는 까치발을 하고 서서 에워싼 사람들의 머리 너머로 안을 들여다보았다. 머리 위에서 흔들리는 금속 바구니에 싸인 노란 등 하나만이 정비소 안을 비추고 있었다. 그 순간 그의 목구멍에서 귀에 거슬리는 소리가 새어 나왔다. 그는 억센 팔로 마구 밀어젖히며 사람들을 비집고 안으로 들어갔다.

조심하라는 사람들의 시비를 거는 소리와 함께 에워싸인 원이 다시금 좁혀졌다. 다음 순간 나는 아무것도 볼 수가 없었다. 그러다가 새로 모여든 사람들이 그 줄을 흩뜨리는 바람에 조던과 나는 갑자기 원 안으로 밀려들어 갔다.

머틀 윌슨의 시신은 오뉴월 밤에 감기 않는 사람처럼 담요에 싸고 또 싸인 채 벽 쪽에 있는 작업대 위에 눕혀져 있었다. 톰은 우리에게 등을 보인 채 꼼짝도 않고 시신을 들여다보고 있었다. 그의 곁에는 오토바이를 타고 달려온 경관이 땀을 뻘뻘 흘리며 서서 수첩에다 이름을 고쳐 가며 받아 적고 있었다. 처음에 나는 횅한 차고에 시끄럽게 울려 퍼지는 통곡 소리가 어디서 나오는 것인지 알 수가 없었지만, 나중에 보니 윌슨이 높다란 사무실 문지방에 서서, 두 손으로 문설주를 부여잡고 앞뒤로 몸을 흔들며 서 있었다. 누군가 두런두런 그에게 말을 걸다가 이따금씩 어깨에 손을 얹으려 했으나, 윌슨은 들으려고도 보려고도 하지 않았다. 그의 시선이 흔들거리는 등불에서 시신을 올려놓은 벽에 붙은 작업대로 천천히 움직였다가, 다시금 등불로 황급히 옮아 갔다. 그러면서 그는 쉴 새 없이 목쉰 소리로 오열을 토해 냈다.

"오, 하나님 맙소사! 오, 하나님 맙소사! 오, 맙소사! 오, 하나님 맙소사!"

……이윽고 톰은 고개를 번쩍 들고서 흐릿해진 눈으로 차고 안을 훑어본 다음, 경찰에게 앞뒤가 맞지 않는 말을 중얼거렸다.

"M-a-v" 경찰이 말했다. "o-"

"아니, r-" 경찰이 정정을 했다. "M-a-v-r-o-"

"그게 아니에요!" 톰이 거칠게 중얼거렸다.

"r-" 경찰이 말했다. "o-"

"g-"

"g-"

톰의 넓적한 손이 경찰의 어깨를 덥석 부여잡자, 경찰이 톰을 올려다보았다. "뭡니까?"

"무슨 일이 있었습니까? 내가 알고 싶은 건 바로 그거요."

"차에 치였어요. 즉사했어요."

"즉사했다고?" 톰은 멍한 표정으로 되물었다.

"길로 뛰어들었어요. 개자식이 뺑소니를 쳤어요."

"차가 두 대였어요." 미카엘리스가 말했다. "한 대는 오고, 한 대는 가고, 못 봤어요?"

"어디로요?" 경찰이 날카롭게 물었다.

"각자 제 갈 길로요. 그러니까, 아주머니가." 그는 손을 들어 담요를 가리키다 말고 반쯤 올린 손을 다시 내렸다. "뉴욕에서 달려오던 차를 향해 뛰어들었어요. 정면으로 들이받힌 거죠. 시속 삼, 사십 마일로 달렸으니까요."

"이 동네 이름이 뭡니까?" 경찰이 물었다.

"이름 같은 거 없어요."

옷을 잘 차려입은 파리한 얼굴의 흑인이 다가왔다.

"노란 차였어요. 아주 큰 노란 차. 새로 뽑은."

"사고를 목격했습니까?" 경찰이 물었다.

"아뇨, 그렇지만 그 차가 날 지나쳐 저 길로 내려갔어요. 사십 마일 이상의 속도를 내면서요. 아마 오십, 육십까지 달렸을걸."

"이쪽으로 오시죠. 성함이 어떻게 되십니까? 비켜요, 비켜. 저 사람 이름을 적어야 하니까."

이 대화 중 몇 마디가 사무실 입구에서 흔들거리고 있던 윌슨에게까지 들린 모양이었다. 그의 통곡 속에 새로운 사실 하나가 더 추가되었기 때문이다.

"그게 어떤 차인지 난 알아요. 어떤 차인지 난 알아요!"

톰을 보고 있자니 코트 속으로 그의 어깨 근육이 단단해지는 것을 볼 수 있었다. 톰은 빠른 걸음으로 윌슨에게 걸어가, 그의 앞에 서서 그의 양팔을 움켜잡았다.

"정신 차려." 톰은 타이르듯 퉁명스럽게 말했다.

윌슨의 시선이 톰에게로 향했다. 그는 놀라서 벌떡 일어섰는데, 톰이 바로잡아 주지 않았다면 무릎을 꿇고 넘어졌을 것이다.

"내 말 잘 들어." 톰이 그를 가볍게 흔들며 말했다. "나는 조금 전에 뉴욕에서 여기로 왔어. 지난번에 말한 쿠페를 자네한테 가져오는 참이었어. 오늘 낮에 운전한 노란색 차는 내 차가 아냐. 알겠나? 그 차는 오후 내내 보지 못했다고."

톰이 하는 말은 가까이 있던 흑인과 나한테만 들렸지만, 경찰은 그의 목소리에서 무언가를 감지했는지 날카로운 눈길로 톰을 쏘아보았다.

"그게 무슨 말씀이십니까?" 경찰이 물었다.

"난 이 사람의 친구입니다." 톰이 고개를 돌렸지만 그의 손은 여전히 윌슨을 붙잡고 있었다. "이 친구가 사고 차를 안다고 해서요. 노란색 차라고 하네요."

미심쩍다는 듯 경찰은 의심스러운 눈길로 톰을 쳐다보았다.

"당신 차는 무슨 색이요?"

"파란색, 쿠펩니다."

"우린 뉴욕에서 곧장 오는 길입니다." 내가 대답했다.

운전을 하며 우리 뒤를 따라왔던 누군가가 이 사실을 확인해 주었다. 그제야 경찰은 우리에게서 돌아섰다.

"자, 그 이름을 다시 한번 똑바로 말해 주실까요?"

톰은 윌슨을 인형처럼 일으켜 세워 사무실로 데리고 들어가, 의자에 앉혔다. 그리고 다시 밖으로 나왔다.

"누구 이리로 와서 저 사람과 같이 있어 주시오." 톰이 위엄 있게 한마디 했다. 그러고는 가장 가깝게 서 있던 두 남자가 서로 얼굴을 마주 보고는 마지못해 안으로 들어가는 것을 지켜보았다. 그제야 톰은 문을 닫고 작업대에 눈길을 주지 않은 채 한 계단을 내려왔다. 그는 내 곁을 지나가며 소곤거렸다. "나가지."

우리는 사람들의 시선을 의식했지만, 톰이 당당하게 길을 터 주는 바람에, 사람들 틈새를 뚫고 밖으로 나오다가, 한 손에 가방을 들고 서둘러 들어오는 의사를 지나쳤다. 30분 전에 무모한 희망을 품고 불렀던 의사였다.

톰은 길모퉁이를 지날 때까지 천천히 차를 몰았다. 이윽고 그의 발이 힘껏 가속 페달을 밟자, 쿠페는 어둠을 뚫고 질주하기 시작했다. 잠시 후 나는 낮은 흐느낌 소리를 들었다. 그리고 그의 얼굴로 눈물이 쉴 새 없이 흐르는 것을 보았다. "비겁한 자식!" 그가 울먹였다. "뺑소니를 치다니."

어둠 속에서 살랑대는 나무들 사이로 갑자기 톰 부캐넌의 집이 시야에 들어왔다. 톰은 현관 옆에 차를 세우고 2층을 올려다보았다. 창문 두 곳에 환하게 불이 켜져 있어서 덩굴 사이로 꽃이 핀 것 같았다.

"데이지가 집에 있군." 톰이 말했다. 우리가 차에서 내리는 사이 그가 나를 흘끔 쳐다보며 눈살을 찌푸렸다.

"웨스트 에그에서 내려줄 걸 그랬지. 오늘 밤에는 속수무 책이야."

그는 완전히 다른 사람처럼 무섭고도 단호하게 잘라 말했다. 달빛 어린 자갈길을 걸어 현관까지 가는 동안 그가 무뚝뚝한 어조로 상황을 매듭지었다. "전화로 택시를 불러 줄 테니 타고 가. 기다리는 동안 조던하고 부엌에 가서 저녁 식사라도 하든지." 그가 문을 열어 주었다. "들어가지."

"아니, 괜찮네. 택시나 불러 주면 고맙겠어. 난 밖에서 기다리지, 뭐."

조던이 내 팔짱을 끼었다. "들어가지 그래요, 닉?"

"아니, 괜찮아요."

나는 기분이 별로 좋지 않았다. 그리고 혼자 있고 싶었다. 하지만 조던은 한동안 더 머뭇거렸다.

"이제 겨우 9시 반인걸요." 그녀가 말했다.

나는 정말 들어가고 싶지 않았다. 하루만으로도 충분했다. 그리고 갑자기 조던도 그 속에 포함되어 있었다. 그녀도 내 표현에서 이런 기분을 분명 느낀 것 같았다. 갑자기 돌아서 현관 계단을 뛰어올라 집 안으로 들어갔기 때문이었다. 나는 잠시 두 손으로 머리를 감싼 채 앉아 있었다. 그러자 안에서 전화 거는 소리와 택시를 부르는 집사의 말소리가 들렸다. 이윽고 나는 정문에서 기다릴 작정으로 집을 등진 채 천천히 차도를 걸어 내려왔다.

내 이름을 부르는 소리를 듣고 길가 덤불 속에서 걸어 나오는 개츠비를 본 것은 20야드도 채 못 가서였다. 그때까지만 해도 나는 몹시 불쾌한 기분에 사로잡혀 있었던 것 같다. 달빛 아래 분홍색 양복을 입은 화려한 그의 모습 외에 아무 생각도 할 수 없었기 때문이었다.

"여기서 뭘 하고 있는 거예요?" 내가 물었다.

"그냥 서 있는 겁니다, 형씨."

그는 어쩐지 비열해 보였다. 금방이라도 그가 이 집에서 강도질이라도 할 것 같았다. 울프심 부하들의 험상궂은 얼굴들이 그의 등 뒤, 시커먼 덤불 속에서 튀어나온다 해도 놀라지 않았을 것이다.

"오는 길에 별일 없었나요?" 잠시 후 그가 물었다.

"있었어요."

그가 머뭇거렸다.

"그 여자가 죽었습니까?"

"죽었어요."

"그럴 줄 알았습니다. 데이지에게 그렇게 얘기해 두었어요. 놀라는 김에 한꺼번에 놀라는 게 더 낫죠. 잘 견뎌 내더군요."

마치 데이지의 반응만이 가장 중요한 문제라는 듯한 말투였다.

"샛길로 빠져서 웨스트 에그에 갔다 왔어요." 그가 덧붙였다.

"차는 우리 집 차고에다 넣어 두었고요. 우리를 본 사람은 없는 것 같은데, 물론 확실한 건 아니지만……."

그 순간 나는 그가 너무 역겨워서 목격자가 있다는 사실을 말해 줄 필요도 느끼지 못했다.

"그 여자는 누구죠?" 그가 물었다.

"이름이 윌슨이에요. 남편이 정비소를 하고 있죠. 어쩌다 그렇게 됐나요?"

"내가 핸들을 돌리려고 했지만……." 그가 느닷없이 말을 멈춘 순간, 나는 갑자기 모든 것을 파악하게 되었다.

"데이지가 운전을 했습니까?"

"네." 그리고 잠시 후 덧붙였다. "물론 내가 했다고 말할 겁니다. 우리가 뉴욕을 떠날 때 데이지는 신경이 몹시 날카로워져 있었는데, 운전을 하면 마음이 좀 가라앉을 거라고 생각했던 모양이에요. 그런데 우리가 달리는 와중에 그 여자가 갑자기 뛰어나왔어요. 맞은편에서 차 한 대가 오고 있었고요. 모든 게 순식간에 일어났어요. 하지만 그 여자가 우리한테 무슨 말을 하고 싶어 하는 것 같았어요. 우리를 아는 사람으로 착각했었나 봐요. 글쎄요, 처음에 데이지는 그 여자를 피해 다른 차가 있는 곳으로 차를 돌렸어요. 그러다가 혼비백산해서 다시 원래 방향으로 돌렸지요. 내가 한 손으로 핸들을 잡은 순간 충격이 느껴졌는데. 틀림없이 즉사했을 겁니다."

"갈가리 찢어……."

"그만해요, 형씨." 그가 움찔했다. "어쨌든, 데이지가 가속 페달을 밟았어요. 차를 세워 보려고 했지만, 세울 수가 없었어요. 그래서 비상 브레이크를 잡아당겼죠. 그러자 데이지가 내 무릎으로 쓰러졌고, 그때부터 내가 운전을 했어요."

"내일이면 괜찮아질 겁니다." 이윽고 그가 말했다. "난 여기서 기다리면서 오늘 오후에 있었던 일로 저 친구가 데이지를 못살게 굴지는 않는지 지켜볼 겁니다. 데이지는 문을 걸어 잠그고 자기 방에 틀어박혀 있어요. 저 친구가 무슨 짓을 하면 불을 껐다가 다시 켜기로 했어요."

"그냥 놔둘 겁니다." 내가 말했다. "지금 데이지를 생각할 처지가 아니거든요."

"나는 저 친구를 못 믿어요, 형씨."

"언제까지 여기 있을 건데요?"

"필요하다면 밤새도록이요. 여하튼 모두가 잠들 때까지 있을 겁니다."

내 마음속에 새로운 생각이 떠올랐다. 만약 데이지가 운전을 했다는 것을 톰이 알게 된다면…… 그렇게 되면 그가 데이지가 운전했다는 사실과 어떤 연관을 지으려 할지도 모른다. 나는 그들의 집을 쳐다보았다. 아래층에 불 켜진 창문이 두어 개 있었고 데이지의 방에서는 선명한 분홍 불빛이 새어 나왔다.

"여기서 기다려요." 내가 말했다. "심상치 않은 조짐이 보이는지 보고 올게요."

나는 잔디밭을 다시 걸어가, 살금살금 자갈길을 건너간 다음, 뒤꿈치를 들고 베란다 층계로 올라갔다. 거실 커튼이 젖혀져 있었으나, 거실은 텅 비어 있었다. 석 달 전 유월의 어느 날 저녁, 우리가 식사를 하던 베란다를 지나 불빛이 작은 직사각형으로 새어 나오는 곳까지 갔다. 아마도 식기실 창문인 것 같았다. 블라인드가 내려져 있었으나, 나는 창문 틈에 벌어진 틈 하나를 발견했다.

데이지와 톰은 부엌 식탁에 서로 마주 보고 앉아 있었다. 식탁에는 차갑게 식은 프라이드치킨 한 접시와 맥주 두 병이 놓여 있었다. 그는 맞은편에 앉은 그녀에게 무언가 진지하게 이야기를 하고 있었고, 한 손으로 진지하게 그녀의 손을 감싸고 있었다. 이따금씩 그녀는 그를 올려다보며 알았다는 듯 고개를 끄덕였다.

두 사람 모두 기분 좋은 표정은 아니었으며, 어느 누구도 닭고기나 맥주에 손을 대지 않았다. 그렇다고 불행해 보이는 것도 아니었다. 그 모습에는 너무도 자연스러운 친밀감이 어려 있었는데, 누가 봐도 두 사람이 음모를 꾸미고 있다는 것처럼 보였을 것이다.

내가 베란다에서 뒤꿈치를 들고 내려가는 동안 택시가 어두운 도로를 뚫고 집을 향해 다가오는 소리가 들렸다. 개츠비는 나를 만났던 차도에서 기다리고 있었다.

"조용하던가요?" 그가 걱정스럽게 물었다.

"네, 아주 조용합니다." 내가 머뭇거렸다. "집에 가서 잠이라도 자 두는 게 좋겠어요."

그는 고개를 가로저었다.

"데이지가 침실로 올라갈 때까지 여기서 기다리겠어요. 형씨나 가시오."

그는 두 손을 양복 주머니에 찔러 넣고 돌아서서 다시 집 안을 면밀히 주시하기 시작했다. 나의 존재가 신성한 불침번 역할에 방해가 되는 듯한 느낌이었다. 그래서 나는 걸어

나왔고 그는 달빛을 받으며 그곳에 꼼짝 않고 서 있었다. 나는 허공을 바라보며 달빛 아래 서 있는 그를 남겨 둔 채 그곳을 떠났다.

제8장

밤새도록 나는 잠을 이룰 수가 없었다. 바다에서는 안개 경적이 끊임없이 울려 대고 있었고, 나는 괴이한 현실과 잔인하고 끔찍한 꿈 사이를 오락가락하며 반쯤 환자 꼴이 되어 뒤치락거렸다. 새벽녘에 택시 한 대가 개츠비의 차도로 올라가는 소리가 들리자, 나는 즉시 침대에서 뛰어나와 주섬주섬 옷을 입기 시작했다. 그에게 무언가 할 말이, 무언가 알려 주어야 할 말이 있다고, 그리고 아침이 되면 너무 늦어질 거라고 느꼈던 것이다.

그의 집 잔디밭을 가로질러 가면서 그의 집 정문이 아직 열려 있는 것과 그가 낙담을 해서인지 아니면 잠을 못 잔 것 때문인지 홀 안의 한 테이블에 기대어 축 늘어져 있는 것을 보았다.

"아무 일도 없었어요." 개츠비가 힘없이 말했다. "기다리다가 새벽 4시쯤 데이지가 창문으로 다가와 잠깐 서 있더니 불을 끄더군요."

　그날 밤 그 넓디넓은 방들을 뒤져 담배를 찾으면서 그의 집이 그렇게 거대해 보인 적은 한 번도 없었다. 대형 천막 같은 커튼을 한쪽으로 밀어젖히고, 우리는 전기 스위치를 찾기 위해 한없이 넓고 시커먼 벽을 손으로 더듬거렸다. 그러다가 나는 유령처럼 서 있는 피아노 건반 위로 쾅 소리를 내며 엎어지기도 했다. 집 안 곳곳이 먼지투성이고 방은 오랫동안 환기를 시키지 않았는지 퀴퀴한 곰팡내가 풍겼다. 나는 낯선 테이블에서 담배 상자를 발견했는데, 그 안에는 오래되어 딱딱하게 마른 담배 두 개비가 들어 있었다. 응접실의 프랑스식 창문을 열고 우리는 어둠 속에 앉아 담배를 피웠다.

　"몸을 피하는 게 좋겠어요." 내가 말했다. "필시, 형씨 차를 추적할 겁니다."

　"지금 당장이요?"

　"일주일 정도 애틀랜타나 몬트리올에 가 있으면 어떨까요?"

　그는 그런 일을 생각하려고도 하지 않았다. 데이지가 어떻게 마음을 정하는지 그것을 보기 전까지는 그녀 곁을 떠날 수 없는 것 같았다. 그는 마지막 남은 희망을 부여잡고 있었으며 나는 차마 그것을 떨쳐 낼 수가 없었다.

젊은 시절, 댄 코디와의 이상한 사연을 들려준 것도 그 날 밤이었다. 그랬던 이유는 제이 개츠비가 톰의 앙심에 부딪혀 유리처럼 산산조각이 나 버렸기 때문이었다. 그가 오랫동안 가슴속에 품어 왔던 광상곡이 이제 끝나 버렸기 때문이었다. 지금 생각해 보니 그제야 그는 무엇이든 숨김없이 인정을 했던 것 같지만, 역시 데이지에 관한 얘기를 하고 싶어 했다.

데이지는 개츠비가 처음으로 만난 멋진 여자였다. 겉으로 드러나지 않은 이런저런 수완으로 그는 그런 종류의 사람들과 접촉하게 되었지만, 항상 눈에 보이지 않는 가시 철망이 그를 가로막고 있었다. 그녀는 너무도 갖고 싶은 대상이었다. 처음에 그는 테일러 캠프의 다른 장교들과 같이 그녀의 집에 갔다가, 나중에는 혼자 찾아갔다. 그는 너무 놀라 입을 다물 수가 없었다. 그렇게 아름다운 집은 한 번도 본 적이 없었던 것이다.

하지만 그 집에서 숨 막힐 정도로 강렬한 무언가를 느끼게 해 준 것은 그 집에 데이지가 살고 있다는 사실이었다. 그러나 데이지에게는 그런 집에 살고 있는 것이 그가 테일러 캠프에 살고 있는 것만큼이나 우연한 일이었다. 그 집에는 신비로움이 짙게 깔려 있었다. 다른 침실보다 더 아름답고 서늘한 침실이 2층에 있을 것 같고, 복도에서는 즐겁고 유쾌한 일들이 일어날 것 같았으며, 라벤더 속에 처박힌 케케묵은 로맨스가 아니라 신선하고 생기가 약동하는 번쩍이는 신형 자동차의 냄새가 나는 그런 로맨스가 있을 것 같았으며, 싱싱함을 뽐내며 영원히 시들지 않는 꽃들의 향연이 있을 것 같았다. 이미 많은 남자들이 데이지를 사랑하고 있다는 것도 그를 자극했다. 그 때문에 그의 눈에는 그녀가 더 소중하게 보였다. 그녀를 사랑하는 남자들이 그 집 곳곳에 있어서 아직도 설레는 감정의 여운과 그림자가 주변을 가득 메우고 있는 것 같았다.

하지만 그는 엄청난 우연에 의해 자신이 데이지의 집에 있다는 것을 알았다. 비록 제이 개츠비의 미래가 얼마나 찬란할지는 모르지만 현재는 경력도 없는 무일푼의 청년이었으며, 군복이라고 하는 눈에 보이지 않는 덮개가 언제 어느 때 그의 어깨에서 떨어져 나갈지 모를 일이었다. 그래서 그는 주어진 시간을 최대한 이용했다. 손에 넣을 수 있는 것은 무엇이든 닥치는 대로 손에 넣었다. 그리고 마침내 10월의 어느 날 밤, 그는 데이지를 손에 넣었다. 그녀의 손을 만질 진정한 권리가 없었기 때문에, 오히려 그녀를 취했던 것이다.

그는 자기 자신을 경멸했는지도 모른다. 거짓으로 구실을 만들어 그녀를 차지했기 때문이었다. 그렇다고 그가 있지도 않은 수백만 달러의 재산을 가진 체했다는 말이 아니라, 의도적으로 데이지에게 안정감을 불어넣어 주었던 것이다. 자신이 데이지와 같은 계층의 사람이라고 믿게 만든 것이다. 그녀를 충분히 돌볼 능력이 있다고 믿게 만들었다. 사실 그는 그런 능력도 없었고, 그렇다고 뒤를 봐줄 든든한 가족도 없었으며, 다만 비인간적이고 변덕스러운 정부의 손에 의해 언제 어느 구석으로 내몰릴지 모르는 처지였다.

그러나 그는 자기 자신을 경멸하지도 않았으며, 모든 일이 뜻하던 대로 되지도 않았다. 아마도 손에 넣을 수 있는 것을 얻고 나면 떠나 버릴 생각을 했는지도 모른다. 그러나 지금 그는 스스로 성배聖杯를 좇고 있던 자기 자신을 발견했다. 데이지가 특별하다는 것은 알고 있었지만, 이 멋진 여자가 얼마나 특별할 수 있는지는 미처 깨닫지 못했던 것이다. 그녀는 으리으리한 자기 집안으로, 그녀의 윤택하고 풍만한 삶 속으로 사라지고 말았다. 개츠비에겐 아무것도 남기지 않은 채로. 그는 데이지와 결혼할 것 같은 느낌이 들었지만, 단지 그뿐이었다.

이틀 후 두 사람이 다시 만났을 때 숨을 쉴 수 없었던 쪽은, 아니 배신감을 느꼈던 쪽은 개츠비였다. 그녀의 베란다는 별처럼 빛나는 돈으로 산 사치품으로 온통 번쩍거렸다. 데이지가 그에게로 고개를 돌리자 그는 그녀의 매혹적이고 사랑스러운 입술에 키스를 했다. 그러자 등나무 의자가 삐걱거리며 멋스러운 소리를 냈다. 그녀는 감기에 걸려 목소리가 허스키해졌는데, 그것이 오히려 더 매력적이었다. 개츠비는 돈으로 가두고 유지하는 젊음과 신비로움에, 수많은 옷들의 신선함에, 그리고 데이지에게, 가난한 사람들의 치열한 삶 위에서 안전하고 자신감에 넘치는 보석처럼 빛나는 그녀에게 압도되었다.

"그녀를 사랑하고 있다는 사실을 깨닫고 내가 얼마나 놀랐는지는 말로 다 표현할 수 없습니다. 형씨. 한동안 심지어 그녀가 나를 차 버리길 바라기도 했지만, 그녀는 그러지 않았어요. 그녀 역시도 날 사랑했기 때문입니다. 그녀는 내가 아는 것이 많다고 생각했는데 그 이유는 내가 그녀와는 다른 것들을 알고 있었기 때문이지요. 그래서 나는 야망에서 멀어지고 점점 더 깊은 사랑에 빠져들었어요. 그리고 갑자기 모든 것에 개의치 않게 되었어요. 내가 무엇을 할 것인지를 그녀에게 들려주면서 좋은 시간을 보낼 수만 있다면, 그 거창한 일들은 조금도 중요하지 않았습니다."

그가 외국으로 떠나기 전날 오후, 그는 데이지를 감싸안은 채 말없이 오랫동안 앉아 있었다. 쌀쌀한 가을날이었는데, 방 안의 벽난로와 그녀의 뺨이 빨갛게 타올랐다. 이따금 그녀가 몸을 들썩였고 그는 팔의 위치를 조금씩 바꾸었다. 그리고 그녀의 윤기 나는 검은 머리에 입을 맞췄다. 그날 오후는 두 사람의 마음을 조용하게 가라앉혀 주었다. 마치 약속된 다음 날의 오랜 이별을 위해 깊은 추억이라도 남겨 주려는 듯……. 데이지가 외투를 입은 그의 어깨를 말없이 입술로 문지르거나 그가 마치 그녀가 잠이라도 든 것처럼 그녀의 손가락 끝을 부드럽게 만지작거렸던 그 순간처럼 두 사람이 가깝고 마음이 통한다고 생각했던 적은 한 번도 없었다.

그는 전쟁에서 놀라울 정도로 많은 공훈을 세웠다. 일선에 배치되기 전, 대위였던 그는 아르고뉴 전투에서 소령으로 진급해서 사단의 기관총 부대를 지휘했다.

휴전 이후에는 고국으로 돌아가기 위해 미친 듯이 애를 썼지만 무엇이 잘못되었는지 아니면 오해가 있었는지 옥스퍼드로 보내졌다.

그는 걱정이 되어서 견딜 수가 없었다. 데이지의 편지에서 초조함과 절망감이 엿보였던 것이다. 그가 왜 돌아오지 않는지 그녀는 알지 못했다. 그녀는 바깥세상의 압력을 느끼고 있었고, 그를 만나 그녀 곁에 있는 그의 존재를 느끼고, 또 그녀가 결국 옳았다는 것을 재확인하고 싶어 했다.

데이지는 젊었고 그녀의 인위적인 세계는 난초의 향기를 풍기고 유쾌하고 화려한 속물 냄새를 풍겼다. 그해의 멜로디를 결정하는 오케스트라는 비애와 암시로 가득 찬 인생의 단면을 새로운 곡조에 담아 연주했다. 색소폰은 밤새도록 빌 스트리트 블루스*의 절망적인 곡조를 흐느끼듯 불어 댔고, 수백 쌍의 금색과 은색 구둣발은 반짝이는 가루를 뿌려 놓은 듯한 바닥을 미끄러져 갔다. 차를 마시는 어스름한 시각이면 방마다 은은하고 감미로운 열기가 끊임없이 고동쳤으며, 신선한 얼굴들은 흩뿌려진 장미 꽃잎처럼 슬픈 트럼펫 소리에 맞춰 이곳저곳을 떠돌아다녔다.

계절이 바뀌자 데이지는 다시 저녁때마다 열리는 사교장에 드나들기 시작했다. 갑자기 그녀는 하루에도 대여섯 명의 남자와 대여섯 번의 데이트를 했다. 그리고 새벽이 되면 목걸이와 시폰으로 된 이브닝드레스를 침대 옆 바닥에 있는 말라가는 난초 사이에 아무렇게나 던져 놓고, 꾸벅꾸벅 졸

---

* 1917년 W.C. 핸디가 작곡한 유명한 노래.

곤 했다. 그녀 안에 있는 무언가가 내내 결정을 내릴 것을 호소하고 있었다. 그녀는 지금 당장이라도 자신의 인생을 구체화하고 싶어 했다. 그리고 그 결정을 내리는 데는 아주 가까이에 있는 어떤 힘—사랑의 힘, 돈의 힘, 철저한 실용주의의 힘—이 필요했다.

봄이 한창일 무렵, 그 힘은 톰 부캐넌의 등장과 함께 구체화하였다. 톰의 성격이나 사회적 지위에 무언가 건강하고 확고부동한 면이 엿보인 탓에 데이지는 기분이 좋았다. 물론 어느 정도의 갈등도 있고 어느 정도의 안도감도 있었다. 그 편지가 개츠비에게 도착한 것은 그가 옥스퍼드에 있을 때였다.

지금은 롱아일랜드에서의 새벽이었고, 우리는 아래층으로 내려가 잿빛과 황금빛으로 뿜어 내는 빛들이 집 안 구석구석을 비출 수 있도록 나머지 창문을 모두 열어젖혔다. 한 그루의 나무 그림자가 이슬을 가로질러 드리워지고 새들은 모습을 드러내지 않은 채 푸른 나뭇잎 사이에서 재잘재잘 지저귀기 시작했다. 대기 중엔 무언가 부드러우면서도 상쾌하게 움직이는 것이 있었다. 서늘하고 맑은 날씨를 예고하는 바람이었다.

"난 데이지가 그 친구를 사랑했다고 생각하지 않아요." 개츠비가 창문에서 고개를 돌려 도전적인 눈길로 나를 쳐다보았다. "형씨도 알겠지만, 데이지는 오늘 오후에 너무 흥분해 있었어요. 그 친구가 그런 식으로 말하니까 데이지가 놀란 거예요. 그 때문에 내가 형편없는 사기꾼처럼 보였을 거요. 그래서 데이지는 자기가 무슨 말을 하고 있는지도 몰랐던 겁니다." 그가 침울한 표정으로 주저앉았다.

"물론 결혼했을 당시야 한동안 사랑했겠죠. 그래도 날 더 사랑했어요. 그렇게 보이지 않아요?"

갑자기 그가 재미있는 말을 꺼냈다.

"여하튼, 그건 단순히 사적인 일입니다."

어떻게 이 말을 이해할 수 있을까? 객관적으로 측정할 수 없는 일을 가지고 너무 자기중심적으로 생각하는 건 아닐까.

그가 프랑스에서 돌아왔을 때 톰과 데이지는 아직도 신혼여행 중이었다. 그는 군대에서 마지막으로 받은 급여로 도저히 견딜 수 없어 루이빌까지 비참한 여행을 했다. 그곳에서 일주일을 머물면서, 11월의 밤에 데이지와 함께 거닐었던 거리들을 돌아다니고 그녀의 흰색 자동차를 타고 갔던 한적한 장소들을 다시 찾아가 보았다. 그에게 데이지의 집은 다른 곳보다 항상 더 신비롭고 즐거운 곳으로 보였던 것처럼,

비록 데이지는 가 버렸지만 그 도시 또한 그의 눈에는 애수에 젖은 아름다움이 깃들어 있는 것처럼 보였다.

그는 더 열심히 찾는다면, 그녀를 찾아낼지도 모른다는 느낌으로, 그녀를 뒤에 두고 떠난다는 느낌으로 그곳을 떠났다. 삼등칸—그는 이제 무일푼이었다—은 무더웠다. 그는 연결 통로로 나가 접는 의자를 펴고 앉았다. 역이 미끄러지듯이 멀어지면서 낯선 건물들의 뒷모습이 휙휙 지나갔다. 이윽고 봄의 들판이 펼쳐졌고, 노란 트롤리 한 대가, 우연히 길에서 데이지의 파리하고 신비로운 얼굴을 보았을지도 모르는 사람들을 태운 채, 그가 탄 기차와 잠깐 경주를 벌였다.

기차가 굽이진 궤도를 돌고 나자 이제는 해를 등지고 똑바로 달리고 있었다. 해는 더욱 낮게 기울면서 그녀가 숨 쉬었던, 멀리 사라져 가는 도시 위로 햇살을 쏟아붓고 있는 것처럼 보였다. 그는 절망적으로 한 손을 길게 뻗었다. 한 줌의 공기라도 낚아채려는 듯, 그녀가 그를 위해 만들어 준 그곳의 파편을 한 조각이라도 건지려는 듯……. 그러나 눈물로 얼룩진 그의 눈에는 그 모든 것들이 너무도 빨리 지나가고 있었으며, 그는 그곳의 일부, 그러니까 가장 신선하고 가장 아름다운 것을 잃어버렸다는 것을 알고 있었다.

우리가 아침 식사를 마치고 베란다로 나간 것은 9시쯤이었다. 밤사이 날씨가 확연히 달라져 있었고 공기 중엔 가을 정취가 물씬 풍겼다. 개츠비가 이전에 고용했던 하인 중에 마지막까지 남은 정원사가 계단 밑으로 다가왔다.

"오늘 수영장 물을 빼려고 하는데요, 개츠비 씨. 곧 낙엽이 떨어지기 시작할 텐데, 그러면 파이프가 막히거든요."

"오늘은 그냥 둬요." 개츠비가 대답했다. 그리곤 변명이라도 하듯 나를 쳐다보았다. "형씨, 올여름에 수영장에 한 번도 안 들어갔어요."

나는 시계를 들여다본 다음 일어섰다.

"기차 시간이 20분 남았어요."

나는 시내로 나가고 싶지가 않았다. 내가 무슨 대단한 일을 할 만한 위인도 못되지만, 그것 때문만은 아니었다. 다만 개츠비를 혼자 내버려 두고 싶지가 않았던 것이었다. 난 그 기차를 놓치고, 그다음 기차도 놓치고 나서야 개츠비의 집을 나설 수가 있었다.

"전화할게요." 마침내 내가 말했다.

"그래요, 형씨."

우리는 천천히 계단을 내려왔다.

"데이지도 전화할 겁니다." 그는 근심스러운 표정으로 나를 쳐다보았다. 내가 그 말을 확인이라도 해 주길 바라는 듯이⋯⋯.

"나도 그렇게 생각합니다."

"자, 그럼."

우리는 악수를 했고 나는 걸음을 옮겨 놓았다. 그런데 울타리까지 채 가기도 전에 나는 무언가가 생각나 뒤를 돌아다보았다.

"그 사람들은 썩어빠졌어요!" 나는 잔디밭 너머로 소리쳤다. "그들을 다 합쳐도 개츠비 씨를 못 따라가요."

나는 두고두고 이렇게 말한 것을 잘했다고 생각했다. 내가 그에게 해 준, 단 한 번의 칭찬이었다. 왜냐하면 나는 처음부터 끝까지 그를 인정하지 않았기 때문이다. 처음에 그는 정중하게 고개를 끄덕이더니, 나중에는 알아들었다는 듯 환한 미소를 지어 보였다. 마치 처음부터 우리 두 사람이 그 사실에 공모라도 한 것처럼⋯⋯. 그의 화려한 분홍색 양복이 하얀 계단을 배경으로 환한 한 점이 되어 반짝거렸다. 문득 삼 개월 전 처음으로 이 고풍스러운 집을 찾아갔던 때가 생각났다. 잔디밭과 차도는 그에 대해 이런저런 억측을 하는 사람들로 넘쳐났었다. 그리고 그는 그 돌계단에 서서 불멸의 꿈을 가슴속에 묻은 채, 그 사람들에게 손을 흔들며 잘 가라는 인사를 하고 있었다.

나는 그의 대접에 감사했다. 우리는 항상 대접을 받은 것에 감사하고 있었다. 나나 다른 사람들이나…….

"잘 있어요!" 내가 소리쳤다. "아침 식사 잘 먹고 갑니다!"

시내로 들어온 나는 한동안 꼬리에 꼬리를 물고 이어지는 주식 시세를 정리하다가, 회전의자에서 깜빡 잠이 들었다. 정오가 조금 못돼서 갑자기 전화벨이 울리는 바람에 화들짝 놀란 나는 땀을 뻘뻘 흘리며 벌떡 일어났다. 조던 베이커의 전화였다. 그녀는 이 시간에 자주 전화를 걸었다. 호텔과 골프 클럽, 그리고 집을 수시로 들락거렸기 때문에 그 시간이 아니면 전화를 걸기가 어려웠던 것이다. 대개 수화기를 타고 들려오는 그녀의 목소리는 신선하고 차분했다. 마치 넓은 골프장의 푸른 잔디가 사무실 창문으로 날아드는 듯한 느낌이었다. 하지만 그날 아침은 거칠고 메마른 목소리였다.

"데이지의 집에서 나왔어요." 그녀가 말했다. "지금은 햄스테드*에 있어요. 그리고 오늘 오후에 사우샘프턴**으로 갈 거예요."

---

* 롱아일랜드에 있는 작은 도시.
** 롱아일랜드의 남쪽 해안에 있는 부촌.

데이지의 집을 나온 것은 잘한 일이었지만, 그런 결정을 내린 것이 마음에 걸렸다. 그리고 그녀의 다음 말에 나는 표정이 굳어지고 말았다.

"어젯밤엔 너무했어요."

"거기까지 신경 쓸 수가 없었어요."

잠시 침묵이 흘렀다. 이윽고,

"어쨌든, 지금 보고 싶어요."

"나도 마찬가지예요."

"오늘 오후에 사우샘프턴에 가지 말고, 그쪽으로 갈까요?"

"아니 오늘 오후는 안 되겠어요."

"알았어요."

"오늘 오후는 아무래도 안 되겠어요, 여러 가지로……."

그런 식으로 우리는 잠시 이야기를 나누었다. 그러다가 갑자기 대화가 끊어졌다. 우리 중에 누가 수화기를 놓았는지 모르지만 그건 중요하지 않았다. 이 세상에서 두 번 다시 그녀와 이야기를 할 수 없다고 해도 그날은 그녀를 직접 만나 얼굴을 마주한 채 이야기를 나눌 수가 없었다.

잠시 후 나는 개츠비의 집으로 전화를 걸어 보았지만, 통화 중이었다. 나는 네 번이나 전화를 했다. 그리고 마침내 교환원은 디트로이트에서 걸려 온 장거리 전화 때문에 계속 통화 중이라고 퉁명스럽게 말했다. 나는 시간표를 꺼내 3시 50분 기차에 동그라미 표시를 했다. 그러고는 의자에 등을 기대고 앉아 생각을 해 보려고 애를 썼다. 12시 정각이었다.

그날 아침 기차를 타고 재의 골짜기를 지나가면서 나는 일부러 반대 칸으로 자리를 옮겼다. 호기심 많은 사람들이 하루 종일 그곳에 모여 있을 것이며, 어린아이들은 먼지 속에서 시커먼 자국을 찾고 있을 것이며, 몇몇 말 많은 사람들은 그 일을 떠벌리고 떠벌리다가 결국은 실감이 나지 않아 더 이상 떠벌리는 것이 무의미해질 것이고, 머틀 윌슨의 비극적인 사건은 잊히고 말 것이다. 이 시점에서 다시 뒤로 돌아가 우리가 전날 밤 그곳을 떠난 뒤에 정비소에서 무슨 일이 일어났는지를 얘기하는 것이 좋을 것 같다.

사람들은 머틀의 동생 캐서린을 찾느라 무진 애를 먹었다. 그날 밤은 술을 마시지 않는 그녀의 습관이 지켜지지 않은 모양이었다. 현장에 도착한 그녀는 술에 만취한 나머지 구급차가 이미 플러싱으로 떠났다는 말도 알아듣지 못했기 때문이다. 사람들이 가까스로 그 사실을 납득시키자, 그녀는 이내 기절해 버리고 말았다. 나중에 알게 된 사실이 그 사건에서 가장 참을 수 없는 부분이라는 듯 말이다. 누군가, 친절한 건지 호기심이 많은 건지 그녀를 자기 차에 태우고 언니의 빈소까지 데려다주었다.

자정이 한참 지난 시각까지도 새로운 구경꾼들이 정비소 앞으로 몰려들었다. 그 사이 조지 윌슨은 정비소 안 소파에 앉아 몸을 앞뒤로 흔들어 댔다. 한동안 사무실 문이 열려 있었기 때문에 정비소를 찾아온 사람이라면 누구라도 할 수 없이 그 안을 들여다볼 수밖에 없었다. 마침내 누군가가 창피한 일이라며 문을 닫았다. 미카엘리스와 서너 명의 남자들이 윌슨의 곁을 지키고 있었다. 처음에는 네댓 명이었다가 나중에는 두세 명으로 줄었다. 그러고 나자 미카엘리스는 마지막 남는 사람에게 몇 분만 더 있어 달라고 부탁을 해야만 했다. 그 사이에 자신의 가게로 가서 커피 한 포트를 만들어 왔다. 그리고 새벽까지 윌슨과 함께 그곳에 있었다.

새벽 3시경이 되자, 두서없이 중얼대던 윌슨의 상태가 달라졌다. 점점 차분해지면서 노란 차 얘기를 하기 시작했다. 그는 노란 차의 주인이 누구인지 찾아낼 방법이 있다고 공표하듯 말했다. 그러고는 불쑥 두 달 전 자기 아내가 뉴욕을 다녀왔을 때 얼굴에 상처가 나고 코가 부어 있었다는 얘기를 꺼냈다.

하지만 자신이 한 말을 듣고 나서는, 몸을 움츠리며 다시 신음하는 목소리로, "오, 하나님 맙소사!"를 외쳐 대기 시작했다. 미카엘리스는 그의 생각을 딴 데로 돌리고자 궁색하게 이 궁리 저 궁리를 해 보았다.

"결혼한 지는 얼마나 됐어요, 조지? 이봐요, 잠깐만 조용히 앉아서, 내가 묻는 말에 대답 좀 해 봐요. 결혼한 지가 얼마나 되었어요?"

"12년."

"아이는요? 어서요, 조지, 가만히 앉아 계세요. 내가 뭐 하나 물어봤는데, 아이가 있었냐니까요?"

딱딱한 갈색 딱정벌레들이 흐릿한 등불로 날아와 딱딱 소리를 내며 쉴 새 없이 부딪쳤다. 바깥 도로를 달리는 차 소리가 들려올 때마다 미카엘리스의 귀에는 마치 몇 시간 전 사고를 낸 그 자동차의 소리처럼 들렸다. 그는 정비소 안으로 들어가고 싶지가 않았다. 시신이 누워 있던 작업대에 피가 묻어 있었기 때문이었다. 그래서 그는 거북하게 사무실 안을 이리저리 서성거렸다. 덕분에 아침이 되기도 전에 사무실 안에 있는 모든 물건이 낯이 익었다. 그리고 때때로 윌슨 곁에 앉아 그를 진정시키려고 애를 썼다.

"가끔 다니는 교회라도 있나요, 조지? 아주 옛날에 다니던 곳이라도요. 그 교회에 전화를 해서 목사님을 모셔다가 말씀을 나눠 보면 어떨까요?"

"다니는 교회 없어."

"교회를 다녀야지요, 조지, 지금 같은 때를 위해서요. 한 번은 갔을 것 아니에요. 이봐요, 조지, 내 말 좀 들어 봐요. 교회에서 결혼식 올리지 않았어요?"

"그건 아주 오래전 일이야."

대답을 하려고 애쓰는 바람에 몸을 흔드는 리듬이 깨졌다. 그러면서 일순 그는 잠자코 있었다. 이윽고 반은 또렷하면서 반은 어리둥절한 표정이 다시금 그의 흐리멍덩한 눈가에 떠올랐다.

"저기 서랍을 좀 열어 봐." 그가 책상을 가리키며 말했다.

"어느 서랍이요?"

"저 서랍, 저거……."

미카엘리스는 손에서 가장 가까운 서랍을 열었다. 안에는 가죽과 은을 꼬아서 만든 작고 값비싼 개 목걸이가 하나가 들어 있을 뿐이었다. 개 목걸이는 새것처럼 보였다.

"이거요?" 미카엘리스가 개 목걸이를 들어 보이며 물었다.

윌슨은 멍한 표정으로 고개를 끄덕였다.

"어제 오후에 발견했어. 마누라가 둘러대려고 했지만, 나는 그게 수상쩍다는 걸 눈치채고 있었어."

"아주머니가 이걸 사셨다는 말씀이에요?"

"집사람이 그걸 화장지에 싸서 화장대 위에 올려놓았더군."

미카엘리스는 그 개 목걸이에서 특별히 이상한 점을 발견하지 못했다. 그래서 윌슨 부인이 어째서 그 개 목걸이를 샀는지 여러 가지 이유를 윌슨에게 늘어놓았다. 그러나 짐작건대 윌슨은 이미 자기 부인에게서 그런 이유들을 들은 모양이었다. 왜냐하면 "오, 하나님 맙소사!"를 다시 중얼거렸기 때문이다. 결국 미카엘리스의 궁색한 설명은 무색해지고 말았다.

"그래서 그놈이 내 마누라를 죽인 거야." 윌슨이 말했다. 그의 입이 갑작스레 벌어졌다.

"누가 죽였다고요?"

"찾아낼 방도가 있어."

"병이에요, 조지." 미카엘리스가 말했다. "이번 일로 너무 긴장했어요, 그래서 지금 무슨 말을 하고 있는지도 모르는 거예요. 아침까지 조용히 앉아 있는 게 좋겠어요."

"그놈이 내 마누라를 죽였어."

"그건 사고였어요, 조지."

윌슨은 고개를 가로저었다. 그는 눈을 가늘게 뜨고 입을 약간 벌린 채 "흠!" 하는 신음 소리를 내뱉었다.

"나는 알고 있어." 그가 단호하게 말했다. "나는 원래 사람 말을 잘 믿고 남에게 해를 주지도 않아. 하지만 뭔가를 알려고 들면 꼭 알아내고야 말지. 그 차에 타고 있던 남자가 분명해. 마누라는 그놈에게 말을 하려고 뛰어들었는데 그놈이 차를 세우지 않은 거야."

미카엘리스도 그 장면을 목격했지만, 거기에 특별한 의미가 있다는 생각은 해 보지 않았었다. 그는 윌슨 부인이 어느 특정한 차를 세우려고 했다기보다는 오히려 남편에게서 도망치고 있었다고 생각했다.

"아주머니가 어떻게 그럴 수가 있어요?"

"앙큼한 여자거든. 아- 아-" 윌슨이 말했다. 마치 그것으로 질문에 대한 대답이 충분했다는 듯.

윌슨은 다시 몸을 흔들기 시작했고, 미카엘리스는 손에 든 줄을 비비 꼬며 서 있었다.

"친구분이 있으면 전화라도 해 드려요, 조지?"

그것은 서글픈 희망이었다. 윌슨에게 친구가 없다는 것은 그도 잘 알고 있었다. 아내에 대해서도 그는 제구실을 못했다. 잠시 후, 창문으로 푸르스름한 빛이 들어오면서 방 안의 분위기가 바뀌자, 미카엘리스는 다소 기분이 좋아졌다. 새벽이 멀지 않았음이 느껴졌다. 5시쯤 되자 불을 꺼도 좋을 만큼 바깥이 환하게 밝아 왔다.

윌슨의 게슴츠레한 눈동자가 쓰레기 언덕을 바라보았다. 그곳에선 잿빛 조각구름들이 기괴한 모양을 이룬 채 새벽 산들바람에 실려 이리저리 움직였다.

"집사람한테 얘기했어." 한참 동안 잠자코 있던 그가 중얼거렸다. "날 속일 수는 있어도 하나님을 속일 수는 없다고 말이야. 그리고 마누라를 창가로 데리고 갔어." 그는 가까스로 자리에서 일어나 뒤쪽 창가로 가서 창문에 얼굴을 기대며 몸을 지탱했다. "그리고 이렇게 말해 줬지. '하나님은 네가 한 짓을, 네가 한 짓을 낱낱이 알고 계셔. 날 속일 수 있을지는 몰라도 하나님을 속일 수는 없어!'"

윌슨의 뒤에 서서 미카엘리스는 그가 에클버그 박사의 눈동자를 뚫어져라 바라보고 있는 것을 보고 몸이 오싹해지는 것을 느꼈다. 밤의 어둠이 가시면서 그것은 창백하고도 거대하게 모습을 드러내고 있었다.

"하나님은 모든 것을 보고 계셔." 윌슨이 또다시 중얼거렸다.

"저건 광고판일 뿐이에요." 미카엘리스가 그의 주의를 환기시켰다. 무언가 이상한 느낌에 그는 창문에서 시선을 거두어 방 안을 둘러보았다. 그러나 윌슨은 창문에 얼굴을 바싹 붙인 채 밝아 오는 밤을 향해 고개를 끄덕이며, 오래도록 그곳에 서 있었다.

6시가 되자 미카엘리스는 기진맥진했으며 그래서 밖에서 자동차가 멈추는 소리가 반갑게 들렸다. 지난밤에 다시 오겠다고 돌아갔던 구경꾼 중 한 사람이 다시 온 것이다. 그래서 미카엘리스는 아침 식사 3인분을 준비했지만, 손님과 둘이서만 식사를 했다. 윌슨은 이제 더 조용해져 있었고, 미카엘리스는 눈을 붙이기 위해 집으로 갔다. 4시간 후 다시 일어난 그는 서둘러 정비소로 갔으나 윌슨은 사라지고 없었다.

윌슨의 행적은—그는 내내 걸어 다녔다—나중에 알려진 사실이지만, 루스벨트항까지 갔다가, 거기서 개드 힐*로 갔다. 그곳에서 샌드위치를 샀으나 먹지 않았고, 커피만 한 잔 마셨을 뿐이다. 그는 지친 나머지 아주 천천히 걸었던 것 같다. 정오가 되어서야 개드 힐에 도착했기 때문이다. 그동안 그가 어떻게 시간을 보냈는지를 설명하기는 어렵지 않다. 미친 사람 같은 남자를 보았다는 아이들이 있었고, 길옆에서 이상한 표정으로 자신들을 뚫어져라 처다보는 남자를 보았다는 운전자들도 있었다.

---

* 브루콜리 교수에 의하면, 1920년대 당시 롱아일랜드에 이런 곳은 없었다. 아마도 피츠제럴드가 만들어 낸 지명인 것으로 추측.

그다음 3시간 동안 그의 행적이 묘연했다. 미카엘리스에게 했던 말을 근거로 경찰은 그가 주유소란 주유소는 모조리 뒤지고 다니면서 노란색 차를 찾고 있을 거라고 짐작했다. 그러나 그를 보았다고 하는 주유소 직원은 한 사람도 없었다. 어쩌면 윌슨은 자신이 원하는 것을 밝혀내기 위해 더 쉽고 더 확실한 방법을 알고 있었는지도 모른다. 2시 30분경, 그는 웨스트 에그에 있었고, 거기에서 누군가에게 개츠비의 집으로 가는 길을 물어보았다. 그렇다면 그때 이미 윌슨은 개츠비의 이름을 알고 있었던 것이다.

2시가 되자 개츠비는 수영복을 갈아입고 나서, 혹시 전화가 오면 수영장으로 알려 달라고 일러 두었다. 그는 여름 내내 손님들을 즐겁게 했던 매트형 튜브를 꺼내기 위해 잠깐 차고에 들렀다. 운전기사는 그를 도와 튜브에 공기를 넣어 주었다. 공기를 다 넣고 나자 그는 어떤 일이 있어도 노란 차를 꺼내지 말라고 지시했다. 그것은 이상한 일이었다. 앞면 오른쪽 펜더를 수리해야 했던 것이다.

개츠비는 튜브를 어깨에 메고 수영장으로 향했다. 그가 중간에 멈춰 서서 어깨에 멘 튜브의 위치를 바꾸자, 도와주겠다고 나서는 운전기사에게 그는 고개를 가로저었다. 그러고는 이내 노랗게 변해 가는 나무들 사이로 사라졌다.

전화는 걸려오지 않았지만 집사는 잠자러 가지 않고 4시까지 전화를 기다렸다. 누군가 전화를 받아 줄 사람이 온 다음에도 한참 동안을 그렇게 기다렸다.

지금 생각해 보면 개츠비는 애당초 전화가 걸려 올 거란 생각은 하지 않았으며, 어쩌면 전화가 걸려 오든 말든 신경을 안 썼는지도 모른다. 그러면서 그는 자신이 예전의 따스한 세상을 이미 잃어버렸다는 것을, 너무 오랫동안 단 한 가지의 꿈을 가지고 사는 데 너무 비싼 대가를 치렀다는 것을 분명 느꼈을 것이다. 분명 섬뜩한 나뭇잎들 사이로 낯선 하늘을 올려다보았을 것이며, 장미라는 꽃이 얼마나 그로테스크한 것인지, 가까스로 손질해 놓은 잔디 위로 햇살이 얼마나 무자비하게 내리쬐고 있는지를 새삼 깨닫고 몸서리를 쳤을 것이다. 실제가 아닌 어떤 새로운 유형의 세계, 꿈을 공기처럼 들이마시는 가엾은 망령들이 난데없이 떠다니는 그곳…… 무정형의 나무들 사이로 그를 향해 미끄러지듯 내려오는 잿빛 환영들처럼…….

운전기사—그는 울프심의 부하 중 한 명이었다—는 총소리를 들었지만, 별로 대수롭지 않게 생각했다고 나중에 진술했을 뿐이다.

나는 기차역에서 곧장 개츠비의 집을 향해 차를 몰았다. 그리고 아무래도 불길한 예감으로 현관 앞 계단을 정신없이 뛰어 올라가자, 모두들 놀란 눈으로 나를 쳐다보았다. 하지만 그들은 이미 알고 있었다고, 나는 지금도 굳게 믿고 있다. 운전기사, 집사, 정원사, 그리고 나, 이렇게 네 사람은 미처 말을 꺼낼 겨를도 없이 서둘러 수영장으로 뛰어 내려갔다.

수영장 한쪽 끝에서 신선한 물이 쏟아져 들어가면서 반대편 배수구로 물이 빠져나가고 있었기 때문에 수영장의 물은 거의 보일 듯 말 듯 아주 잔잔하게 물결치고 있었다. 거의 물결이 일지 않는 잔잔한 수면 위로 개츠비를 태운 튜브가 뒤뚱거리며 수영장 저편으로 흘러가고 있었다. 약간의 바람만 불어도 뜻밖의 짐을 실은 튜브는 뜻밖의 방향으로 쉽게 방향을 전환했다. 그러다가 한 뭉치의 나뭇잎과 부딪치자, 그것은 천천히 회전을 하면서 흔적을 남기듯 가느다란 붉은 원을 물 위에 남겼다.

조금 떨어진 잔디밭에서 정원사가 윌슨의 시신을 발견한 것은, 우리가 개츠비의 시신을 막 집으로 옮기기 시작한 뒤였다. 비극은 이렇게 막을 내렸다.

제9장

2년이 흐른 지금에 와서 생각해 보면, 그날 낮과 그날 밤, 그리고 그 이튿날까지 경찰과 사진기자들과 신문기자들이 개츠비의 집 문턱이 닳도록 들락거렸던 것으로 기억된다. 정문에는 밧줄이 처졌고 그 옆에서 경찰이 구경꾼들을 막고 있었지만, 아이들은 곧 우리 집 마당을 가로질러 들어갈 수 있다는 것을 알아차렸다. 그리고 수영장 주변에는 으레 서너 명의 아이들이 입을 크게 벌린 채 몰려 있었다. 그날 오후에 형사처럼 보이는 누군가가 자신 있는 태도로 윌슨의 시신을 들여다보며 미친 사람이라는 표현을 썼으며, 우연히도 그의 권위 있는 목소리는 다음 날 아침 신문 기사의 주요 단서가 되었다.

신문 기사의 대부분은 그야말로 악몽이었다. 그로테스크하고, 오직 현장 위주인 데다가, 자극적이고, 또한 사실과 거리가 멀었다. 심리에서 미카엘리스의 증언으로 윌슨이 자기 아내를 의심했다는 사실이 밝혀지자, 나는 그 모든 이야기가 머지않아 도발적인 가십거리가 되겠구나, 하는 생각이 들었다. 그러나 무언가 할 말이 있을 것 같은 캐서린은 정작 한마디도 하지 않았다. 그 점에 관해서도 역시 그녀는 놀라운 면모를 보여 준 셈이다. 수정한 눈썹 아래 단호한 눈빛으로 구석을 노려보며 그녀는 언니가 개츠비를 만난 적이 한 번도 없으며 언니는 형부와 더없이 행복한 생활을 했고, 또 결코 부정한 짓을 한 적이 없다고 증언했다. 그녀는 자신의 그러한 사실을 굳게 믿고 있었으며, 그 모든 억측을 참을 수 없다는 듯 손수건에 얼굴을 파묻고 울음을 터뜨렸다. 그래서 윌슨은 슬픔을 이기지 못한 나머지 미친 사람이 되었고, 사건은 단순하기 그지없는 형식으로 정리되었다. 사건은 그렇게 매듭지어졌다.

그러나 이 모든 것은 진실과 멀리 떨어져 있고 본질과도 거리가 멀었다. 나는 나 자신도 모르게 개츠비 편에 서 있었고, 그런 사람은 나 혼자라는 것을 깨달았다. 그때 이후로 나는 웨스트 에그 마을에 전화를 걸어 그 불행한 사건의 전모를 알렸으며, 개츠비에 관한 온갖 추측과 실제적인 온갖 질문들이 내게로 쏟아졌다. 처음에 나는 놀랍고도 당혹스러웠다. 그러다가 그가 자신의 집에 누운 채, 움직이거나 숨을 쉬거나 말을 하지도 않고 있는 동안, 시간이 가면서 점점 나한테 책임이 있다는 생각이 들었다. 왜냐하면 그 누구도 관심을 갖지 않았기 때문이다. 말하자면 누구나 결국에는 어느 정도 막연하게 가질 권리가 있는 그런 강한 개인적인 관심 말이다.

난 개츠비를 발견하고 나서 30분 후에 데이지에게 전화를 걸었다. 일말의 주저함도 없이 본능적으로 전화를 걸었다. 하지만 그녀와 톰은 그날 오후 일찌감치 모든 짐을 챙겨 떠나고 없었다.

"주소를 남겼습니까?"

"아뇨."

"언제 돌아온다고 하던가요?"

"모릅니다."

"어디로 갔는지 모르십니까? 어떻게 연락할 수 있는 방법이 없을까요?"

"전 모르는데요."

나는 개츠비를 위해 누군가를 데려오고 싶었다. 그가 누워 있는 방으로 들어가 그를 안심시키고 싶었다.

'자네를 위해 누군가 데려올 테니, 걱정 말게, 개츠비. 날

믿어. 꼭 데려올 테니까.'

　마이어 울프심의 이름은 전화번호부에 나와 있지 않았다. 집사가 브로드웨이에 있는 그의 사무실 주소를 알려 주었다. 그래서 나는 교환원에게 물어보았지만, 내가 전화번호를 받았을 때는 이미 5시가 한참 지난 뒤여서, 아무도 전화를 받지 않았다.

　"다시 한번 걸어주시겠어요?"

　"세 번이나 걸었는데요."

　"아주 중요한 일이라서요."

　"죄송합니다. 아무도 없어요."

　응접실로 돌아온 나는 갑자기 이곳을 가득 메운 사람들이 모두 스쳐 지나갈 방문객이라는 생각이 일순 들었다. 그러나 비록 그들이 홑이불을 젖히고 놀란 눈으로 개츠비를 보았지만, 내 머릿속에는 그의 항변이 끊이지 않고 계속되었다.

　–이봐, 형씨, 누군가를 데려와요. 애를 좀 써 보란 말이오. 이렇게 혼자 갈 수는 없잖소.

　누군가 내게 이것저것 물어보기 시작했지만, 나는 그곳을 빠져나와 2층으로 올라가서 잠겨 있지 않은 그의 책상 서랍들을 허둥지둥 뒤지기 시작했다. 그는 부모님이 돌아가셨다는 얘기를 확실히 한 적이 없었다. 하지만 아무것도 없었다. 오직 댄 코디의 사진만이 잊힌 격렬한 삶의 증거가 되어 벽에서 내려다보고 있을 뿐이었다.

다음 날 아침 나는 울프심에게 쓴 편지를 들려 집사를 뉴욕으로 보냈다. 궁금한 것을 물어보았으며, 다음 기차로 속히 내려와 달라는 내용의 편지였다. 막상 편지를 쓰고 나니, 공연한 부탁을 한 것 같았다. 정오가 되기 전에 데이지도 전화를 걸어올 거라고 확신했던 것처럼, 신문을 보자마자 울프심 또한 달려올 거라고 확신했던 것이다. 그러나 전화도 울프심도 오지 않았다. 경찰과 사진기자와 신문기자들이 더 몰려왔을 뿐 아무도 오지 않았다. 집사가 울프심의 답장을 가지고 돌아왔을 때, 나는 개츠비와 한편이 되어 그들 모두에게 일종의 반항심이, 경멸심이 솟구치기 시작했다.

친애하는 캐러웨이 씨, 이 일은 내 생애 가장 끔찍한 충격 가운데 하나이며, 도무지 사실이라고 믿어지지가 않는군요. 그런 사람이 저지른 미친 행동을 계기로 우리 모두 깊은 생각을 하게 됩니다. 지금은 몇 가지 아주 중요한 사업상의 일로 몸이 묶여서 도저히 내려갈 수가 없습니다. 내가 도울 수 있는 일이 있다면 나중에라도 에드거를 통해 편지를 주시기 바랍니다. 이런 소식을 듣고 나니 정말 뭐가 뭔지 모르겠고 정신이 아득할 따름입니다.

　안녕히.

– 마이어 울프심

그리고 급히 추신을 달았다.

　장례식 일정 등등을 알려 주시기 바라오. 그의 가족에 대해서는 아는 바가 없소이다.

　그날 오후 전화벨이 울리고 장거리 교환수가 시카고에서 온 전화라고 했을 때, 나는 마침내 데이지가 전화를 걸었다고 생각했다. 그러나 전화가 연결되자 한 남자의 목소리가 들릴락 말락 희미하게 들려왔다.

"슬레글입니다."

"네?" 처음 듣는 이름이었다.

"잘 안 들리네, 그렇죠? 전보받으셨소?"

"전보라뇨?"

"파크 녀석이 붙잡혔소." 그가 재빨리 덧붙였다. "카운터 너머로 증권을 넘겨주다가* 붙잡힌 거요. 방금 5분 전에 뉴욕에서 온 회람을 입수했는데, 거기 번호가 적혀 있대요. 그거에 대해 뭐 들은 거 없소? 이런 촌 동네는 감감무소식이라!"

"여보세요!" 내가 숨찬 목소리로 말을 가로막았다. "저……전 개츠비가 아닙니다. 개츠비는 죽었어요."

수화기 건너편에서는 외마디 소리에 잇따라 오랫동안 침묵이 이어졌다. 그리고 거억거억 우는 소리가 나면서 전화는 끊어졌다.

헨리 C. 개츠라는 발신자 이름이 적힌 전보가 미네소타의 한 시市로부터 도착한 것은 개츠비가 죽은 지 사흘째 되는 날이었던 것으로 기억된다. 그 전보에는 발신자가 곧 도착할 것이니 그때까지 장례식을 연기해 달라고 적혀 있었다.

전보를 친 사람은 개츠비의 아버지였다. 그는 근엄해 보이는 노인이었는데, 낙담하여 어찌할 바를 몰랐다. 아직 따뜻한 9월인데도 그는 싸구려 긴 코트로 몸을 감싸고 있었

---

* 개츠비가 훔친 증권 거래에 개입하고 있다는 암시.

고, 그의 눈에는 흥분으로 연신 눈물이 글썽거렸다. 내가 그의 손에서 가방과 우산을 받아 들자, 그는 듬성듬성한 수염을 쉴 새 없이 쓰다듬는 바람에 외투를 벗기느라 애를 먹었다. 그는 금방이라도 쓰러질 것 같았다. 그래서 나는 우선 그를 음악실로 데리고 가서 의자에 앉힌 다음 사람을 시켜 먹을 것을 가져오도록 했다. 하지만 그는 아무것도 먹으려 하지 않았으며, 손을 떠는 바람에 우유만 엎지르고 말았다.

"시카고 신문에서 봤소이다." 그가 말했다. "시카고 신문에 전부 나와 있더군. 그래서 곧장 출발한 거요."

"어떻게 연락을 드려야 할지 몰랐습니다."

허공을 응시하고 있는 그의 눈동자가 쉴 새 없이 방 안을 두리번거렸다.

"미친놈이었소." 그가 말했다. "미친 게 틀림없어."

"커피라도 좀 드시겠습니까?" 내가 물었다.

"아무것도 싫소. 난 괜찮아요. 그런데 성씨가……."

"캐러웨이라고 합니다."

"그래요, 난 괜찮아요. 지미는 어디 있소?"

나는 그의 아들이 누워 있는 응접실로 그를 데려다준 다음, 그곳을 나왔다. 아이들 몇몇이 계단을 올라와 홀을 들여다보고 있었다. 누가 왔는지 내가 말하자, 아이들은 마지

못해 흩어졌다.

잠시 후, 개츠 씨가 문을 열고 밖으로 나왔다. 입을 맥없이 벌린 채, 얼굴은 약간 상기되었고, 눈에서는 눈물이 줄줄 흘러내렸다. 그는 이미 죽음이란 것도 덤덤하게 받아들일 수 있는 그런 나이였다. 그제야 그는 처음으로 주변을 둘러보았고, 높고 화려한 거실과 큰방들이 그곳에서 다른 방으로 이어져 있는 것을 보고는 비탄에 잠긴 눈가에 경이로움과 뿌듯함을 떠올리기 시작했다. 나는 그를 부축해 2층의 침실로 데리고 올라갔다. 그가 코트와 조끼를 벗는 동안, 나는 모든 절차를 일부러 연기했다고 말했다.

"어떻게 하실지 몰라서요, 개츠비 선생님."

"내 이름은 개츠요."

"……개츠 선생님. 고인의 유해를 서부로 옮기고 싶어 하실지 몰라서요."

그가 고개를 가로저었다.

"지미는 동부를 항상 더 좋아했지. 동부에서 자수성가를 했으니까. 우리 아들의 친구가 되시오?"

"아주 친한 친구였습니다."

"내 아들은 장래가 창창한 놈이었는데. 나이는 어리지만, 이 머리통만큼은 굉장한 놈이었지."

그는 감동적으로 자신의 머리를 만졌고, 나는 고개를 끄덕였다.

"더 살았더라면, 아주 큰 인물이 되었을 텐데. 제임스 힐* 같은 인물이……. 나라를 세우는 데 큰 공을 세웠을 텐데 말이오."

"맞는 말씀입니다." 내가 거북하게 대답했다.

그는 수놓은 침대보를 손으로 더듬으며 그것을 벗긴 다음 뻣뻣한 자세로 몸을 눕혔다. 그리곤 이내 잠이 들었다.

그날 밤, 분명 겁을 집어먹은 누군가가 전화를 걸어와 자신의 이름은 밝히지 않은 채 내가 누구인지를 물었다.

"저는 캐러웨이라고 합니다." 내가 말했다.

"아!" 하고 안도의 한숨이 새어 나왔다. "난 클립스프링거요."

나 역시도 마음이 놓였다. 개츠비의 묘소에 같이 갈 또 한 사람의 친구가 생긴 것 같았기 때문이었다. 신문에 부고를 내어 구경꾼들을 많이 끌어들이고 싶지는 않았기 때문에 나는 몇몇 사람들에게 직접 전화를 걸고 있던 참이었다. 그런 사람들을 찾아내기란 결코 쉬운 일이 아니었다.

---

* 피츠제럴드의 고향인 미네소타주의 세인트 폴에 살았던 철도계의 거물.

"장례식은 내일입니다. 3시에 여기 집에서 치릅니다. 오실 만한 분이 계시면 연락 좀 해 주십시오." 내가 말했다.

"그러겠소." 그가 불쑥 큰 소리로 대답했다. "물론 아무나 쉽게 만날 것 같진 않지만, 만나면 그렇게 하리다."

그의 말투가 왠지 미심쩍게 들렸다.

"물론 클립스프링거 씨는 오시겠죠?"

"아, 물론 가야지요. 내가 전화를 건 이유는……."

"아니, 잠깐만요." 내가 말을 가로막았다. "꼭 오신다는 말 씀이시죠?"

"저, 사실은…… 사실은 말이오. 여기 그리니치*에서 몇 사람들과 같이 있는데, 내일 나만 빠져나오기가 뭐해서요. 사실은 소풍 비슷한 걸 가려던 참이었소. 물론 최선을 다해 빠져나와 보겠소만."

나는 참다못해, "휴!" 하고 한숨을 내쉬었다. 그는 내 한숨 소리를 들었음이 틀림없었다. 그가 신경질적인 반응을 보였 기 때문이었다.

"전화를 건 이유는 거기다가 내가 구두를 두고 왔기 때문 이오. 집사 편에 그 구두를 좀 보내 주실 수 있나 해서 말이

---

* 코네티컷주에 있는 작은 도시.

오. 그것이 테니스화라서 말이오. 그게 없으면 좀 곤란해서
요. 여기 주소는······.”

나는 나머지 말을 듣지 않았다. 수화기를 내려놓았기 때
문이다.

그 후로 나는 개츠비에게 일종의 수치심을 느꼈다. 내가
전화를 걸었던 한 신사는 개츠비가 그런 일을 당해도 싸다
는 투로 말했다. 어쨌든 그것은 나의 실수였다. 그는 개츠비
가 제공하는 술을 마시고 그 술의 힘을 빌어 개츠비를 가
장 신랄하게 비웃곤 하던 사람 가운데 하나였던 것이다. 그
리고 나는 그에게 전화를 걸기 전에 그런 사실을 더 잘 알
고 있었어야 했다.

장례식 날 아침 나는 마이어 울프심을 만나기 위해 뉴욕으
로 갔다. 그렇지 않고는 그를 만날 방법이 없었다. 엘리베이
터 보이가 가르쳐 준 대로 내가 밀고 들어간 문에는, ‘스와스
티카 주식회사’라고 적혀 있었다. 처음에는 사무실 안에 아
무도 없는 것 같았다. 하지만 여러 번에 걸쳐, “아무도 안 계
세요?”라고 큰 소리로 부르자, 칸막이 뒤에서 언쟁이 오가는
소리가 들려왔다. 그리고 안쪽 문으로 예쁘장한 유대인 여자
가 나타나 적의에 찬 검은 눈동자로 나를 빤히 쳐다보았다.

“아무도 안 계세요.” 그녀가 말했다. “울프심 씨는 시카고

에 가셨어요."

아무도 없다는 건 분명 거짓말이었다. 누군가 안에서 휘파람으로 음정도 안 맞는 로사리오를 불고 있었기 때문이다.

"닉 캐러웨이가 뵙고 싶어 한다고 전해 주십시오."

"시카고에 가셨는데 어떻게 전해드려요?"

그 순간 분명 울프심의 목소리인 듯한 목소리가 안쪽 문 뒤편에서 "스텔라!" 하고 부르는 소리가 들렸다.

"책상 위에 명함을 두고 가세요." 그녀가 빠르게 대꾸했다. "돌아오면 전해드릴게요."

"하지만 여기 계시잖습니까?"

그녀는 내게 한 발자국 다가오더니, 화가 난 듯 양손을 엉덩이에 대고 위아래로 훑어 내리기 시작했다.

"젊은 사람들은 예의가 없다니까." 그녀가 나무라듯 말했다. "정말 눈 뜨고 못 보겠어. 내가 시카고에 갔다고 하면, 시카고에 간 거라고."

나는 개츠비 이야기를 꺼냈다.

"어머나!" 그녀가 나를 다시 쳐다보았다. "잠깐만, 이름이 뭐라고 했죠?"

그녀가 사라졌다. 곧이어 울프심이 근엄하게 문 앞에 서서 양손을 내밀었다. 그는 나를 사무실로 데리고 들어가, 정중

한 목소리로 우리 모두에게 슬픈 일이라며 시가를 권했다.

"그 친구를 처음 만났을 때가 생각나는군." 그가 말했다. "군대에서 막 제대한 젊은 소령이었는데 전쟁에서 받은 훈장을 잔뜩 달고 있었지. 그 친구는 평상복을 살 돈이 없어서 여전히 군복을 입고 있었어. 내가 그 친구를 처음 본 건 그 친구가 43번가의 와인 브레너 도박장으로 들어와 일자리가 없느냐고 물어보았을 때야. 이틀 동안 아무것도 먹지 못했다고 하더군. 내가 '나랑 가서 점심이나 하지.'라고 했어. 그 친구는 30분 동안 4달러어치나 먹더군."

"선생께서 그 친구한테 사업을 시작하게 하셨나요?" 내가 물었다.

"시작하게 했지! 내가 그 친구를 만들었어."

"네."

"나는 무에서 그 친구를 일으켰어. 개천에서 건져 낸 셈이지. 첫눈에 그 친구가 신사다운 젊은이란 것을 알아봤지. 옥스퍼드를 나왔다고 했을 때 쓸모가 있다는 걸 알았지. 미재향군인회에 입회시켰더니, 거기서 톡톡히 제 몫을 하더군. 얼마 있다가 나 대신 올바니에 가서 우리 고객 일을 처리해 주기도 하고……. 우리는 무슨 일이든 그렇게 손발이 잘 맞았어." 그는 두툼한 손가락 두 개를 들어 보였다. "항상 같이 했지."

나는 이렇게 친밀한 관계가 1919년 월드 시리즈 거래 때도 계속되고 있었는지 궁금했다.

"지금 그 친구가 죽었습니다." 잠시 후에 내가 말했다. "선생께서는 가장 가까운 친구이십니다. 그러니까 내일 장례식에 와 주실 것으로 믿고 있습니다."

"나도 가고 싶지."

"그럼 오십시오."

그의 콧수염이 약간 흔들렸다. 그가 고개를 들자 그의 눈에 눈물이 가득 고여 있었다.

"그럴 수가 없어. 그 일에 개입할 수가 없어." 그가 말했다.

"개입할 일이라곤 아무것도 없습니다. 지금은 모든 게 다 끝났습니다."

"하여튼 사람이 피살된 일에는 개입하고 싶지 않아. 그냥 지켜만 봐야지. 내가 젊었을 때는 끝장을 볼 때까지 갔었는데. 그걸 감상적이라고 생각할 테지만, 실제로 그래. 끝장을 볼 때까지 갔었지."

나는 몇 가지 이유 때문에 그가 장례식에 가지 않겠다고 결심했다는 것을 알게 되었다. 그래서 자리에서 일어섰다.

"자넨 대학을 나왔나?" 그가 느닷없이 물었다.

나는 잠시 그가 거래처를 암시하고 있다고 생각했지만, 그는 그냥 고개를 끄덕이다가 나와 악수를 할 뿐이었다.

　"친구가 죽은 다음이 아니라 살아 있을 때 우정을 보여 주는 것을 배우도록 하자고." 그가 제안했다. "그다음에는 모든 것을 내버려 두는 것이 내 원칙이야."

　그의 사무실을 나왔을 때 하늘은 어두워져 있었고 나는 이슬비를 맞으며 웨스트 에그로 돌아갔다. 옷을 갈아입고 개츠비의 집으로 가 보았더니 개츠 씨가 흥분한 상태로 홀을 오르락내리락하고 있었다. 아들과 아들의 재산에 대한 뿌듯함에 한없이 들떠 있는 것 같았다. 그는 나에게 무언가를 보여 주었다.

　"지미가 나한테 이 사진을 보냈어." 그는 떨리는 손으로 지갑에서 사진을 꺼냈다. "자, 보게나."

　그것은 개츠비의 집을 찍은 사진이었는데, 모서리가 닳아 있었고, 여러 사람이 만진 듯 때가 묻어 있었다. 그는 사진 구석구석을 하나도 빼놓지 않고 내게 설명해 주었다. "자, 보게나!" 그러고는 내 눈에서 감탄의 빛을 찾고 싶어 했다. 그 사진을 하도 여러 번 보여 주었던 탓에 그에게는 진짜 집보다 그 사진이 더 현실적으로 느껴졌을 것이다.

　"지미가 이걸 나한테 보내 줬어. 아주 근사한 사진인 것 같

아. 사진이 잘 나왔지."

"잘 나왔네요. 최근에 지미를 보신 적이 있으세요?"

"2년 전에 한번 보러 왔다가, 지금 살고 있는 집을 사 주었어. 물론 그 애가 집을 나갔을 당시는 우리 형편이 말이 아니었지만, 거기엔 한 가지 이유가 있었다는 걸 이제야 알 것 같네. 그 애는 제 앞에 큰 미래가 펼쳐져 있다는 걸 알았던 게야. 성공을 한 다음부터는 나한테 아주 잘했어."

그는 사진을 치우는 것이 못내 서운한 듯, 다시 사진을 꺼내 내 눈앞으로 내밀었다. 그러고는 지갑에 도로 넣고, 호주머니에서 『호펄롱 캐시디』*라고 하는 낡은 책 한 권을 꺼냈다.

"이걸 좀 보게나. 이건 그 애가 어렸을 때 갖고 있던 책이야. 이걸 보면 알게 될 걸세."

그가 책의 까만 겉표지를 펼쳐, 내게 보여 주었다. 맨 마지막 공란에는 시간표라고 찍혀 있었다. 날짜는 1906년 9월 12일이었고, 그 밑에는 다음과 같이 적혀 있었다.

| 기상 | A.M. 6:00 |
| 아령 체조와 담벼락 기어오르기 | A.M. 6:15 - 6:30 |

---

* 1910년 클래런스 E. 멀포드가 쓴 소설에 등장하는 카우보이.

전기등 공부	A.M. 7:15 - 8:15
일	A.M. 8:30 - P.M. 4:30
야구와 스포츠	P.M. 4:30 - 5:00
웅변술, 자세 연습과 그 방법	P.M. 5:00 - 6:00
발명을 위한 연구	P.M. 7:00 - 9:00

전반적인 결심

- 샤프터즈 혹은 000(단어 하나가 적혀 있으나 알아볼 수 없음) 에 시간을 낭비하지 말 것.
- 담배를 피우거나 씹지 말 것.
- 이틀에 한 번 목욕할 것.
- 일주일에 유익한 책이나 잡지 한 권씩 읽을 것.
- 일주일에 5달러(지워져 있음) 3달러씩 저축할 것.
- 부모님께 더 잘해 드릴 것.

"이 책은 우연히 발견했네." 노인이 말했다. "이걸 보면 짐작이 갈 거야, 안 그런가?"

"그렇네요."

"지미는 출세할 아이였어. 항상 이런 식으로 결심을 했지. 제 마음을 가다듬는데 정신을 쏟았지. 그런 면엔 아주 뛰어났지. 한 번은 날더러 돼지처럼 먹는다고 했다가, 두들겨 맞은 적도 있었다네."

그는 책에 쓰인 하나하나를 큰 소리로 읽고는 나를 간절히 바라보다가 마지못해 책을 덮었다. 그는 내가 그것을 베껴서 나 자신을 위한 모토로 삼기 바랐던 것 같다.

3시가 조금 못 되어 루터 교회 목사님이 플러싱에서 도착했다. 나는 무심코 다른 차들이 왔는지를 보기 위해 창밖을 내다보았다. 그건 개츠비의 아버지도 마찬가지였다. 시간이 지나고 하인들이 들어와 홀에 서서 기다리자, 그는 근심스러운 표정으로 두리번거렸으며, 불안한 어조로 비 얘기를 꺼냈다. 목사는 서너 번 자신의 손목시계를 들여다보았다. 그래서 나는 그의 곁으로 다가가 30분만 더 기다려 달라고 부탁했다. 하지만 소용이 없었다. 아무도 오지 않았다.

5시경, 세 대의 자동차 행렬이 묘지에 도착하여 제법 굵어진 가랑비를 맞으며 정문 옆에 멈추어 섰다. 맨 앞에는 비에 흠뻑 젖은 새까만 영구차, 그다음 리무진에는 개츠 씨와 목사님과 나, 그리고 약간 거리를 두고 개츠비의 스테이션왜건에는 네댓 명의 하인과 웨스트 에그의 우편배달부가 타고 있었는데, 누구나 할 것 없이 비에 속속들이 젖어 있었다. 우리가 입구를 지나 묘지로 들어서는데, 차 한 대가 멈추어 서고 누군가 진창에서 철벅철벅 물을 튀기며 우리 뒤를 쫓아오는 소리가 들렸다. 내가 뒤를 돌아다보았다. 그는 삼 개월 전 어느 날 밤, 개츠비의 서재에서 수많은 책에 감탄을 금치 못했던 올빼미 안경을 쓴 남자였다.

그날 이후 나는 그를 한 번도 본 적이 없었다. 그가 어떻게 장례식 소식을 들었는지 아니, 개츠비의 이름을 어떻게 알았는지 정말 모를 일이다. 빗방울이 두꺼운 안경을 타고 흘러내리자, 그는 안경을 벗어 빗물을 닦은 다음, 개츠비의 묘소를 덮고 있던 천막을 걷어 내는 것을 쳐다보았다.

나는 잠시 개츠비를 생각해 보려고 했지만 그는 이미 너무 먼 곳에 가 있었다. 다만 데이지가 조전이나 꽃 한 송이 보내지 않았다는 것이 담담하게 떠올랐을 뿐이었다.

누군가, "비가 이렇게 퍼붓는 걸 보니 죽은 사람이 축복을 받았구먼……."이라고 중얼거리는 소리가 희미하게 들려왔다. 그러자 올빼미 눈이, "아멘!" 하고 우렁찬 소리로 되받았다.

우리는 뿔뿔이 흩어져, 빗속을 뚫고 차가 있는 곳까지 서둘러 걸었다. 입구에서 올빼미 눈이 내게 말했다.

"상갓집에는 갈 수가 없었소이다."

"아무도 안 왔습니다."

"저런! 고약해라! 그 많은 사람들이 문턱이 닳도록 들락거렸었건만."

그는 안경을 벗어 다시금 속속들이 물기를 닦았다.

"불쌍한 친구로군." 그가 말했다.

내 머릿속에 떠오르는 가장 생생한 기억 가운데 하나는 예비학교 시절과 대학 시절, 크리스마스를 앞두고 서부로 돌아가던 길이었다.

12월의 어느 날 저녁 6시, 시카고에서 더 멀리까지 가는 친구들이 낡고 어두침침한 유니온역으로 모여들었고, 벌써부터 축제의 즐거움에 마냥 들뜬 시카고 친구들 몇몇은 서둘러 작별 인사를 했다. 친구네 집에 갔다가 돌아오는 털코트 차림의 여자애들. 얼어붙은 입김을 토하면서 재잘거리던 목소리들. 눈이 마주치면 머리 위로 흔들어 대던 손들. 오드웨이로 가는 중이니? 허시로 가니? 슐츠? 하면서 서로 물어보고, 그리고 장갑을 낀 손에 꼭 쥐어져 있던 길쭉한 녹색 기차표. 그리고 마지막으로 입구 옆의 철로에서 자기들이 크리스마스인양 밝은 모습으로 서 있던 시카고, 밀워키, 세인트폴행의 누런 열차들…….

기차가 역을 빠져나가 겨울밤 속으로 미끄러져 달리면, 진짜 눈, 우리 고향의 눈이 우리 눈앞에 펼쳐지면서 차창에 닿아 반짝이기 시작하고, 위스콘신의 시골 역들을 비추는 희미한 불빛들이 휙휙 스쳐 지나가면, 갑자기 무언가 찌르르한 팽팽함이 공기를 뚫고 지나가는 것 같았다. 저녁 식사를 마치고 싸늘한 객차의 복도를 지나오면서 우리는 그 공기를 깊숙이 들이마셨다. 그리곤 이 땅과 형용할 수 없는 일체감을 잠시 느끼다가 다시금 분간할 수 없을 만큼 그 땅과 하나가 되었다.

이것이 내 기억 속에 있는 중서부였다. 밀밭이나 대초원이나 사라져 버린 스웨덴 마을이 아니라, 설레는 어린 마음으로 기다리던 귀성열차, 서리 내린 밤의 가로등과 썰매 종소리, 불 밝힌 창문 너머 눈 위에 드리워진 크리스마스 화환의 그림자들이다. 나는 그것들의 일부이며, 그 긴 겨울의 느낌에 약간의 숙연함과 몇십 년 동안 가문의 이름으로 사는 집을 대신 부르는 그런 도시의 캐러웨이라는 가문에서 성장했다는 것에 대해 약간의 자부심을 느낀다.

지금 생각해 보면 이것은 어쨌든 서부의 이야기였다. 톰과 개츠비와 데이지와 조던과 나는 모두가 서부 사람들이었다. 그리고 어쩌면 우리는 공통적으로 어떤 결함을 가지고 있어서 동부 생활에 적응하지 못했는지도 모른다.

동부에 가장 매료되었을 때조차도, 오하이오 너머로 아무렇게나 마구 뻗어 있는 따분한 도시들, 아이들과 노인들만 빼고는 늘 끊임없이 조사를 벌이는 그 도시들보다 동부가 훨씬 더 우월하다는 것을 분명하게 느끼고 있었을 때조차도, 나는 동부가 어딘가 뒤틀려 있다는 느낌을 늘 떨쳐 버릴 수가 없었다.

특히 웨스트 에그는 여전히 나의 환상적인 꿈속에 나타나는 곳이다. 마치 엘 그레코가 그린 야경을 보는 것 같다. 음침하게 가라앉은 하늘과 칙칙한 달빛 아래 웅크리고 있는 전통적이면서도 그로테스크한 수백 채의 집들……. 그림의 전경에는 야회복을 입은 네 명의 엄숙한 남자들이 하얀 이브닝드레스를 입은 술 취한 여인이 누워 있는 들것을 들고 인도를 걸어가고 있다. 들것 옆으로 힘없이 축 늘어진 여인의 손이 보석들로 차갑게 반짝거린다. 남자들은 근엄하게 어떤 집으로 들어간다. 잘못 찾아간 집이다. 하지만 아무도 여인의 이름을 알지 못한다. 그리고 아무도 거들떠보지 않았다.

개츠비가 죽은 뒤 동부는 이렇게, 내 능력으로는 도저히 바로잡을 수 없는 뒤틀린 모습으로 자주 내게 나타났다. 그래서 바짝 마른 나뭇잎들이 공기 중으로 파르스름하게 타오르고 빨랫줄에 걸린 젖은 빨래가 바람에 나부껴 빳빳하게 말라갈 즈음, 나는 고향으로 돌아가기로 결심했다.

떠나기 전 해야 할 일이 한 가지 있었다. 어쩌면 그대로 내버려 두는 것이 더 좋았을지도 모르는 귀찮고도 내키지 않는 일이었다. 하지만 나는 일을 제대로 바로잡고 싶었다. 너그러우면서도 무심한 바다가 내가 남긴 쓰레기를 다 쓸어버리도록 하고 싶지가 않았다. 나는 조던 베이커를 만나 우리 두 사람에게 있었던 일과 그 후 내게 일어났던 일들을 솔직하게 털어놓았다. 그녀는 커다란 의자에 비스듬히 누운 채 미동도 없이 내 얘기에 귀를 기울였다. 그녀는 골프복 차림이었고, 지금 떠올리면 그녀는 한 폭의 그림 같았다. 거만하게 살짝 치켜올린 턱, 가을 나뭇잎 색깔의 머리카락, 무릎 위에 벗어놓은 장갑과 똑같은 갈색의 얼굴……. 내가 말을 마치자, 그녀는 다짜고짜 다른 사람과 약혼했다고 말했다. 비록 그녀가 고개만 까닥해도 결혼할 수 있는 남자가 서넛 있기는 했어도 그녀의 말이 약간 미심쩍었지만, 나는 일부러 놀라는 척했다. 일순 나는 혹시 내가 실수를 저지르고 있는 것은 아닌가 하는 생각이 들었지만, 이내 재빨리 생각을 정리한 다음 자리에서 일어나 작별 인사를 건넸다.

"어쨌든 당신은 날 버렸어요." 조던이 불쑥 말을 꺼냈다. "전화 통화할 때 당신은 날 버린 거예요. 지금은 당신에게 관심이 없지만, 그땐 내겐 새로운 경험이었어요. 그래서 한

동안 얼떨떨했어요."

우리는 악수를 했다.

"참, 생각나세요?" 그녀가 물었다. "운전하는 습관에 대해 했던 얘기요."

"글쎄, 잘 기억은 안 나지만······."

"난폭한 운전사는 또 다른 난폭한 운전자를 만나지 않아야 안전하다고 하셨잖아요. 그래요, 제가 그런 난폭 운전자를 만났던 거예요, 안 그래요? 내가 경솔해서 그런 오해를 했다는 뜻이에요. 당신은 오히려 솔직하고 단도직입적인 분이라고 생각했거든요. 그게 당신의 감춰진 자존심인 줄 알았어요."

"나도 이제 서른이에요." 내가 말했다. "자신을 속이고 그것을 명예라고 생각하기엔 나이가 너무 많죠."

그녀는 대답하지 않았다. 화도 나고 그래도 반은 그녀에 대한 사랑을 버리지 못한 채, 너무도 서운한 마음으로 발길을 돌렸다.

10월 하순의 어느 날 오후, 나는 우연히 톰 부캐넌을 만났다. 그는 내 앞에서 예의 그 기민하고 공격적인 폼으로 5번가를 걸어가고 있었다. 길을 가로막는 방해물이라도 만나면 언제든 싸울 태세로 양손을 약간 벌리고, 이곳저곳 날카롭게 두리번거리면서 말이다. 그와 간격을 두기 위해 내가 걸음을 늦추는 것과 동시에 그도 걸음을 멈추고 인상을 찌푸리며 보석 가게의 쇼윈도를 들여다보기 시작했다. 그리고 갑자기 나를 발견한 그가 손을 내밀며 내게로 걸어왔다.

"어떻게 된 거야, 닉? 나랑은 악수도 안 하겠다는 거야?"

"그래. 내가 자네를 어떻게 생각하는지 알잖아."

"자네 돌았군." 그가 허둥지둥 둘러댔다. "단단히 돌았어. 대체 무슨 일인지 알 수가 없군."

"톰. 그날 오후에 윌슨에게 뭐라고 했나?"

그는 말없이 나를 뚫어져라 쳐다보았다. 나는 윌슨의 행방이 묘연했던 시간에 관해 내가 짐작했던 것이 틀림없다는 것을 알았다. 나는 발길을 돌리려 했으나, 톰은 나를 따라오며 내 팔을 덥석 잡았다.

"사실대로 얘기했네." 그가 말했다. "우리가 막 떠나려고 하는데 윌슨이 들이닥쳤어. 우리가 없다고 하라고 시켰지만 그 친구는 막무가내로 2층으로 올라오려고 하더군. 그 차 주인이 누군지 말을 안 해 주면 당장 나를 죽일 태세였어. 집에 들어와 있는 동안 내내 주머니 속의 권총을 꼭 쥐고 있었어." 그는 쭈뼛거릴 필요가 없다는 듯 말을 중단했다. "내가 그 친구한테 얘기한 게, 뭐가 어쨌다는 거야? 그 친구는 뿐

린 대로 거둔 거야. 그 자가 자네 눈까지 멀게 했군. 데이지
한테 했던 것처럼. 하지만 모진 놈이야. 머틀을 치어 놓고도
개새끼 한 마리 친 것처럼 차를 세우지도 않았으니 말이야."

나는 할 말이 없었다. 다만 그것이 사실이 아니었다는, 입
밖에 낼 수 없는 말밖에는…….

"나는 내 나름대로 고통받지 않았다고 생각하나? 이것 봐.
그 아파트를 처분하려고 가서 찬장에 나뒹굴고 있는 그 빌
어먹을 개 비스킷 상자를 보고는 주저앉아서 어린애처럼 엉
엉 울었다고. 정말이지 끔찍했어…….”

나는 그를 용서할 수도 좋아할 수도 없었지만, 그가 한 짓
이 그 자신에게는 전적으로 정당했다는 것을 알게 되었다.
모든 것이 결국은 부주의와 혼란에서 빚어진 일이었다. 그들
은 무신경한 사람들이었다.

톰과 데이지, 그들은 사물이든 생물이든 모든 것을 산산
조각을 내놓고는 돈이나 그들만의 무지막지한 무신경 속으
로, 아니면 두 사람을 같이 있게 해 주는 것이라면 무엇이든,
그 속으로 숨어 버리고, 다른 사람들로 하여금 자신들이 어
질러 놓은 쓰레기를 치우도록 하는 것이다.

나는 그와 악수를 했다. 마치 내가 어린아이와 이야기를 나
누고 있다고 느껴져서 악수를 하지 않은 것도 우스워 보였기

때문이다. 이윽고 그는 진주 목걸이를 사기 위해, 아니면 그 냥 커프스단추나 사려고 했을지 모르지만, 어쨌든 보석상으 로 들어갔다. 촌스러운 내 깐깐함에서 영원히 벗어난 채로.

내가 떠날 때에도 개츠비의 집은 여전히 텅 비어 있었다. 잔디밭의 잔디가 우리 집 잔디만큼이나 무성하게 자라 있 었다. 마을의 택시 운전사 중 하나는 그 집 앞을 지나칠 때 마다 잠깐이라도 차를 세우고 손가락으로 집 안을 가리켰 다. 아마도 사건이 일어났던 날 밤 데이지와 개츠비를 이스 트 에그까지 태워다 준 그 운전사인 모양이었다. 그리고 자 기 마음대로 아무렇게나 이야기를 꾸며 냈을 것이다. 나는 그 말을 듣고 싶지가 않아서 기차에서 내려도 일부러 그 운 전사를 피했다.

나는 토요일 밤은 주로 뉴욕에서 보냈다. 옆집 정원에서 벌어졌던 그 현란한 파티가 너무도 생생한 나머지, 오케스트 라의 지칠 줄 모르는 음악소리, 웃음소리, 차도를 오가는 자 동차 소리가 여전히 들려오는 것 같았기 때문이다.

어느 날 밤 나는 그 집에서 나는 진짜 자동차 소리를 듣 고, 그의 집 현관 계단에 불빛이 멈추는 것을 보았다. 하지만 일부러 알아보지 않았다. 아마도 지구의 맨 끝에 있다가 파티가 끝난 줄도 모르고 찾아온 마지막 손님이었을 것이다.

마지막 날 밤, 트렁크에 짐을 다 챙기고 자동차도 식료품점에 팔아 버린 다음, 나는 거대하고 부조리한 실패의 산물인 그의 집을 한 번 더 둘러보았다. 하얀 돌계단에는 어떤 아이가 벽돌 조각으로 갈겨쓴 외설스러운 욕설이 달빛을 받아 선명하게 드러나 있었다. 나는 그 낙서를 구두 바닥으로 비벼, 지워 버렸다.

그런 다음 해변으로 내려가 모래 위에 사지를 펴고 벌렁 드러누웠다. 해변가의 큰 저택들은 대부분 문이 굳게 닫혀 있었다. 불빛이라곤 바다 건너 연락선의 희미하게 움직이는 등불뿐이었다. 달이 점차 높이 떠오르자, 보잘것없는 집들이 하나둘 모습을 감추기 시작하면서, 내 눈앞에는 이미 오래전 네덜란드 선원들의 눈에 찬란하게 비쳤던 옛 섬, 신대륙의 싱싱한 초록빛 중턱이 서서히 떠오르고 있었다. 그 섬의 사라진 나무들, 개츠비의 집으로 향하는 길가 양쪽에 늘어서 있던 나무들은 한때 모든 인간의 꿈 가운데 가장 위대한 마지막 꿈에 탐닉하여 소곤거렸을 것이다. 덧없이 흘러가는 황홀한 한순간, 인간은 이 대륙의 존재 앞에 넋을 잃고 숨을 죽였을 것이며, 역사상 마지막으로 자신의 경이로운 능력에 어울리는 무언가를 마주 대한 채, 이해하지도 원하지도 않았던 어떤 심미적인 깊은 명상 속으로 자신도 모르게 빨려 들어갔으리라.

유서 깊고 낯선 세계에 대한 깊은 생각에 잠긴 채 그곳에 앉아 있으면서, 나는 개츠비가 처음으로 데이지 집의 부두 끝에서 반짝이던 그 초록 불빛을 보았을 때, 그의 놀라움이 어떠했을지를 떠올려보았다. 그는 이 푸른 잔디까지 멀고 먼 길을 걸어왔던 것이다. 그리고 그의 꿈은 너무도 가볍게 느껴진 나머지 손만 뻗으면 당장이라도 닿을 수 있을 것 같았으리라. 그는 그 꿈이 이미 자신의 뒤로, 도시 저편의 망막한 어둠 속 어딘가로, 공화국의 어두운 들판이 밤 속으로 사라지는 그곳으로 사라졌다는 것을 알지 못했다.

개츠비는 그 초록 불빛을 믿었다. 해가 갈수록 우리 앞에서 멀어져 가는 미래, 극도의 흥분이 넘치는 미래가 있다고 믿었다. 그 당시 우리는 그것을 이해하지 못했지만 그것은 중요하지 않다. 내일이 되면 우리는 더 빨리 달릴 것이고, 더 멀리 팔을 뻗을 것이다…….

그리고 어느 화창한 아침에…… 그렇게 우리는 끊임없이 과거 속으로 떠내려가면서도, 파도를 거슬러 올라가는 보트의 노젓기를 포기하지 않는 것이다.

피츠제럴드에 대하여

✝

　프란시스 스콧 피츠제럴드는 1896년 미국 중서부의 미네소타주에서 태어났다. 아버지는 굴지의 가구상이었지만 그가 태어난 직후 도산했다. 이후 그의 집은 경제적 어려움을 면치 못했다. 후에 외가의 도움으로 부유층 자녀들이 다니는 뉴저지주 하켄색의 기숙학교 뉴먼 스쿨에 유학했지만, 가난은 언제나 소년 피츠제럴드의 염두에서 사라지지 않았다. 유소년 시절의 경제적 어려움은 문단에서 성공한 이후의 그의 행적을 이해하는 데 도움을 준다. 훗날 피츠제럴드 부부의 낭비벽과 비극적 최후는 어린 시절의 정서와 무관하지 않았을 것이다.

　1913년, 16세 때 피츠제럴드는 프린스턴 대학에 합격했다. 대학 재학 시절 그는 유머지 《타이거》와 뮤지컬 클럽 '트라이앵글'의 멤버였을 뿐만 아니라, 많은 뮤지컬과 연극의 각본을 쓰는 등 적극적인 활동을 펼쳤다. 그러한 와중에서 제1차 세계 대전이 발발하고 미국이 참전하게 되자, 그는 1917년 군대에 자원 입대했다. 육군 소위로 임관한 그는 조지아주 세리던 군단에 전속되었는데, 이 무렵 그는 인생에서 중대한 일을 맡게 되었다. 장차 그의 아내가 되어 파란만장한 삶을 함께 살아가게 될 운명의 젤다 세일러를 만나게 된 것이다.

그는 앨라배마주 최고 법원 판사의 딸 젤다 세일러와 사귀게 되었으며, 이후 최초의 자전적 장편인 『낙원의 이쪽』을 발표, 문단의 주목을 받게 되자 그 두 사람은 결혼에 성공할 수 있었다. 연이어 1922년 단편집 『재즈시대의 이야기』가 출판되면서 '재즈 세대의 계관 시인'이라는 화려한 평단과 함께 돈과 명성을 얻었다. 갑작스러운 부와 명예는 피츠제럴드 부부를 화려한 낭비 생활로 이끌게 되었다.

하지만 그들을 비극으로까지 몰고 간 지나친 낭비 생활이 그의 모든 정신을 무력화시키기 전인 1925년에 그는 자신의 문학적 천재성을 유감없이 발휘하여 대표작 『위대한 개츠비』를 남겼다. 『위대한 개츠비』는 단번에 그를 동시대의 작가, 이른바 '잃어버린 세대'의 대표적 작가들의 반열에 올려놓았다. 『위대한 개츠비』를 두고 T. S. 엘리엇은 "헨리 제임스 이후 미국 소설이 내디딘 최초의 일보"라는 격찬까지 했다.

하지만 피츠제럴드는 타고난 외모와 갑작스럽게 얻게 된 부를 바탕으로 화려한 것만을 추구해 나갔다. 부인 젤다 역시 그와 결혼하기 전까지 분방한 남성 편력과 낭비벽으로 유명했던 여자였다. 두 사람은 '미국에서 가장 행복한 커플'

로 비췄지만 실제로는 불화가 끊이지 않았다.

피츠제럴드 부부는 매우 드라마틱한 삶을 살았다. 피츠제럴드는 방탕한 생활과 무리한 출판으로 빚에 쪼들렸고, 재기를 위해 할리우드에서 시나리오 작가 생활을 하기도 했지만 결국은 재기에 성공하지 못했다. 그는 알코올 중독에 시달렸고 『최후의 대군』 집필 중 심장마비로 죽었다. 그의 아내는 입원해 있던 병원에서 발생한 화재로 생을 마감했다. 하지만 최후와 달리 그의 작품들은 우리들 마음속에 여전히 아름답게 자리 잡고 있다.

작품 줄거리 및 해설

✟

미국 중서부 지방에서 대학을 졸업한 닉은 제1차 세계 대전이 끝난 후, 초라한 변두리처럼 여겨지는 중서부를 떠나 동부로 이주, 증권업을 배우기로 했다. 그는 뉴욕 교외의 웨스트 에그에 작은 집 한 채를 빌려 살게 되었다. 이웃에는 개츠비라는 사람이 대저택에서 호화롭게 살고 있는데, 그는 매일 성대한 파티를 열었다.

개츠비는 가난했던 젊은 시절, 데이지와 사랑하는 사이였다. 전쟁터에 개츠비가 있는 동안, 데이지는 톰 부캐넌이라는 부자와 결혼을 했다. 데이지를 사로잡은 게 돈이라고 생각한 개츠비는 온갖 수단을 동원해, 마침내 부자가 되어 데이지의 저택과 바다 하나를 사이에 두고 마주 보고 있는 저택을 사들인다. 그리고 매일 밤 파티를 열어 데이지의 관심을 끌면서 그녀와의 사랑을 되찾을 것이라고 믿었다.

닉의 주선으로 데이지와 재회한 개츠비는 그녀의 사랑을 되찾았다고 마음대로 믿어 버린다. 닉이 과거는 되돌릴 수 없다고 말해 주어도, 개츠비는 과거와 똑같이 만들어 보겠다고 단언한다. 어느 더운 여름날, 뉴욕 시내로 외출했을 때,

신경이 몹시 날카로운 데이지가 운전한 차가 한 여자를 치고, 개츠비는 사고 차를 운전한 사람이 데이지였다는 사실을 발설하지 않는다. 하지만 데이지는 톰과 짜고서, 사고를 당한 여자의 남편인 윌슨으로 하여금 자신의 아내를 죽게 한 사람은 개츠비라고 믿게 만든다.

개츠비의 장례식에 데이지는 참석조차 하지 않는다. 닉은 이들의 허망한 사랑과 동부의 생활에 염증을 느끼고 고향인 중서부로 돌아간다.

『위대한 개츠비』는 미국 현대 문학에서 높은 평가를 받는 작품이다. 이 작품의 중요성은 낭만주의와 현실주의, 그리고 상업주의의 갈등과 대립이라는 미국 문학의 전통적 주제를 잘 보여 주는 작품이라는 데 있다.

작품의 배경이 되는 시기는 제1차 세계 대전의 승리로 미국이 부를 축적하면서 세계 강대국으로 자리 잡던 때이다. 남북 전쟁을 겪으면서 근대 국가의 기반을 잡았던 미국은 급격한 산업화에 따라 전통적인 생활양식 전반에 걸쳐 큰 변화를 겪었다. 이런 산업화로 전통의 구속력이 약화되었고, 전쟁의 승리로 얻은 물질적 풍요로움은 새로운 욕구를 불러일으켰다. 특히 젊은이들 사이에서는 새로운 욕구의 표현이 활발했다. 그로 인해 환락과 돈만을 좇는 젊은이가 넘쳐나게 되었으며, 방향 감각을 상실한 '상실의 세대'가 등장한 시기였다.

『위대한 개츠비』는 이 시기 젊은이들의 다양한 모습과 시대상을 잘 보여 주고 있다. 여기서 주인공 개츠비는 '아메리칸드림'을 추구하는 대표적인 예이며, 미국인 특유의 순수하고 성실한 젊은이의 모습을 보여 준다. 젊은 시절의 순수한 사랑을 믿고 끝까지 그 사랑을 위해 헌신한다. 그러나 데이지는 물질의 풍요로움과 현실의 유혹을 이기지 못하고 부자인 톰과 결혼한다.

순수하고 낭만적인 꿈을 지닌 개츠비는 '아름다운 이상'인 데이지와의 결합을 추구한다. 그것은 개츠비의 '꿈의 실현'이다. 그러나 현실은 개츠비가 그의 꿈을 실현하기에는 너무나 타락했다. 데이지는 하나의 허상에 불과했던 것이다. 이 사실을 끝까지 깨닫지 못한 개츠비는 결국 비극적인 최후를 맞는다.

『위대한 개츠비』는 순수한 이상이, 거칠고 타락한 현실과 부딪혀 부서지는 비극적인 종말을 탁월하게 형상화하고 있다. 그러한 형상화는 이 작품이 오늘날까지 읽히는 동인이 되는 것이다.

역자 후기

대표작, 『위대한 개츠비』는 랜덤 하우스가 선정한 20세기 영문 소설 100권 중에서 2위에 올라 있으며, T. S. 엘리엇이 극찬한 작품이다. 『위대한 개츠비』만큼 '재즈시대'라 불리는 1920년대 미국의 사회상과 '아메리칸드림'을 가장 잘 표현한 작품은 없다. 피츠제럴드는 이 작품을 통해 일약 세계적인 작가로 발돋움했다. 그는 이상적인 꿈의 실현을 위해 노력했던 주인공 개츠비의 삶을 통해 인간이 가지고 있는 진정한 가치와 아름다움을 우리에게 보여 주고자 했다. 주어진 환경에 순응하지 않고 자신의 이상을 실현하기 위해 최선을 다하는 모습과 절대로 꿈을 포기하지 않는 모습 속에 인간의 위대함이 있음을 보여 주고 있다.

개츠비는 좋은 환경에서 태어나지도 않았고, 훌륭한 교육을 받지도 않았으며, 가난 때문에 꿈에도 못 잊던 사랑하는 애인을 떠나보내야 했고, 그래서 다른 사람의 아내가 된 그 애인을 되찾기 위해 자신의 모든 것을 버리는, 어찌 보면 약삭빠르고, 어찌 보면 미련하기 그지없는 가련한 사람이다. 그는 사랑조차도 꿈조차도 돈으로 살 수 있다고 믿었으나,

그런 그의 꿈은 끝내 이뤄지지 못한 채 죽음으로 마감한다. 황금만능주의에 젖은 미국의 모든 청년들의 꿈도 개츠비와 함께 사라지고 만 것이다. 그런데도 그는 모든 사람에게 위대한 개츠비로 통한다. 무엇이 그를 위대하게 만드는가? 그는 인간에게 가장 소중한 것들을 소중하게 간직할 줄 아는 사람이다. 그리고 그 소중한 것을 위해 최선을 노력을 다하며, 결코 타협하지 않는다. 그것은 사랑과 꿈이다. 그래서 그는 타락할 수 없었으며, 과도한 물질문명 앞에서 사랑조차 순수하게 남을 수 없는 냉정한 시대에서 끝까지 사랑과 꿈을 포기하지 않는다. 그래서 그는 위대한 것이다. 여기에 피츠제럴드의 감각적이고 풍부한 문체, 그리고 날카로운 관찰력이 '위대한 개츠비'를 더욱 위대하게 만들고 있다.

이탈리아 속담에 '번역은 반역이다'라는 말이 있다. 그만큼 번역에 대한 불신이 뿌리 깊고, 또 번역이 어려운 작업이란 의미로 해석될 수 있을 것이다. 『위대한 개츠비』를 번역하면서, 또 기존에 번역된 많은 『위대한 개츠비』를 원서와 대조하며 다시 읽으면서, 역시 번역이 어려운 작업임을 다시 한번 실감했다. 피츠제럴드의 자서전적 소설이라고도 하는 『위대한 개츠비』는 그래서 더더욱 표현이 감각적이고 주관적이다. 깊은 영혼의 체험이 아니면 도저히 나올 수 없는 표현들도 군데군데 눈에 띈다. 당연히 번역하는데 어려움이 뒤따르지 않을 수 없다.

문학 작품의 번역은 실용서의 번역과 전혀 다른 관점으로 접근해야 한다. 번역은 기본적으로 커뮤니케이션을 그 목적으로 삼고 있지만, 문학 작품의 번역은 단순히 원저자의 메시지를 전달하는 내용적 등가만을 염두에 둘 수가 없다. 문체라고 하는 형식을 살려 주어야 번역된 작품 역시 같은 범주의 문학 작품이 되기 때문이다. 정확한 내용, 피츠제럴드 특유의 문체, 1920년대 미국 사회, 특유의 상류 사회와 그 당시 젊은 세대에 어울리는 어투register등을 고려하면서 번역하려고 노력했다. 한국의 독자들이 번역서를 통해서도 진정한 『위대한 개츠비』를 만끽할 수 있어야 한다는 마음으로 번역에 임했다. 많은 출판사들이 같은 작품을 번역, 출간하는 요즈음, 새로운 다짐과 투자로 좋은 작품 만들기에 여념이 없는 용감한 소담 출판사에 박수를 보낸다.